f
H
M
futami
HORROR
×
MYSTERY

わざわざゾンビを殺す人間なんていない。

JN076740

小林泰三

Kobayashi Yasumi

イラスト　遠田志帆

デザイン　坂野公一（welle design）

contents

1

そのパーティーは咲山市郊外に建てられた大きな邸宅で行われていた。

邸宅の持ち主は有狩一郎。民間医療研究機関・アルティメットメディカル社の執行役員の一人である。その夜は彼の呼び掛けにより、研究所のスタッフや取引先・関連企業の社員、提携大学の研究者たちが呼び集められていた。

一階の広間は、総勢五十名を超す男女で犇き合っている。

「本日はようこそいらっしゃいました」有狩は五十代半ばの神経質そうな男だった。「これから皆様に重大な発表をさせていただきたいと存じます」

ざわめいていた会場が一瞬で静寂に包まれた。人々は有狩の次の言葉に注目した。

アルティメットメディカル社は年に一、二度このようなパーティーを開き、その度に先端的な技術を発表してきた。

例えば、昨年は遺伝子を組み換えた豚に、自由に人体のパーツを発生させる技術を発表した。つまり、患者から遺伝子を抽出し、それを豚の遺伝子に組み込むことにより、心臓でも眼球でも患者の臓器と全く同じものを持った豚を作ることができるようになったのだ。

患者は自分の患部に置き換わる臓器をいとも簡単に手に入れることができるようになる。

また、一昨年には、完全な人工冬眠を誘発させる装置を発表した。この技術を使えば、治療法のない患者を治療法が発見されるまで眠らせておくことが可能になる。もちろん、未来が見たいとか、片道に数世紀掛かる別の惑星系の探検をしたいといった要望にも応えることができるのだ。

それらの発明は医療に驚異的な革新を齎した。関連する産業は大きく発展し、経済的効果は計り知れなかった。

だからこそ、今回のパーティーでも、業界の期待は大きかった。

いや。業界だけではない。世間一般の関心も極めて高かった。もちろん、それらの技術は高いコストが掛かるため、一般にすぐには活用できるようなものではない。だが、いつかは一般人もその恩恵に与れるのではないかという期待があったのだ。

そういう訳で、パーティーには呼ばれてもいないマスコミ関係者も多数紛れ込んでいた。もっとも研究所の方も宣伝になるので、彼らの潜入は黙認していたのだが。

「研究発表は当社研究所の主幹研究員である葦土健介がおこないます。葦土君、こちらへ……」

だが、有狩の呼び掛けにも拘わらず、返事がなかった。

有狩は眉を顰めた。「葦土君はどこかな？」

やはり返事はない。

「誰か、葦土君をすぐここに連れてきてくれ。発表の時間を忘れるなんてどうかしている」有狩は苛立たしげに言った。

数人のスタッフがあたふたと動き出した。

「葦土さんは気分がすぐれないとのことで、先ほど二階の控え用の部屋に戻られましたよ」女性スタッフの一人が有狩に声を掛けた。

「なんで、そんな勝手なことをしてるんだ、あいつは？」有狩は声を荒らげた。「この発表の重要性がわからんのか？」

その時、階上から絶叫が聞こえた。

男性のものだ。

有狩の顔が一瞬で青ざめた。「今のは何だ？」

「叫び声のようです」スタッフの一人が答えた。

「まさか葦土君じゃないだろうな？」

「さあ。それはなんとも……」

「誰かついてきてくれ」有狩は足早に二階へと向かった。

十人以上の人間がぞろぞろと後についてきた。スタッフだけではなく、来客や記者たちも交ざっていたが、有狩には特に咎める様子もなかった。

「あいつが使っていたのは、どの部屋だ？」有狩はスタッフに尋ねた。

「一番手前です」

「華土君、大丈夫か？」有狩はノックしながら言った。

返事はない。

「華土君、開けるぞ」

有狩はドアノブを廻したが、内側から鍵が掛かっているようで開かない。

「誰か外から鍵を開ける方法を知らないか？」

スタッフたちは互いに顔を見合わせた。

「もちろん、知らないだろうな。ここはわたしの家なんだし」有狩は記憶を探るように額に手を当てた。

「仕方がない。抉じ開けよう。誰か道具を持ってきてくれ。一階の納戸に入っているはずだ」

ばたん！

部屋の中から、大きな物音がした。

まるで、何者かが壁に激突したかのような音だった。

全員の動きが止まった。

誰もが聞き覚えのある音だったのだ。

「どうした？　道具を持ってこいと言ったはずだぞ！」有狩は怒鳴った。

「しかし、この音は……」

「どっちにしても、開けなくてはどうしようもない」有狩は言った。「さっきの叫び声から、どのぐらい経った？」

「一分と少しでしょうか」

「時間的にはぴったりだな」有狩は眉間を揉む動作をした。「悪い冗談であって欲しいところだが……」

「これでよろしいでしょうか？」男性スタッフがバールを持ってきた。

「よし。ドアを抉じ開けてくれ。……いや。ちょっと待て」有狩は階下へと向かった。「すぐ戻ってくる」

人々はがやがやと互いの意見を述べた。

もちろん、今のところ、何かはっきりしたことを言える人間は誰もいなかった。だが、最悪の事態を想像するのは容易かった。

有狩は猟銃を持って戻ってきた。

全員が一斉に有狩を見た。

「なに。念の為だ。備えあれば憂いなしというからな」有狩は銃の安全装置を外し、銃口をドアの方に向けた。「よしいいぞ。ドアを抉じ開けてくれ」

スタッフたちは苦労して、ドアの蝶番をはずした。

ドアは部屋の内側に向かって、ゆっくりと倒れた。

人々はドアの前からさっと逃げ出した。

部屋の中は暗かったが、廊下の灯り（あか）で背を向けて男性が立っているのが見えた。

人々は固唾（かたず）を呑（の）んで、その男性に注目した。

「葦土、大丈夫か？」

男性はよろよろと頼りない様子でゆっくりと振り向いた。その口は半開きとなり、だらだらと唾液が垂れ流しになっていた。そして、その目は黄色の混ざった濁った白色になっていた。

「活性化遺体（ゾンビ）だ！」誰かが叫んだ。

次々と悲鳴が上がる。我先に逃げようとした人々が互いにぶつかり、転倒する者や揉み合いになる者たちもいた。

「落ち着くんだ！」有狩は叱り付けるように言った。「落ち着いて行動すれば、ゾンビはさほど危険ではない」

主要スタッフ以外はほぼ階下に逃げ去った。スタッフたちもドアから離れていく。

有狩も銃を構えたまま、ゆっくりと後退する。

「執行役員、葦土主幹がゾンビになっています」女性スタッフが言った。

「そんなこと、言われなくてもわかっとる」

「さっきまで生きておられたのに……」

「それも、知ってる。さっき聞こえたのが、葦土の断末魔だったのだろう」

「でも、どうして葦土さんは亡くなったんでしょうか？」

有狩はその質問に答える気はなさそうだった。猟銃で変わり果てた葦土を狙い続けている。「猟銃だけだと、ゾンビの動きを止めるのは難しい。チェーンソーのような武器はないか？」

「さすがにパーティーにチェーンソーを持参する人間はいないと思います」スタッフが答えた。

「だったら、さすまたのような相手の動きを止めるような武器でもいいのだが？」

「それも同じことです」

「ロープでもいいんだが？」

「ありません。そもそもここは執行役員のご自宅ではありませんか。武器になりそうなものの場所はご存知でしょ」

「確かにそうだ。じゃあ、捕獲は無理だな。だったら、放逐だ。今すぐ玄関のドアを開けてきてくれ」

「出ていってくれますかね？」

ざっざっと湿った音を立てながら、葦土は近付いてくる。

「ちゃんと誘導できればな。他の部屋に入り込まないようにしなくてはならない。ついでに全部の部屋のドアを閉めてきてくれ」

「アウウイウウアウ」葦土は唸り声を上げた。

「我々を狙ってるんでしょうか？」男性スタッフは言った。「我々は同僚なのに」

「ゾンビに同僚を見分けたりはできない」有狩は淡々と言った。「こいつらには人間は餌にしか見えないんだ。いや。食っても栄養にならないんだから、餌とも言えないか」

葦土はよろつきながら部屋から出てきた。

「よし。階段まで誘導するぞ。あそこからなら、放逐はできるだろう」有狩は言った。

「みんな、邪魔にならないように一階に下りておいてくれ」

スタッフたちはその場を離れて一階へと向かった。

「さあ。うまくついて来てくれよ」有狩は葦土に呼び掛けた。

葦土は首を傾げて、有狩の方に歩き出した。

「いいぞ。その調子だ」有狩は時々背後を確認しながら、ゆっくりと後退する。

葦土の動きは極度に泥酔した人間のようだった。有狩に向かってはいるのだが、足取りは定まらない。

有狩は緊張のあまり何度も唇を嘗めた。

ついに階段に到達した。

有狩は慎重かつ葦土に追い付かれないように階段を下りる。

階下には大勢の人間が二人を見つめている。

「大勢いると、誘導が難しい。みんな、少し離れてくれ」有狩が言った。

人々は階段の降り口から距離を置いた。

有狩は降り口から玄関の方に数メートル移動した。

葦土はしばらく進むべき方向を決められないようだったが、有狩が腕を振り回すと、そちらの方に歩き出した。

玄関ドアの手前まで来ると、葦土が近付いてくるのを待った。あと一メートルというところまで近付いたところを見計らって、有狩は葦土の真横を走り抜け、背後に回った。

葦土は一、二歩、進んだところで、有狩の移動に気付いたようで、ふらふらとふり向いた。

「さあ、好きに出ていってくれ」有狩は葦土の腹部に狙いを定め、発砲した。

弾は葦土の臍の辺りに当たり、腹から背中に向けて貫通した。

肉片が飛び散ったが、血は殆ど出なかった。

「アアウウエエウウ」葦土は驚いたように自分の腹を見つめた後、ふり返ると、のろのろと玄関から出ていった。

「すぐに扉を閉めろ」有狩はスタッフに命じた。

「何が起こったんでしょう？」スタッフはドアを閉めながら尋ねた。

「わからん。こっちが訊きたいぐらいだ」

窓から外の様子を窺うと、華土はのろのろと門から外に出ていくところだった。

「もう大丈夫だろう」有狩は独り言のように言った。

「すぐに警察に電話しないと……」スタッフが携帯電話を取り出した。

「なぜ警察に？」有狩が尋ねた。

「だって、ゾンビが出たんですよ」

「今時、ゾンビなんか珍しくもないだろう」

「でも、華土主幹研究員はついさっきまで生きていたんですよ。つまり、彼は部屋で殺されたんじゃないですか」

「人聞きの悪いことを言うな。たぶん急病か何かで死んだんだろう」

「どっちにしても、警察に調べて貰わないと、はっきりしたことは言えません」

「しかし、ここに警察を呼ぶのは……」

「ここには、マスコミ関係者が大勢います。いずれ、警察にも伝わってしまいますよ」スタッフは小声で耳打ちした。

「いいだろう。警察を呼べ」有狩は渋面を作りながら肩を竦めた。

2

携帯電話が鳴った。

車の中でハンドルを握って眠っていた八つ頭瑠璃は目を擦りながら、電話に出た。

「もしもし。こちら、八つ頭探偵事務所」瑠璃は半分眠りながら、もごもごと言った。

「大丈夫か？　ひょっとして寝てたとか？」電話口から男性の声がした。

「ああ。竹下君？　どうしたの？」

「君が言ってたんじゃないか。アルティメットメディカル社の研究所の施設で何かあったら、教えてくれって」

「いや、あれは研究所の施設じゃなくて、執行役員の有狩の私邸よ」

「どっちだって構わないさ」

「部外者にとってはね。それで？」

「事件が起こったみたいだ」

「どんな事件？」瑠璃は目が覚めた。

「よくはわからない。だけど、さっきからパトカーが何台もやってきている」

「何があったか、訊いてきて」

「誰に訊くんだよ？」

「そこらの野次馬に決まってるじゃない」

「野次馬の情報なんか、当てになるもんか」

「一人の野次馬だったらね。十人の野次馬に話を聞いて共通点があれば、それはだいたい真実に近いはずよ」

「十人に話を聞くほど暇じゃないんだよ。ただ、直接聞いた訳じゃないが、パーティーの最中、屋敷からゾンビが逃げ出したという噂だ」

「ゾンビが？　わかった。直接現地に行って、自分で情報収集するわ。ありがとう」

「どういたしまして」竹下優斗は皮肉っぽく言って、電話を切った。

知らないうちに家の中にゾンビが迷い込んだのではない限り、家の中からゾンビが出てきたということは、つまり家の中で誰かが死んだということになる。それがパーティーの途中だったとしたら、長患いの末に死んだということは考えにくい。急病による突然死か、何かの事故か、あるいは殺人か。

瑠璃は有狩邸に向けて、自動車を走らせた。

遺体活性化現象が起こったのは、二十年程前のことだった。

最初は南米だったとか、アフリカだったとか、南アジアだったとかいろいろな説がある。あるいは、世界のあちこちで同時多発的に発生したのかもしれない。

とにかく、死んだ人間が復活し始めたのだ。

ニュースを聞いた大部分の人間はそれをつまらない冗談だと思った。

冗談ではないとわかった後は、生きている者を死者だと思い込んだ単なる誤謬(ごびゅう)ではないかと勘繰った。

だが、復活する死者の数が数万人単位で発生していると知るにつけ、人々は単なる冗談や誤謬ではないと考え始めた。

人々が死者の復活で連想したものはゾンビだった。これは近年のアメリカ映画の影響が大きい。ゾンビというのは、元々、ヴードゥー教というアフリカの民間信仰に登場する呪術で生き返った死体のことで、単なる奴隷として使役されるものであり、さほど危険なものではない。だが、アメリカ映画におけるゾンビは吸血鬼の要素が加味されており、ゾンビに嚙(か)み付かれたものもまたゾンビとなる。本来のゾンビの概念と区別するという意味で、このようなハリウッドタイプのゾンビを「活ける死体(リヴィングデッド)」などの名称で呼ぶこともあるが、現代では多少の違いは気にせずに、ゾンビと呼ぶのが一般的になっている。

遺体活性化現象の詳細が明確になるにつれ、事態は民間信仰のものよりもハリウッド映画の方に近いことが明らかになってきた。

復活する遺体は比較的新しいものに限っていた。死後数十年や数百年といったすっかり腐敗しきった遺体や、火葬をすませた遺体などは、当然のことながら復活することはない。

そして、復活した死者も生前の姿に戻るのではなく、死者の状態のまま復活していた。つまり、腐敗が進んだ者は半ば腐敗した状態のまま復活したのだ。

また、新しい遺体であっても、明確な特徴があった。復活すると目が白濁し、どこを見ているのかわからなくなる。全身の筋肉の動きが鈍くなり、まるで泥酔した人間のようにふらふらと動くようになる。知能は昆虫程度まで退化するらしく、最低限の人間らしい行動すらとることは困難になる。死者たちは生き返るとすぐに、捕食行動に近い動きをとり始める。つまり、周囲にいる人間を無差別に攻撃するのだ。それも高度な戦略を駆使するのではなく、ただ単に近付き、手で掴んで、直接嚙み付くという行動だ。

そして、嚙み付かれた人間が死亡すると新たな活性化遺体になる、という点も映画のゾンビにそっくりだった。だが、映画と違っていたのは、遺体の活性化が起こっている地域で死亡すると活性化遺体に嚙まれていなくても、活性化遺体になってしまうという点だった。

この現象の原因が究明されるまで、さほど時間は要しなかった。原因は病原体によるものだった。俗にゾンビウイルスと言われているが、実際にはウイルスではない。それは蛋白質からなる感染性の病原体であり、ウイルスよりはむしろプリオンに近いものだった。ただ、わかり易さから、ゾンビウイルスと呼ばれている。このゾンビウイルスが単に体内に侵入したとしても、即座に発症するということはない。人体には免疫系が備わっており、幸いにもその活動や繁殖は抑止されるからだ。ただ、ゾンビウイルスは動植物を問わずあらゆる生命体に感染し、熱でも不活性化できないため、食事や呼吸を通してあっという間に、広範囲に感染が広まってしまった。

つまり、遺体活性化現象が起きた地域に住む人々は殆どが感染者になってしまっていたのだ。普段の生活では発症することはないが、なんらかの原因で免疫力が低下したり、死亡したりすると、突然発症することになる。

免疫力が低下する場合としては、大きな病気に罹ったり、大怪我をしたりする場合が殆どだった。一度発症すると、心肺や脳に過大な負担が掛かるため、すぐに意識不明となり、やがて死に至る。活性化遺体に襲われた場合、加害者の唾液から大量のゾンビウイルスを送り込まれるとともに出血による免疫力低下により、直ちに発症してしまうのだ。

もちろん、通常の死であっても、活性化遺体になってしまうことは珍しくなかったため、病院で患者の死亡が確認されると、即座に拘束処置がとられた。

ゾンビ化すると、食料の摂取は不可能になり、自らの脂肪や筋肉をエネルギー源として活動することになる。したがって、その活動期間は数か月であり、最終的には、筋肉の減少により動けなくなってしまう。ただし、ブドウ糖などのエネルギー源を注入すれば、数年以上活動を続けるという研究結果もある。

活性化遺体はすでに死亡しているため、殺害することは不可能だ。ただし、活動不能状態に陥らせることは可能だ。遺体なので傷が治癒することはなく、筋肉を切断してしまえば、もう動くことはできなくなる。また、脳や脊髄などの中枢部位を壊せば、制御された動きはなくなる。ただし、活動に呼吸や血液の循環は必要ないため、心肺を破壊しても、動きを止めることはできない。

活性化遺体は拘束後に通常通りの葬儀を行うことが一般的になった。

世界各国で、様々な防疫処置が行われたが、元々生命体ではないゾンビウイルスを非活性化させることは難しく、瞬く間に全世界に広がっていった。生きている人間が感染しても多くの場合、無症状で直ちに致命的な結果に繋がらないことがさらに感染の拡大を促進させた。発生が確認されてわずか二年後には地球上のすべての地域で感染者が確認され、その三年後には非感染者はこの世界に存在しないという発表が行われた。

日本では火葬が一般的なため、時折、火葬炉の中で遺体が暴れて、炉を破損することもあったが、大きな問題は起こらなかった。ただし、欧米など土葬の習慣が残る所では、墓地が騒がしくなるという問題が発生した。騒がしいだけならともかく、這い出した遺体が人々に襲い掛かる事件が起きるに至り、土葬の場合は中枢の破壊と筋肉断裂処理が義務付けられることになった。

活性化遺体の最大の問題はその法的な位置付けが微妙であるという点だった。病院で死亡した場合はいったん死が確認されるため、その後どんなに動こうとも、それは死体であるという前提で対応することができる。問題は自宅で亡くなった場合や、不慮の事故で医者が到着して死亡を確認する前に活性化してしまった場合だ。死亡が確認されていないため、それを死者だと断定することはできない。つまり、生死不明の状態だということになる。死んでいると断定できないため、中枢を破壊したり、筋肉を断裂させたりといった不活性化処置をとることもできないし、火葬や土葬の処置もできない。できるのは自然に筋肉が崩壊して動けなくなるのを待つことだけだ。

当初は、遺体を街中や山野を自由に歩き回らせているだけだったが、そのうち活性化遺体の収容施設も造られるようになってきた。

俗に収容される以前の屋外を歩き回っている活性化遺体は「野良ゾンビ」、収容所に収容された活性化遺体は「家畜ゾンビ」と呼ぶことがある。

野良ゾンビは危険な存在だが、動きが鈍いため、人が公園で居眠りをしたり、道端で酔いつぶれたりといった無謀なことをしない限り、嚙まれるようなことは滅多に起きない。

瑠璃が有狩の邸宅の前に到着したとき、一体の活性化遺体が数人の警官に拘束されてつれてこられたところだった。

周囲には鑑識係と思しき人々が付き添っている。

瑠璃は車を近くに止め、彼らに近付くと、何食わぬ顔で一緒に屋敷の中に入り込んだ。

こんなこともあろうかと、瑠璃は普段から遠目には鑑識の制服に見えるような服を用意しているのだ。

屋敷に入ると、有狩が待っていた。

瑠璃は思わず顔を背けそうになるのを我慢した。

相手が瑠璃の顔を知っているはずがない。ここで顔を背けたりしたら、かえって不自然になってしまう。

「有狩さん、このご遺体は葦土さんのもので間違いないですか？」中年の刑事――三膳孝彦（みよしたかひこ）が有狩に言った。

「よく見せてください」

活性化遺体は全身を特殊ロープで拘束されていた。このロープは手元のスイッチで、伸び縮みし、ある程度拘束の度合いを調整することができるが、今は最大限に拘束されている状態で、自分で手足を動かすことはおろか、顔の向きを変えるのもままならないようだった。

警官たちは猿轡（さるぐつわ）を噛ませた活性化遺体の顔をぐいっと有狩の方へ向けた。

「間違いありません。葦土君です」有狩は悲しみに耐えるためか、鼻頭を押さえた。

活性化遺体はぐるぐるという声を出し、だらだらと唾液を垂れ流した。

「部屋を開けたとき、この方はすでに活性化遺体だったということで、間違いないですね」三膳は確認した。

「はい」

「部屋に入られるときはまだ生きておられたんですね」

「それは確認していませんが……」

「それは我々が直接目にしています」女性スタッフが言った。

「失礼ですが、お名前は？」

「滝川麗美と申します」

「確認された他の方は？」

「わたしです」男性スタッフが答えた。「山中卓司と申します」

「どういった経緯で確認されたんですか？」

「プレゼンテーションの準備があるから部屋を貸して欲しいとおっしゃったんです」麗美が答えた。「有狩執行役員が二階の部屋へ案内するようにとおっしゃったので、ご案内させていただきました」

「その後、わたしが掃除のチェックでたまたま二階にいたところ、葦土さんが気分がすぐれないと部屋に戻られるのを目撃したのです」山中が答えた。

「その間、あなたはどこにおられましたか、有狩さん」三膳は尋ねた。

「ずっと、ここ……一階の広間におりました」

「それは証明できますか？」

「広間には三十人ほどのお客様と、二十人近くのマスコミの方たちがおられましたから、できると思います」

「部屋に入る前は生きていて、次に部屋から出た時には遺体になっていた。ということはつまり、この方は部屋の中で亡くなったということになりますね」

「そうですね。きっと、発作か何かで急死されたんでしょう」

「いえ。そうではないようですよ」三膳は華土の活性化遺体に近付き、目の前で手をひらひらさせた。

華土は噛み付こうとしたのか、三膳の掌（てのひら）に向かって首を伸ばした。

「ほら。喉に切り傷があるでしょう。おそらくこれが致命傷です」

「ゾンビ化した後に付いた傷ではないですか？」

「この出血量を見てください。シャツが表も裏も真っ赤ですよ。死んだ後は心停止するので、これほど出血しないでしょう」

「なるほど。そうかもしれませんね」

「通報によると、華土さんの活性化遺体は控え室で発見されたということですね」

「はい。間違いありません」

「その時に、この出血に気付かなかったんですか？　傷自体は顎に隠れて見えなかったかもしれませんが」

「なにしろ、気が動転していましたし……」

「背広には血が付いていませんでした」麗美が言った。

「背広？　被害者は背広を着ていたんですか？」

「ええ」麗美は顔色一つ変えずに言った。

「三膳警部」捜査官の一人が背広を持ってきた。「外に落ちていました。おそらくこれのことかと。木の枝か何かに引っ掛かって、もがいている間に脱げたんでしょう。活性化遺体にはよくあることです」

三膳は背広を広げて検めた。

背中のほぼ真ん中に穴が開いており、その周囲に血痕が付着していたが、外側は比較的綺麗だった。

「つまり背広のおかげで出血に気付かなかったということですか？」

「そうかもしれません」有狩が答えた。

「しかし、胸元の出血は見えていたのではないですか？」

「どうだっただろう？」有狩は考え込んだ。

「今日はパーティーの雰囲気に合うように照明を暗くしていたんです」麗美は言った。

「それに、華土さんは赤い幅広のネクタイをされていましたから、出血に気付かなかったのかもしれません」

三膳は考え込んだ。「誰が葦土さんに背広を着せたんだろうか？」

「自分で着たんじゃないですか？」麗美が言った。

「活性化遺体が服を着るところを見たことがありますか？」

「まさか、ゾンビにそんな知恵はないでしょう」山中が言った。

「葦土さんは最初から背広を着ていましたよ」麗美が言った。

「しかし、葦土氏は一度背広を脱いでいるんです。死ぬ前に」三膳はもがき続ける葦土を見つめながら言った。「そして、死んだ後に誰かに背広を着せられたんです。もし死んだ時に背広を着ていたのなら、背広の外側にも大量の血が付いていないとおかしいんです」

「誰が何のためにそんなことを？」有狩が尋ねた。

「それはまだわかりません」

「あなたは葦土君が誰かに殺されたと考えておられるんですか？」

「それもまだわかりません。しかし、事故や自殺だとしたら、背広の件は不自然だと思います」三膳が答えた。

「自分で喉を切った後、背広を着たんじゃないでしょうか？」山中が言った。

「どうして、わざわざそんな不自然な行動をとるんですか？」三膳が言った。

「それです。まさに不自然に見せるためじゃないでしょうか？」麗美が言った。

「なぜ、葦土氏が自らの死を不自然に見せたかったと思われるんですか?」

「もちろん、自殺だと思われないためです」

「どうして、自殺だと駄目なんですか?」

「保険金の問題などがあるんじゃないですか? それに自殺を不名誉だと考える文化もありますし」

「なるほど。自殺を他殺に見せ掛けることはありえなくはないでしょうね。しかし、そのためのトリックとして、背広を着るだけというのはどうにも弱すぎやしませんか?」

「さあ。葦土さんはそう思わなかったのかもしれませんわ」

「そうかもしれませんね」三膳は手帳に何かをメモした。「鑑識の方はどんな感じだ?」

「部屋の状態は撮影済みです。これから、詳細な調査に入ります」鑑識係の一人が答えた。

「葦土氏の遺体が逃げ出さないように見張っておいてくれ」三膳は警官たちに命じると、二階へと向かった。

控え室のドアの前でしゃがみ、ドアの蝶番を観察する。

「このドアはあなたたちがバールで壊したんですね」三膳が尋ねた。

「ええ。内側から鍵が掛かっていたので、そうするしかありませんでした」有狩が答えた。

三膳は部屋の中に頭を突っ込み、きょろきょろと観察した。「これは面白い」

「何かわかりましたか?」

「謎が解けた訳じゃありません。ただ、非常に興味深いことに気付いたのです」

「何ですか？」

「先程階下で行った議論に関するものです。果たして、葦土氏の死の原因は自殺なのか、他殺なのか」

「どっちなんですか？」

「どっちだとしても、説明が付かないのです」

「じゃあ、何もわからないということじゃないですか？」

「いえいえ。『自殺と他殺、どちらを仮定しても説明が付かない』ということ自体、一つの立派な知見ですよ」

「具体的に説明していただけますか？」麗美が言った。

「いいでしょう。まず、あなたの主張される通り、これは自殺——他殺に見せ掛けようとした自殺だと仮定しましょう。しかし、そう仮定すると、非常に説明し辛(づら)いことがあるのです」三膳は芝居掛かった調子で言った。

「どういうことですか？」

「この部屋は密室だからです」

「えっ？」

「この入り口のドアだけではなく、全ての窓が内側から鍵を掛けられています。もちろん、密室というのは、壁や天井や床に抜け穴がないと仮定してのことですが」

「もしこの部屋が密室だとしたら、自殺で決定ではありませんか。どこにも矛盾はありません」麗美が言った。

「いやいや。おかしいですよ。先ほどあなたがたは、自殺を他殺に見せかけるために、葦土氏は自分で喉を掻き切った後、背広を着たのではないかとおっしゃいました。しかし、葦土氏が自分が何者かに殺されたように見せたいのなら、どうしてわざわざこの部屋を密室にしたのでしょうか？」

「ついうっかり、この部屋が密室だということに気付かなかったんじゃないでしょうか？」山中が言った。

「自分で喉に致命傷を負わせてもなお背広を着るほど冷静な人間がそんな初歩的なミスをするでしょうか？　やるとするならわざとでしょう」

「じゃあ、他殺だな。何らかのトリックを使って、密室を作り上げたんだ。それで決まりだ」有狩が言った。

「どんなトリックで？」三膳は尋ねた。

「トリックを暴くのはあなた方の仕事でしょう」有狩は驚いたように目をぱちくりさせた。

「失礼。もしわかっているのなら、教えて貰おうと思ったんです。全然、見当も付かないので」

「では、他殺の線で、捜査を進めるんですか？」

「ところが、他殺だとしたら、辻褄（つじつま）が合わないんですよ」

「どういうことですか？」

「もし他殺だとしたら、犯人は何らかのトリックで密室を作り上げた。つまり、自殺や事故に見せ掛けようとした訳です」

「それ自体、別に不思議ではありませんが？」

「不思議なのは、背広です。自殺に見せ掛けようとして、密室トリックまで考えたのに、喉を掻き切った後に背広を着せたりしたら、まるで台無しです」

「つまりどういうことですか？」

「他殺に見せ掛けた自殺だとしたら、密室になっていることが不自然です。そして、自殺に見せ掛けた他殺だとしたら、背広の血痕が不自然です」

「結局何もわからないということじゃないですか」

「いえいえ。重要なポイントが明らかになったんですよ。自殺に見せ掛けようとしたのか、他殺に見せ掛けようとしたのか、どちらなのかはわかりませんが、本来の目的と整合のとれない行為が行われた訳です。その行為が意図的に行われたのか、もしくは期せずしてそうなってしまったのか、そこに事件のヒントが隠されているはずです」

「結局、何も言ってませんよね」麗美は呆れたように言った。「謎を提示しているだけで、解決には全然近付いていませんわ」

「まあ。そう焦らないでください。これからゆっくりと……」

突然、人垣を押し退けながら、中年女性が近付き、三膳に詰め寄った。「主人は殺されたんですか⁉」

「ええと。あなたはどなたですか？ と言うか、今の発言からして、被害者の奥様のようですが」

「はい。わたしは葦土の家内です」

「ええと。お名前は？」

「健介の家内で葦土燦と申します。主人は誰に殺されたんですか？」

「いや。殺されたと決まった訳ではありませんよ」

「でも、刑事さんは主人は殺された後で、背広を着せられたとおっしゃったではないですか。それはつまり、誰かがこの部屋にいたということでしょう」

「その可能性があるというだけです。必ずそうだという訳ではありません」三膳は冷静な口ぶりで言った。「ところで、奥さん、あなたは最初からこの会場におられたのですか？ それとも、知らせを受けて駆け付けられたのでしょうか？」

「会場で主人の発表を待っていました。重要な発表をすると聞いていましたので」

「重要な発表ですか。気になりますね。何を発表する予定だったんでしょうか？」

「わかりません。主人が研究内容の話を家ですることはありませんので」

「研究所外で研究の話をするのは、たとえ家族間であっても原則禁止としていました」有狩が言った。

三膳は有狩の話が聞こえなかったかのように、質問を続けた。「奥さん、あなたもご主人の叫び声をお聞きになったのですか？」

「あっ。はい」燦は答えた。

「確かに、ご主人の声でしたか？」

「ええと。たぶんそうだと思います」

「たぶんということは違う可能性もあるのですか？」

「主人の声に似ていました。しかし、これまで主人の叫び声を聞く機会などなかったもので、本当に主人の声だったのかと訊かれると少し自信がありません」

「そんなことを奥様に訊いて、どういう意味があるんですか？」山中が憤慨したように言った。

「もし明らかに葦土氏の声ではなかったということでしたら、意味があるかと思ったのです。でも、そういうことではなさそうですね」三膳は答えた。

「主人を殺した犯人を突き止めてください」燦は繰り返して言った。

「さっきも言ったように、殺人と確定した訳では……」

「その依頼、わたしが引き受けるわ」瑠璃が割って入った。

その場にいる全員が瑠璃の方を見た。

三膳もぽかんと瑠璃の方を見ている。

瑠璃は地味な帽子を脱いだ。ぱらりと長い髪が垂れ下がる。

「つまり、わたしがご主人を殺害した犯人を見付けるってことよ」瑠璃は明言した。

「君は……」三膳は戸惑っているようだった。「鑑識係……ではないようだな。似ているが制服ではない。ちょっと制服に似ていたので、錯覚してしまった。誰かこの人をご存知の方はおられますか?」

返事はない。

「ええと、あなたはパーティーの出席者ですか?」三膳は尋ねた。

「いいえ」

三膳の表情は険しくなった。

「どうして、ここに入って来られたんだ?」

「普通に歩いて入ってきたけど?」

「ここは立ち入り禁止だ」

「そうだったの? 誰にも咎められなかったので、てっきり入っていいものだとばかり……」

「鑑識係のふりをして紛れ込んだ癖に」

「いいえ。そんなつもりはないわ」瑠璃は空とぼけた。

「君は何者だ？」

「八つ頭。八つ頭瑠璃よ」

「関係者か？」

「関係者と言えば、関係者ね」瑠璃は名刺を差し出した。「私立探偵よ」

「死人が出ているんだ。探偵ごっこをしている暇はない」

「じゃあ、これは殺人事件なのね？」

「まだ断定する段階ではない」

「奥さん、わたしなら殺人事件だと断定して調査を始めるわ。依頼しない？」瑠璃は燦に言った。

「えっ？　わたし、どうすればいいのかしら？」燦は混乱しているようだった。

「奥さん、警察を信頼してください」三膳は言った。

「ちょっと待って。考えさせて」

「わたしなら格安で請け負うわよ」瑠璃は言った。

「警察の方が信頼できる！」三膳は言った。

「いいえ。無能な刑事に頼っていては事件の解決は覚束ない。ご主人を殺した犯人を突き止めたくはない？」瑠璃は言った。

「だから、まだ殺人だとは決まってないと言ってるだろう!!」

「これは殺人よ」

「喉を切られた後に背広を着せられたからか？」

「不審な点の一つね」

「だからと言って、他殺だとは断定できない。もし殺人だとしたら、彼は密室で殺されたことになる」

「密室で人を殺す方法はないの？」

「殺せたら、密室じゃないだろ」

「じゃあ、密室じゃなかったんだわ」

「論理がおかしい。君は他殺前提で話をしている。『密室じゃないなら、他殺の可能性がある』ではなく、『他殺だから密室じゃなかった』と言ってるんだぞ」

「ええ。わたしはそう言ってるの。これは殺人事件よ」

「どこにそんな証拠がある？」

瑠璃は携帯端末を取り出した。「さっき被害者の写真を撮らせて貰ったわ」

「いつの間にそんなものを撮ったんだ？」

「ここに来てすぐよ。あんたもいたけど」

「それは……鑑識係だと思ったから……」三膳は鑑識係の一人に言った。「どうして、こいつに撮影の許可を出したんだ？」

「それは三膳警部の目の前で撮影されていたから、てっきり捜査関係者かと……」

「これは何？」瑠璃は被害者の写真を端末に表示した。

「喉の傷か？　おそらくそれが致命傷だ」

「では、これは何？」瑠璃は別の写真を表示した。

「これは……」

「掌の傷よ。それも貫通している。これは防御創じゃないかしら？」

「何だと？」三膳は写真に見入った。

「防御創とは何ですか？」有狩が尋ねた。

「被害者が犯人から身を守ろうとしてできた傷です。刃物を払いのけようとしたり、手で摑んだりして」

「つまり、これは葦士君が犯人から身を守ろうとした証拠だということか」有狩は言った。

「ちょっと、待ってください」三膳が言った。「そんな単純なものではないんです」

「単純じゃないってどういうことですか？　他に解釈があるってことですか？」

「ああ。それは、つまり……」

「それで、何かを証明したつもり？」麗美が口を挟んだ。

「ええ。そのつもりよ」瑠璃は麗美の目を見つめた。

「葦土さんが自殺を他殺に見せ掛けようとしたのなら、防御創ぐらい演出するんじゃないの？」

「この防御創をよく見て。完全貫通して、骨が露出して筋肉も断裂している。これは右手なのよ。これだけ酷い怪我だともうナイフを摑むことなんかできないでしょ」

「葦土さんが右利きだって確認したの？」

「奥さん、ご主人の利き手は？」

「右です」燦が答えた。

「ほら。今、確認したわ」瑠璃は勝ち誇ったように言った。

「確かに酷い怪我のように見えるけど、ナイフを持てないと決まった訳じゃないわ」麗美は反論した。

「さっき、葦土さんのゾンビの手の動きを動画で撮ったんだけど」瑠璃は動画を再生した。

「ほら全然動かないでしょ。検死で確認して貰ったらわかると思うけど、筋肉も腱もぼろぼろで動かないはずよ」

「ええとね」麗美は溜め息を吐いた。「右利きだからといって、左手が使えない訳じゃないのよ。自分の喉は左手で掻き切ったに決まってるでしょ」

「葦土さんの喉がどっちの方向から切ったかも検死でわかるはずです」

「あなた自身は確認したの？」

「いいえ。傷口をひと目見ただけで、切った方向がわかるほどわたしのスキルは高くないわ」瑠璃は答えた。

「自分で認めたわね。そもそも、どちらからどちらに切ったかはわかったとしても、それがどちらの手で行われたかなんて、わからないじゃないの。あなたの言っていることは全部机上の空論なのよ」

「確かに、無理をすれば、左手でも右手で切ったかのように偽装することはできるかもしれないわね」

「ほら。御覧なさい。あなたの推理は詰めが甘いのよ」麗美は冷ややかに微笑んだ。

「でも、実を言うと、傷の方向はあまり関係ないのよ」

「何を言ってるの？　あなたは右手で切られたと主張しているんでしょ？」

「まあ、どっちでも構わないわ」瑠璃は言った。

「今更、何を言ってるの？　自分が主張していた他殺説を放棄するということ？」

「いいえ。そんなことはしない。これは他殺よ」

「でも、利き手は関係ないのよね」麗美は確認した。

「ええ。利き手は関係ないわ」

「だったら……」

「だって、両手とも防御創で使えない状態だったから」瑠璃は左手の写真を見せた。殆ど指がとれそうな状態になっている。

燦は顔を伏せた。

「どういうつもり？」麗美は瑠璃を睨んだ。「最初から両手とも使えない状態だったと言えばよかったじゃない。どうして、利き手の話なんかしたの？」

「あなたを試したのよ」

「わたしを試した？　どういうこと？　わたしに充分な観察力があるかどうかを試したってこと？」

「それもあるけど、わたしの利き手に関する誘導に引っ掛かるかどうかを確認したのよ」

「どういう意味？」

「あなたが強硬に自殺説を支持していたことが気になったのよ」

「わたしを疑っていたってこと？」麗美は目を見開いた。

「もしあなたが犯人だったら、両手とも怪我をしていたことを知っているので、わたしの利き手に関する誘導に引っ掛からなかったはずだわ」

「わたしが犯人だと思ってたの？」

「その疑いは晴れたので、気にする必要はないわ」

「いや。気にするわよ」

「素晴らしい」有狩は拍手した。「見事だ」

「ええと。その程度のことなら、すでに我々も考えていました」三膳が言った。「ただ、あれだ。捜査上の秘密なので、安易に公表はできなかったんです」

「奥さん、いかがですか？　この探偵の方に依頼してみませんか？」有狩が燦に提案した。

「ええ。……でも、どうしたらいいか……」

「当然です。私立探偵に殺人事件の解決を依頼するなんて、常識外れも甚だしい」三膳が言った。

「では、わたしが依頼しよう」有狩が言った。「費用はいくら掛かってもいい。葦土君を殺した犯人を突き止めて欲しい」

「いや。……それは……しかし……」三膳はどう言っていいのかわからなくなり、頭を抱えた。

3

「もうすぐわたしの友達が来るのよ」姉の沙羅(さら)が言った。

「本当？　楽しみだわ」

「来るのを知ってた癖に白々しいわ、瑠璃」沙羅は苛立たしげに言った。

「ごめんなさい。でも、本当に嬉しいから、初めて知ったということにしたの」

「どうして、そんなごっこ遊びをする必要があるのよ？」沙羅は不機嫌になった。

「わたしは思い込むの。お姉ちゃんの友達が今日来るなんて、全然知らなかったって」

「だから、そんな思い込みにどんな意味があるの？　もう十歳なんだから、そんな幼稚なごっこ遊びはやめてくれる？」

「幼稚とかじゃないの。わたしはそう思い込みたいの。思い込めばしばらくの間、嬉しい気分になれるんですもの」

「どうして、嬉しい気分になれるの？」

「だって、初めて知ったとしたら、わたしはまだ知らないのよ」

「何を知らないの」

「お姉ちゃんの友達に会わせて貰えるかどうかよ」

「はあ!?　あんた、何言ってるの？」

「だから、わたしはそのことを知らないのよ」

「知ってるでしょ」

「知ってるけど、知らない」

「頭、おかしくなったの!?」

「わたしは知らない。わたしは知らない」

「馬鹿みたい。本当は知っている癖に」

「お願い知らないってことにして」

「だから、わたしはもう幼稚なごっこ遊びなんかしないのよ」

「そうしてくれたら、わたしはほんの少しの時間だけ嬉しい気分でいられるから」

「あんたは嬉しくなんかならなくていいのよ」

「どうして、わたしは嬉しくなっちゃいけないの？」

「わたしが嬉しければそれでいいの。あんたはわたしの添え物なんだから。わかってるでしょ、瑠璃」沙羅は瑠璃を睨み付けた。

「ええ。わかってるわ。でも、そのことを少しの間だけ忘れたいの、お姉ちゃん」

「そんなに簡単に忘れることなんかできないわ」

「わかってるわ。でも、忘れたっていうことにしたいの」

「なに気持ちの悪いことを言ってるの？」

「お願い。お姉ちゃんの友達が来る前に、このごっこ遊びはやめるから」

沙羅は少し考え込んだ。「本当？　友達が来る前にやめるのね。絶対よ！」

「ええ。約束するわ」

「わかったわ。じゃあ、ほんの少しだけ、あんたのごっこ遊びに付き合ってあげるわ」

「じゃあ、もう一度言ってちょうだい。『もうすぐ友達が来る』って」

「もうすぐわたしの友達が来るのよ」

「本当？　楽しみだわ」瑠璃は幸せそうな笑みを浮かべた。

「どうして、嬉しそうなの、瑠璃？」

「どうしてか訊きたい、お姉ちゃん？」

「ええ。わたしはあんたが薄ら笑いをしている理由が知りたいわ」

「わたしはね、お姉ちゃんの友達が来たときに、ちゃんと自己紹介をするのよ」

「はっ？」沙羅は鼻で笑った。「そんなこと無理に決まっているわ」

「どうして、お姉ちゃん？」

「あんたは気持ちが悪いからよ。だから、わたしのお友達と喋ってはは駄目なのよ」

「でも、わたしもお友達と喋りたいの」

「どうして、そんな我儘を言うの？」

「お姉ちゃんとわたしは姉妹なのよ」

「知ってるわ」

「それも双子なのよ」

「忌々しいことにね」

「お姉ちゃんに友達がいるのなら、わたしに友達がいてもおかしくはないのよ」

「おかしいわ」

「おかしくないわ」

「わたし考えたの。なぜならあんたは添え物だから」

「わたし考えたの。添え物っていうのはおかしいと思うの」

「どうして？　わたしの友達にあんたみたいな子は一人もいない」

「その子たちはみんな双子じゃないんでしょ」

「ええ。そうよ。みんな双子じゃないの。ひと子よ」

「『ひと子』なんて、言葉はないんじゃない？」

「あるわ。わたしが作ったの」

「お姉ちゃんが作った言葉は言葉のうちに入らないわ」

「新しい言葉は誰かが作っているんだから、わたしが作ってもおかしくないわ」

「じゃあ、『ひと子』という言葉があるということでいいわ」

「わたしの友達はみんなひと子なの。だから、わたしもひと子だと言ってあるの」

「でも、それって嘘だわ」

「ええ。嘘よ」

「嘘はよくないことだわ」

「ええ。そうよ。だから、絶対に嘘を吐いたってばれたくないの」

「でも、わたしを見たら、みんなお姉ちゃんがひと子じゃないって気付くと思うわ」

「ええ。そうよ。だから、絶対にあんたを見られたくないのよ」

「そんなの自分勝手だわ」

「ええ。自分勝手かもしれないわ。でも、あんたがわたしの立場だったら、同じことをしないかしら？」

「そりゃあ、するかもしれない。でも、そんなことより、どうしてわたしじゃなくお姉ちゃんなの？」

「何の話？」

「友達の前に姿を見せるのがお姉ちゃんで、わたしが隠れなきゃいけないって、どうして決まったの？」

沙羅はけらけらと笑った。「だって、そんなの決まっているじゃない」

「だから、どうして決まったの？」

「わたしがお姉ちゃんで、あんたが妹だからに決まっているじゃないの」

「それがそんなに大事なことなの？」

「めちゃくちゃ大事なことよ」

「わたしたちは双子なのよ」

「ええ。知ってるわ」

「だから、生まれた時間はあまり変わらないの」

「だから、お姉ちゃんと妹というのは、ほんのちょっとした違いよ」

「いいえ。とても大きな違いよ。わたしが先に生まれたの。わたしが上なの。あんたは下なの。この違いはとても大きくて、絶対にひっくりかえらないのよ」

「本当にそうなのかしら？」

「これは生まれたときに決まったことなので、もうどうしようもないのよ」

「でも、わたしだって……」瑠璃は泣きそうになってしまった。

「絶対に泣いちゃ駄目。あんたが泣いたら、みんなにあんたがいるってばれるかもしれないじゃないの。もうすぐみんな来るんだから」

「今日だけ、お姉ちゃんと入れ替わっては駄目？」

「駄目に決まってるわ。そんなことをしたら、お父さんとお母さんも悲しむわ」

「えっ？　それって本当？」

「ええ。本当よ。二人とも、あんたには隠れていて欲しいって思ってるのよ」

「そんな……」

「どうなの？　お父さんとお母さんを悲しませるの？」

瑠璃は何も言えなくなった。

「だったら。すぐに隠れて、じっと静かにしてて」沙羅はほくそ笑んだ。

「ええ。知ってるわ」

チャイムが鳴った。

「ほら。誰かが来たわ」沙羅は慌てて、瑠璃を隠し場所に押し込んだ。「絶対に音を立てては駄目よ」

沙羅は玄関に走った。

「いらっしゃい」

ドアを開けると、三人の女の子が立っていた。

「こんにちは。お邪魔します」

「気を遣わなくても大丈夫よ。今日、両親は留守だから」沙羅はとびきりの笑顔で友人たちを迎え入れた。

三人はきょろきょろと家の中を見回した。

「どうしたの？」沙羅は尋ねた。

「ううん。何でもないの」女の子の一人が言った。「大きなおうちね」

「そうかしら？」

「随分大きいわ」

「そんなことより、一緒に遊びましょう。子供部屋に来るといいわ」

女の子たちは子供部屋へと向かった。

「ここが沙羅ちゃんの部屋なの？」

「ええ。そうよ」

瑠璃はこっそり少女たちの様子を覗いた。

みんな可愛い子ばかりだわ。お姉ちゃんだって負けないぐらいに可愛い。でも、わたしはどうなのかしら?

「可愛いお部屋ね。お人形がいっぱいあるわ」

「ええ。でも、まあお人形は子供っぽいからそろそろ卒業しようと思っているのよ」

お姉ちゃんはあまり人形が好きじゃない。

「ご本もたくさんあるわ。本棚から溢れてしまいそう」

「そうね」沙羅は感心なさそうに言った。

お姉ちゃんは本もあまり好きじゃない。

「探偵小説が多いのね」

「ええ」

「探偵が好きなの?」

「えっ?」

「だって、探偵が好きだから、探偵小説がいっぱいあるんでしょ?」

「そ、そうね」

「どの探偵が好きなの?」

「ええと……コナンかな……」

お姉ちゃん、それはたぶん違う。

「コナン？　アニメの？」

「アニメというか……」

「コナン・ドイルのこと？」別の女の子が言った。

「そ、そうよ。好きな探偵はコナン・ドイルよ」

「何、言ってるの？　コナン・ドイルは探偵じゃないわ。ドイルは作者よ」

「もちろんよ。『好きな作者』と言おうとしたのよ」

「ドイルの作品では何が好き？」

沙羅の視線は本棚の本の背表紙の上を彷徨（さまよ）った。普通に『シャーロック・ホームズの冒険』でもいいけど。ドイルなら『バスカヴィル家の犬』よ。

「何か探しているの？」女の子が言った。

「本の題名をど忘れして……。そうよ。『失われた世界』よ。わたしはこの本が好きなの」

「本当？」

「ええ。本当よ」

「でも、その本は探偵小説ではないわ」

それは恐竜が出てくるSF小説よ。瑠璃は喉まで出掛かった言葉を飲み込んだ。ここで瑠璃が隠れていることがばれたら、沙羅は物凄く怒りそうだったし、両親に言い付けるだろう。両親が自分を怒るのは構わないが、悲しむ姿は見たくない。

「これって、本当はあなたの本じゃないんじゃないの？」女の子の一人が指摘した。そう。あの本は全部わたしのものだわ。いつもお姉ちゃんの傍で読んでいるのに、全然気にしていなかったのね。

「え……ええ、そうよ。本当はわたしのじゃないの」

えっ？　本当のことを言うの？　じゃあ、わたし、みんなの前に出ていいのね。

「これは親戚のお姉さんから貰ったものなのよ」沙羅は言った。「お姉さんが小学生の時に読んでいた本をくれたのよ」

「あらそうだったの。でも、どうして自分のだなんて嘘を吐いたの？」

「みんながわたしのことを読書家だと思ったみたいだから、本当は読んでいないなんて言い出しにくかったのよ」

瑠璃は心底落胆した。やはりわたしは出てはいけないんだわ。

「ちょっと見てもいい？」女の子の一人が言った。

「ええ。構わないわ」

「親戚のお姉さんって、中学生？」

「ううん。大学生よ」

「本当？　それも嘘じゃないの？」

「本当よ。どうして、嘘だと思うの？」

「だって、この本」女の子は奥付のページを開いた。「出たの、つい最近よね」

「どういうこと？」

「奥付には発行年月日が書いてあるのよ。大学生のお姉さんが小学生の時に買った本だったら、六年以上前の本のはずよ」

「それは……全部貰ったんじゃないのよ。お母さんが買ってくれた本もあるのよ」

「どれがお母さんが買ってくれた本なの？」

「……」

「どうしたの？」

「わからないわ」

「お母さんが買ってくれたのに？」

「わたし、本当に読書に興味がないから。買ってくれても気付かないぐらいよ。お母さんが勝手に本棚に入れてくれるの」

お姉ちゃん、いくらなんでも、それは不自然だわ。

女の子たちは顔を見合わせていた。何かを言いたそうな雰囲気だったが、誰が言い出すかを迷っているようだった。

「どうしたの？」沙羅は尋ねた。

「あのね。都市伝説があるの」一人の女の子が言った。

「都市伝説？」

「都市伝説というか、噂よ」別の女の子が訂正した。

「どんな噂」

「学校の子の噂よ」

沙羅は何となく勘付いたようだった。

「わたしの噂？」

女の子たちは頷(うなず)いた。

「いったいどんな噂なの？」沙羅の顔色が変わった。

「もう一人いるって」

「もう一人何がいるの？」沙羅は尋ねた。

「女の子。この家の中に」

瑠璃はどきりとした。沙羅が震えているのがはっきりとわかった。

「何、それ？」沙羅は掠(かす)れた声で言った。

「本当は、沙羅ちゃんには、秘密の妹がいて、この家に住んでいるっていう噂よ」

「ただの噂だと思うけど」別の女の子が言った。

本当のことだわ、と瑠璃は思った。

「誰がそんなことを言ったの？」沙羅は尋ねた。

女の子たちは顔を見合わせた。

「誰かが言ったとかじゃなくて、噂よ」

「噂だとしても誰かから聞いたのよね？」沙羅は食い下がった。

今がチャンスなのかもしれないわ、と瑠璃は思った。わたしのことをみんなに打ち明けてしまうちょうどいいチャンスよ、お姉ちゃん。

「ねえ、あなたは誰から聞いたの？」沙羅は一人の女の子に詰め寄った。

そんなことをしなくても、本当のことを言えばいいのよ、お姉ちゃん。

「ええと。美月ちゃんかもしれないわ」

「美月ちゃんは誰から聞いたの？」沙羅は別の子に尋ねた。

「ええと、わたしは忠美ちゃんから聞いたと思うわ」

「忠美ちゃん、今日は来てないわ」

「ええ。塾に行ってるのよ」

「忠美ちゃんは誰から聞いたって言ってた？」

「わからないわ。ただの噂だもの」

「ただの噂？　わたしのこと名指しなんでしょ？　だったら、噂でなくて、悪口じゃないの」

悪口？　わたしがいるのが悪口なの？

「ごめんなさい」女の子たちは謝った。

「みんな、悪いと思ってるの？」沙羅は言った。

お姉ちゃん、何を言ってるの？　そんなことより、わたしのことをみんなに教えて。そうすれば、もう秘密の妹じゃなくなるのに。

「ええ。変なこと言ってごめんなさい」女の子たちは項垂(うなだ)れた。

沙羅は黙っている。

お姉ちゃん、何を躊躇(ためら)っているの？

そうだ。もうわたしが出ればいいんだわ。そうすれば、もうお姉ちゃんもわたしがいないことにはできない。

わたしは深呼吸をした。

「もういいのよ。そんな子いるはずがないし」沙羅は言った。

えっ？

「でも、さっき沙羅ちゃんはこの部屋のことを『子供部屋』って言ったわ。一人っ子だったら、『子供部屋』なんて言わずに、『わたしの部屋』って言うはずよ」

沙羅は今喋った女の子を睨み付けた。

「わたしの家では『子供部屋』って言うの。きっと、弟か妹を産むつもりだったんだわ。まあ、これから産まれるかもしれないけどね」

やっぱりわたしはいないということで、押し通すつもりなのね。

「ほら。この部屋にはベッドが一つしかないわ。もし、妹がいるのなら、もう一つベッドがあるはずよね」

「確かに……そうね」

本当に納得したのかはわからない。ただ、少女たちが反論する気力を失ったのは確かなようだった。

でも、まだひっくり返せる。わたしが物音を出して注意を引けば、すべてが覆る。

わたしは覚悟をした。

「いいわ。じゃあ、この話はもうやめにするわね」沙羅は宣言した。

瑠璃はとてつもない無力感を味わった。とても、出ていくことはできない。もし出ていったとしたら、沙羅のとてつもない怒りに曝(さら)され、そしてもはや二度と立ち直れないような気がした。

「さあ、みんなでゲームをしましょう」沙羅は大げさに微笑んだ。

わたしが隠れていればいいんだ。それで、みんなが幸せに生きられる。

4

発症するのは哺乳類に限られたが、ゾンビウイルスは全ての脊椎動物に感染した。つまり、ペットや人間が食べる肉の殆ど——犬、猫、小鳥、牛、豚、鶏、羊、鯨、魚——は全てゾンビウイルスに感染するのだ。

当初、この事実はさほど重要視されなかった。ゾンビウイルスの感染力は強いが免疫に弱く、人間と同じく動物でも発症することは稀(まれ)だったからだ。

だが、家畜やペットはやがて死を迎える。そして、死の瞬間、どんな免疫系もその機能を失う。人間の身近にいるペットである犬や猫は本来肉食動物である。ゾンビ化したペットはその瞬間に猛獣と化した。もちろん、その敏捷(びんしょう)さは失われるが、牙と爪の威力は人間の比ではない。多くの飼い主たちは、ペットへの愛情からペットのゾンビ化をすぐに受け入れることができず、彼らを抱き締めて宥(なだ)めようとした。その行動が悲劇を生んだ。飼い主たちはペットの攻撃により、大きな傷を負い、それが元でゾンビ化した。

ゾンビウイルスは愛を利用して感染を広げた。それは人間同士だけではなく、飼い主とペットの間でも起こったのだ。

ペットの飼育は政府によって管理されることになった。ほぼ毎週、ペットの健康診断が義務付けられ、病気や怪我で弱っていることが確認されたものはゾンビ化していなくても隔離された。このような措置を受け入れられない飼い主は多かったが、徐々に被害の深刻さが明らかになるにつれ、法律に従うようになっていき、またペットを飼う人々も少しずつ減っていくことになった。そして、ゾンビ化したペットたちは一か所に集められ、管理された。

食肉用家畜の問題はそれよりも遙かに深刻だった。

なんらかの原因——急病や事故による生命力の低下等——で、家畜の群れの中の一頭がゾンビ化すると、逃げ場のない家畜たちは凄まじい勢いで、ゾンビ化していった。

ある晩、全く問題のなかった厩舎が次の日の朝、阿鼻叫喚の地獄絵図になっていることは稀ではなかった。

狭い空間に閉じ込められたゾンビ獣たちは互いに共食いを続ける。手足がばらばらになっても、内臓がなくなっても、ゾンビ獣たちは動き続け、仲間同士を食べ続けるため、凶暴な口が挽き肉の海の中で、互いに貪り合うことになるのだ。

世界中の牛、豚、鶏は壊滅的な打撃を受けた。もちろん、それらの種族が滅亡した訳ではない。ゾンビ化していない家畜は隔離され、細々と生き続けた。しかし、食肉用の家畜を隔離環境で飼育することは、極端なコスト高を生んだ。

一方、飼料としての価値がなくなった農作物は市場でだぶつき、暴落することになったため、食料が不足することはなかったが、人々の食生活が急速に貧しくなったことは否めない。

いろいろな食品メーカーは植物を加工して、食肉風味にできないかと研究開発を重ねた。中にはそこそこましなものもできてはいたが、大部分は肉とは程遠い代用物でしかなかった。

隔離環境で育てられるため、食肉は高騰し、庶民には手に入らないものになっていった。ところが、極稀に非常に安い肉が売られることがあった。他の農場から離れていたため、ゾンビの被害を免れていた業者が廃業することになり、大量の肉が放出されたから、という触れ込みだった。

それらの食肉はたいていの場合、加工されており、原形を留めていなかったが、味や臭いに多少の違和感がある他はたいした問題がないため、肉に飢えていた庶民に歓迎された。あるとき、その肉に疑問を持った民間団体が分析を行った。その結果、それらの食肉には大量のゾンビウイルスが含まれていることがわかったのだ。

ゾンビに噛まれ血液中に大量のウイルスが侵入する場合とは違い、経口摂取した場合は、消化吸収される量が限定されているため、すぐに何かが起こる訳ではない。そもそも、ほぼ全ての人類はすでにゾンビウイルスに感染してしまっている。しかし、あまりに大量のウイルスに汚染されているそれらの肉は不審に思われた。

実験の結果、それらの肉はゾンビ化した家畜の肉と同じ状態であることがわかった。つまり、それらの肉はゾンビ獣のそれだと考えるのが合理的だった。

ゾンビ獣の肉を食べさせられたと知った人々はパニック状態となった。

しかし、数週間後、政府はゾンビ獣肉を食べても健康上の問題は発生しないと発表した。

確かに、それらは死亡した家畜の肉であったが、そもそも食肉は以前から全て死んだ肉だ。従来の食肉と較べて違うのはただゾンビウイルスの量が多いというだけであり、ゾンビウイルスを大量に経口摂取しても問題がないことは以前から知られていた。

しかし、多くの人々はその説明に納得しなかった。

従来の食肉は生きていた家畜を殺処分した直後に処理したものだ。それに対して、ゾンビ獣は実際にいつ死亡したものかわからない。極端な話、死亡後数週間、数か月経った腐敗した肉を食べさせられたのかもしれない。人々はそう主張した。

しかし、その主張に対しても、政府機関は無害であるとの回答を行った。

確かに、ゾンビ化した人間や家畜の肉体は損傷し、ぼろぼろになる。しかし、それは腐敗によるものではないのだ。ゾンビ化すると痛覚がなくなり、また怪我の回避のための機敏な行動がとれなくなるため、生きているときと較べて、怪我を負いやすくなる。そして、一度怪我を負うと、それが治癒することはない。結果として、ゾンビ化した人間や家畜の肉体はぼろぼろな状態になるが、それでも腐敗は殆ど進行しないのだ。

なぜ、腐敗しないのか？　それはゾンビウイルスの発生する特殊な物質の効果によるものだ。それは、一種の抗生物質のような効果を持っていた。その物質は腐敗菌を含め、多くの細菌を死滅させることができた。

ゾンビウイルスがそのような物質を分泌する理由はよくわかっていない。ライバルとなる微小生物を排除しようとしているという説、代謝により排出する物質がたまたま抗生物質だったという説が真しやかに乱れ飛んだが、政府は深く説明することなしに、無害を主張した。

最初は心理的に強い抵抗感を持っていた市民も肉への渇望から、ゾンビ肉に手を出すようになってきた。さらに、ゾンビ肉はゾンビウイルスが存在するために特殊な熟成効果があるようで、強烈な旨みに満ちていた。人々は中毒のようにゾンビ肉を求め出した。

もちろん、最初にゾンビ肉を売った企業は一種の産地偽装を行ったのだから、罰則が適用された。だが、明確にゾンビ肉だと表示していた後続の企業群には特に問題はないという判決が下りた。

世間の多くの家庭の食卓は漸く贅沢さを取り戻し始めた。

ただ、ゾンビ獣は普通の獣のように、繁殖することはありえなかった。

初期の頃はゾンビの交配実験も行われたが、そもそも生殖細胞が死んでいるため、胎児を発生させることはできなかったのだ。人工授精などの研究もなかなか成果を上げることはなかった。

ゾンビ肉は現れたときと同じように急速に姿を消していった。

しかし、肉食を一時的にでも復活させてしまったことは、人々が一度は諦めていた肉への渇望に火を点けてしまった。

人々は残り少ない野生動物のゾンビ――ジビエゾンビを求めて、野山を駆け巡った。生きている獣は銃弾一発から数発で倒すことができるが、ゾンビ化している場合は、少ない弾で倒すのは至難の業だ。完全に脳を破壊するか、脊髄部分を切断してしまうことが必要になる。だから、獲るには非常にコストが掛かったため、高級肉扱いだった。

その次に目を付けられたのは、隔離施設に収容されているペットたちだった。収容時には発症していなくても、人手不足で手当てに手が回らず、その殆どはゾンビ化してしまっていた。厳密に言えば、ペットゾンビの所有権は元の飼い主たちにある。しかし、元のペットに面会に来て、嚙まれてしまうという事故が多発したため、原則的に面会は法律で禁止されることになった。つまり、飼い主ですら、自分のペットに会うことができなくなったのだ。これはゾンビペットが収容施設からいなくなっても、誰もそのことに気付かないということを意味している。

金儲けに抜け目のない者たちはこの事実を見逃さなかった。

そもそも増える一方のゾンビペットを施設の側でも持て余し気味になっていた。そして、当然のことながら厳密な管理は行われておらず、適当に縄で繋いで、無暗(むやみ)に共食いをするのを防いでいるぐらいだった。

悪質な業者たちは施設の職員に賄賂を渡し、ゾンビペットを貰い受け、食肉に加工し、販売を始めた。これらの肉もまた飛ぶように売れたが、その素性も程なくして明るみに出てしまった。

さすがにペットを食用にするのはどうかと騒がれたが、ゾンビ化した時点で一種の廃棄物と見做(みな)すとの判例が出たことから、いっきに合法化が進んだ。

しばらくの間は、ゾンビペットからの肉の供給が続いたが、やがてそれも底を突き出した。

だが、人々の肉への渇望は留まるところを知らなかった。さらに新たな肉の供給源を探す必要があった。

活性化遺体はあくまで遺体であって、人間ではない。

そう主張する人々が現れた。

人間でないにしても、人間の遺体であることは間違いない。

そう反論する人々も現れた。

牛や豚や鶏を食用だと決めたのは人間だ。食用動物と非食用動物の間には明確な違いはない。人間が食用だと決めた瞬間にそれは食用肉になるのだ。犬や猫が食用でないというのは勝手な思い込みだ。現にあなたがたもゾンビ化した犬猫を食べたではないか。みんなが犬猫を食用だと考えたから、それは食用となったのだ。

犬や猫を食用とする文化は元々存在した。それは潜在的に食用に供される可能性があったということだ。人間の遺体とは違う。

人肉を食する文化もかつては存在した。

文化ではなく、特殊な環境下における緊急避難である。

そうではなく、恒常的に人肉食を行う文化は存在した。その多くは殺人を前提とするため、近代以降、禁止されてしまっただけであり、文化自体はそれほど特殊なものではない。

そうだとしても、その文化を積極的に復活させる意味はない。人肉を食べるためには、殺人が必要となる。

殺人は不要である。活性化遺体はすでに遺体であり、それを殺すことは不可能だ。

議論は紛糾したが、ゾンビ化した人間を食べてはいけないという理由を論理的に説明するのは困難であり、世論も徐々にゾンビ肉の食用解禁へと流れていった。

そして、その頃には「猿肉」と称する希少肉の販売が始まっていた。猿種としては、日本猿、チンパンジー、オランウータン、ゴリラ、ボノボ、手長猿、モノスなどと主張された。

日本猿以外は希少な類人猿であり、モノスに至っては存在が明確に確認されていない未確認生物である。大量に出回ることは不自然と言わざるを得なかった。

だが、「猿肉」という看板が掛かっていたことによって、人々が口に入れるハードルは極めて低くなった。

いくらゾンビのものだといっても、人肉を食べるのは気が咎める。だが、「猿肉」なら食べても支障はない。もちろん、悪質な業者が何か違うものの肉を「猿肉」と称して販売する恐れはあった。だが、それを心配するのは消費者の仕事ではない。スーパーで売っている食糧がすべて密輸品でないと確認する人間がいるだろうか？　無農薬野菜が本当に無農薬で育てられたか、分析をする人間がいるだろうか？　もちろん、消費者だって、気にしていないことはない。だが、それらを実際に検証することは不可能なのだから、嘘だった場合の責任は企業や政府に取らせればいいのだ。もし、それが嘘だったのなら、企業や政府は糾弾されるべきだが、知らずにそれを口にした消費者は責められるべきではない。

「猿肉」は合法から非合法に亘る様々な場所で市販され、好評を博した。

そして、「猿肉」ブームの中、世の中の多くの人々が薄々感じていたその正体が明かされることになった。

正体がリークされたのは、実は意図的だったのではないかとも言われている。人々の中に「猿肉」が浸透するのを待ってから、正体を明かせば、いまさら引き返すことができないと考えたのだろうということだ。

「人肉」を食べることを殆どの人は禁忌だと考える。それは冒瀆的なことだし、罪深い、穢れた行いだ。

だが、江戸時代以前、日本では原則として哺乳類の肉を食べることは禁止されていたが、明治以降、肉食は一般的に行われることになった。禁忌は一度破ってしまうと、修復することは難しくなる。

一度、人肉を口にしてしまった人は、食人を贖う事のできない罪だと考えたくはないのだ。自分が罪人であって欲しくはない。だから、食人はたいした罪ではないと考える。そして、理論武装を始める。

食人が咎められるのは、殺人を伴うからだ。すでに死んでしまっている人間の肉を食べることは何の罪にも当たらない。そもそもゾンビは人ではない。元は人だったが、今では人外の存在だ。家畜と同じ存在を食べて悪い訳がない。

事態がそこまで進んで、裁判所と国会は俄かに慌て出した。

なにしろ、死の定義を曖昧なまま放置していたため、活性化遺体の位置付けが不明確なままになっていたのだ。

突発的な病死や事故死、あるいは野良ゾンビに襲われた人々などは、医師によって死を確認できなかったため、火葬にもできず、その数は年々増え続け、収容施設の余裕もなくなりつつあった。そもそも、彼らを人間だと認めるなら、収容所に閉じ込めること自体が人権蹂躙に相当する可能性もある。

裁判所は、死の定義を明確に定めた法律ができるまで、ゾンビ人肉を食べることの是非の判断を保留するという異例の判決を正式に出した。

国会は特別委員会を設け、遺体活性化が不可逆的なものかどうかについての本格的な調査に乗り出した。

約一年の調査の後、出された答申は、活性化遺体が健康な人間に戻った例は一つも存在せず、生理学的な分析によっても、活性化遺体が正常な生理機能を復活させる可能性は全くない、というものだった。

後は、もう正常な人間に戻る見込みのない、動き回っている肉体を死体だと認識していいかどうか、そしてそれを食べていいか、という単純な問題を解決するだけだ。

この問題に、科学は介入できない。純粋に心の問題であるからだ。

数年間の議論の後、国会は結論を国民投票に委ねることになった。

そして、その結果、八十パーセントの国民が活性化遺体を遺体と認め、六十パーセントの国民がそれを食糧としていいというものだった。

国会はその結果に基づいて、活性化遺体活用法を制定した。

仮令動いていたとしても、心肺が停止し、脳波が存在しない状態が、数時間以上持続し、回復の見込みがない場合は、それを活性化遺体状態と判断する。

活性化前に医師等により、いったん死亡を確認された場合、活性化しても通常の死体として取り扱う。

医師等により死を確認されずに活性化してしまった遺体は、見做し遺体とする。法的には死者として取り扱うが、身体は遺体ではなく見做し遺体としての扱いとなる。

見做し遺体である活性化遺体は埋葬の対象としない。

見做し遺体である活性化遺体を宗教的に死者として祭祀を執り行うのは自由である。

見做し遺体である活性化遺体は特別に定められた施設に収容することとする。

見做し遺体である活性化遺体の所有権は国家に帰する。

ただし、国家から任意の個人ないしは法人に所有権を移転することができる。

見做し遺体である活性化遺体は資源として活用することを認める。

ただし、資源には食糧も含まれる。

……

極めて曖昧な表現だが、これで法的に活性化遺体は食用にしてもよいと認められたことになる。

裁判所ではゾンビ肉裁判が再開され、すべて無罪となった。

食肉業者は国営であるゾンビ収容所に対し、肉用ゾンビの入札を行う事が可能となった。ゾンビはそれ自体繁殖することはないが、常に一定の確率で人間社会から生み出され続けている。

したがって、計画的に処理をすれば、安定した供給を行うことも可能だった。

加工の方法は従来の食肉用家畜のそれとほぼ同じだったが、当然ながら殺処分の工程はない。すでに死んでいるゾンビをさらに殺すことは不可能なので、動き回るゾンビを拘束して、そのまま解体を行う事になる。

神経伝達物質の量が限定されているため、ゾンビに痛覚はないということになっているが、解体作業に対し、抵抗することは多かった。そのため、作業中に油断をすると、思わぬ方向に道具が動いてしまい、事故が起き、作業者自身が大怪我をして、ゾンビとなってしまうことも多々あった。その場合、すぐさまその場で解体処理を行うことは法的にできず、いったん国営の収容施設に搬送してから、買い付けを行うことになる。

業者は手続きの簡素化を要求したが、法律で定められていることであり、施設はあくまで正式な手続きを要請した。

一方、施設に収容されていない活性化遺体――俗に言う野良ゾンビ――に関しては、実質的に野放しとなっていた。

野良ゾンビを狩るハンターや食肉業者は後を絶たなかった。

本来、活性化遺体は払い下げない限り、全て国の所有物である。したがって、野良ゾンビもまた国有資産と見做すべきであり、それを勝手に狩るのは違法行為である。しかし、それを咎め立てれば、批判は野良ゾンビを放置している収容施設の方に返ってくるのは火を見るより明らかだった。

したがって、国や収容施設はそのようなゾンビ狩りについては、黙認することにしたのだった。そして、黙認したところで、誰に被害がある訳でもなかったため、その状態はずっと継続した。

時間が経つにつれ、ゾンビ狩りは常軌を逸したゲームへとエスカレートし始めた。ハンターたちはスリルを求めるため、より危険を伴った行動をとり始めた。つまり、猟銃ではなく、弓矢やスリングショットのような弾性を利用した飛び道具を使ったり、ナイフ一本でゾンビと戦うことを目的とする者たちである。

ゾンビは通常の人間よりも反応速度は遅く、知能も低かったため、たいていの場合、人間側が圧勝したが、極稀に単純なミスか単に運の悪さから、ゾンビに噛まれてしまうこともあった。

その場合、仲間が焦って、死亡する前に脳を攻撃して、ゾンビ化を回避することもあったが、当然ながらその場合は歴(れっき)とした殺人罪になってしまう。

危険なのは承知のうえで、完全に死亡してゾンビ化してから脳を破壊すれば殺人罪ではなく、軽犯罪にしか問われない。数分の違いが大きな違いになるのだ。

さらにマニアックなグループたちは武器を全く持たず、素手でゾンビ狩りを始めるようになった。

といっても、脳や脊髄といった中枢神経を素手で破壊するのは、並大抵のことではない。そうではなく、彼らはただ肉を削ぎ取るのだ。まだ死にたての新鮮なゾンビの肉を削ぐのは難しいが時間が経って、肉体の損傷が激しい「熟成された」ゾンビなら、簡単に肉を奪うことができる。

彼らはのろのろと歩くゾンビに忍び寄り、突然襲い掛かって、その肉体に噛み付くのだ。ただ、胴体や手足に噛み付くと、ゾンビは首を自由に動かせるため、噛み付かれる危険がある。そのため、ゾンビ狩りを行う者たちは首に噛み付くことが多い。そして、そのまま首の肉を齧り取るのだ。もちろん、上級者ともなれば、腕だろうが、胴体だろうが、素早く肉を齧り取ることもできる。

このように動いている状態のゾンビをそのまま食べることを踊り食いと称し、ハンターたちは自らをゾンビイーターと呼んだ。

ゾンビイーターの皮膚や髪や衣服は古い血と人脂に塗れ、見掛けは殆どゾンビと変わらない有り様だったが、彼らはそれを誇りとしていた。

5

そこは郊外というよりは僻地と言ってもいいような場所だった。放棄されてすっかり湿地と化してしまった農地の中に薄汚れた塀が聳えたっていた。塀は左右に無限に伸びているかのように長大だった。

瑠璃は車からじりじりと日が照りつけるじっとりと湿りきった地面に降り立った。まるで水着のように露出度の高いいでたちだ。瑠璃はインターフォンのボタンを押した。

しばらくすると、インターフォンから罅割れた音声が聞こえてきた。

「どなたですか？」

男か女かもわからない。スピーカーが壊れかけているのに、直す気はないらしい。

「八つ頭ってものだけど。わたしが来るの、有狩さんから聞いてるはずよ」

「身分証明書をご提示いただけますか？」

瑠璃はごそごそとポケットを探り、カード状のものを取り出した。

「インターフォンの傍にカメラがあるので、それに翳していただけますか？」

「まさか目視確認するんじゃないでしょうね？　スキャナーとかないの？」

「翳してください。目視確認で充分です」

瑠璃はカードをカメラの前でふらふらと揺り動かした。

「ふざけないでください」

瑠璃は手の動きを止めた。

「それは身分証明書ではありませんね」

「身分証明書よ」

「それはただの名刺ですよね？」

「厳密に言うと、写真付き名刺よ。ほらわたしの顔って確認できるでしょ」

「これ以上、冗談を続けられるのなら、中に入れる訳にはいきません」

「だって、有狩さんがいいって言ってるのよ」

「だから、あなたが本物の八つ頭さんだと証明していただければ、所内に入っていただけますよ」

「そんなこと言ったって、身分証明書なんて持ち歩いていないわ」

「あなたは今、自動車でここまで来られましたよね？」

「ああ。それがどうかした？　ここ、駐車場ないの？」

「そういうことではなく、自動車で来られたということは、免許証をご持参のはずです」

瑠璃は少し考えた。「ええ。まあ、そういうことになるのかもね？」

「運転免許証をご提示ください」

「しゃあ、ないか。……ほい」瑠璃は運転免許証を提示した。

「お名前が一致しませんが」

「瑠璃ってのは芸名みたいなものよ」

「しかし、それでは……」

「じゃあ、直接、有狩さんに連絡とって。わたしの顔の映像を見せれば、納得するはずだから」

数分後、門が開いた。

「なに、足止めしたことへの謝罪の言葉はなし？　いや。別に必要ないけどね」瑠璃は自動車に乗り込み、舗装された施設の敷地内に入った。

突然、背後の門が閉まった。

だが、瑠璃は慌てない。施設の性質上、門を二重にするのは当然のことなのだ。

しばらくすると、内側の門が開いた。

門の向こうには広大な敷地が広がっていたが、それは外とそっくりの湿地だった。

自動車はすでに泥だらけだったので、瑠璃は頓着なく、車を進めた。

目的の建物は一キロメートルほど先にあった。

湿地の中なので、それほど速度は出せない。

途中で、徘徊するゾンビにも数回出会った。

ここは一応施設内なので、あれは野良ゾンビではなく、家畜ゾンビとしてカウントされてるんだろうな、と瑠璃は思った。

建物に近付くと、入り口が開いた。やはり二重になっているらしく、部屋のすぐ奥に閉まっているドアが見えた。

瑠璃はそのまま部屋の中に自動車を乗り入れた。

近くにゾンビは見当たらなかったが、外で乗り降りするのは避けるべきなのだろう。

背後のドアが閉まると同時に内側のドアが開いた。

白衣の人物が立っている。

「初めまして」瑠璃は車を降りて会釈した。

「初めまして」白衣の人物が言った。驚くべきことに生で聞いても、男か女か判別できなかった。スピーカーが壊れかけていた訳ではないらしい。「わたしはこの研究所の所長の猪俣（いのまた）と申します」

猪俣は瑠璃の服装をじろじろと眺めた。

「何か？」

「いえ。レースクイーンか何かされているのかと思いまして」

「よく言われるわ。でも、今時のレースクイーンはもっと身体を隠してるけどね」瑠璃は愛想笑いをした。「ゾンビ研究所の所長さんに会えて光栄だわ」

「ここはゾンビ研究所ではありません」猪俣は真顔で否定した。「細胞活性化技術研究所です」

「でも、世間では、ゾンビ研究所と呼んでるわ」

「それは誤解に基づく発言です。ここはそんな場所ではありません」

「でも、ゾンビを研究しているのは間違いないんでしょ？」

「ゾンビなど存在しません。あれは映画の中の存在です」

「でも、実際にここの敷地の中で四、五体見たわよ」

「おそらくご覧になったのは、活性化遺体でしょう」

「そうよ。だから、それがゾンビじゃない」

「特性の一部が映画のゾンビに似ているため、俗にゾンビと呼ばれていますが、活性化遺体をゾンビと呼んでは、誤解を生むことになります」

「何？　どんな誤解が生まれるっていうの？」

「ゾンビは日光に当たると蒸発するとか、十字架に弱いとか」

「それ、吸血鬼だから」

「だから、吸血鬼と混同する方々もおられるのです」

「それはないでしょ。今時、野良ゾンビを一回も見たことがない人の方が珍しいし、日光を浴びても蒸発しないことは誰でも知っているわ」

「わたしはそれほど楽観的になれないので」

「わかったわよ。でも、まあ活性化遺体の研究をしていることは間違いないのね」

「活性化遺体そのものを研究している訳ではありません。死者の細胞の活性化メカニズムを研究しているのです」

「そもそも、その二つの違いがわからないわ。……あっ。説明は不要よ。無駄に脳細胞を使いたくないので」

「説明はいたしません。わたしも説明のために無駄に脳細胞を使いたくはありませんので」猪俣は皮肉を言っているつもりらしかったが、瑠璃は全く気にならなかった。

「葦土さんはここで研究してたのよね」

「はい。彼は主幹研究員でした」

「どういう研究？」

「死者の細胞の活性化メカニズムの研究です」

「それはここの研究所の研究テーマじゃないの？」

「もちろんです。だから、彼もそれを研究していました」

「でも、それって、この研究所の研究スタッフ全員が同じテーマということよね？」

「先程からそう申しているつもりですが？」

「ここの研究スタッフは全員で何人？」

「百人程だと思います。正確な人数をお望みですか？　少し時間をいただければ、調べて参ります」

「いいえ。概数で充分よ。ところで、百人のスタッフが全員全く同じ研究をするのって、効率悪くない？」

「全く同じ研究をしていると申しましたか？」

「いいえ。でも、あなたは同じ研究テーマだと言ったわ」

「テーマと言っても、大きなテーマですから、実際には個人毎に小さなテーマを受け持っています」

「そうよ。それ。わたしが訊きたいのは、その小さなテーマよ。あなた、わたしが全員に共通のざっくりしたテーマについて訊きたいだなんて、本気で思ったの？　それとも、わたしを馬鹿にしてる？」

「もちろん、全員に共通のざっくりしたテーマを訊くなんて馬鹿げていると思いましたよ。でも、あなたがそれを知りたいと言うのなら、お知らせせざるを得ないでしょう」

「いや。だから、わたしはざっくりしたテーマなんか訊きたくはないのよ」

「では、最初からそうおっしゃればいいでしょう」

「なに？　わざとそんなものの言い方をしてるの？　わたしに早く帰って欲しいの？」

「最初の質問に対する答えはノーです。そして、二番目の質問に対する答えはイエスです」

「やっぱり、わたしに帰って欲しいのね」

「そういうことになります」

「理由は？」

「仕事の邪魔になるからです。わたしの仕事は山積みなのです」

「残念だけど、これがわたしの仕事なの。あなたの仕事の邪魔をすることも含めて」

猪俣は肩を竦めた。

「わたしに早く帰って欲しいのなら、的確に答えて」瑠璃は言った。「葦土さんはこの研究所で何の研究をしていたの？」

「彼の研究テーマは極秘でした」

「その回答は必要ないわ」

「では、もう帰っていただけるのですね」

「いや。極秘だとかそういう建前の回答は求めていないってことよ。彼が実際に何を研究していたのか。それだけを教えて」

「だから、極秘なのです」

「部外者には話せないって訳？　人一人が死んで、ゾンビになったのよ。極秘とか言ってる場合じゃないでしょ。それに、あなたたちのボスの有狩氏の命令なんだから、部外者もくそもないわ」

「わたしは話せません」

「だから、ここのルールはいったん忘れて」

「ルールのせいで話せないのではないのです」

「じゃあ、他にどういう理由があるの？」

「知らないから話せないのです」

「おやまあ」瑠璃はお手上げのポーズをとった。「それで、どうしてそれを信じろと言うの？」

「彼の仕事は極秘だったんです。極秘というのは、わたしも知らないということです」

「仕事の内容を上司が知らないなんてあり得るの？」

「厳密に言うと、わたしは彼の上司ではないのです」

「じゃあ、誰が上司？」

「有狩執行役員です」

「ふむ。有狩さんに連絡して貰える？」

「それはちょっと……」

「どうしてできないの？」

「ついさっきあなたの身元確認のために連絡したところですし」

「だから何？」

○8○

「執行役員は仕事の邪魔をされると機嫌が悪くなるのです」

「偶然ね。わたしも同じよ。いますぐ有狩さんに連絡して。さもないとここに居座って、延々とあなたの仕事の邪魔をし続けるわよ」

瑠璃は事務室に通された。

猪俣は有狩を呼び出した。

「スクリーンに出しますので、直接話してください」

「要件は一回に纏めてくれないか？」機嫌の悪い有狩の顔がスクリーンに映った。「おや。君か」

「ここの所長が全然使えないので、連絡させて貰ったわ」

「厳密に言うと、そいつは所長ではなく、施設長だがな」

「使えないってとこは訂正しないの？」

「それは訂正しない」有狩は言った。「猪俣、なぜおまえだけで対応できないんだ？」

「葦土さんに関して、わたしの知らないことを質問されたからです」

「葦土については何でも知っておけ。おまえは彼の上司扱いだ」

「無理です。彼の研究テーマに関してでしたから」猪俣が釈明した。

「研究テーマは事件には関係ないだろ」

「それは聞いてみないとわからないわ」瑠璃が口を挟んだ。

「すまないが、彼の研究テーマは企業秘密に属する事なのだ」

「昨夜のパーティーで、発表する予定だったんでしょ？」

「その通りだ」

「だったら、公表しても問題ないんじゃないの？」

「公表のタイミングというものがある。あんな事件のあった後で、発表を行ったら、企業イメージを損なってしまう」

「企業の業績を左右する程の研究だとしたら、それが原因で殺人事件が起きてもおかしくないんじゃない？」

「とりあえず、研究テーマは殺人に関係ないと仮定して調査を進めてくれ」

「どうしても、研究テーマを教えたくないの？」

「その通りだ」

「では、この件から降りるわ」

「臍を曲げたのか？」

「いいえ。単にやる気をなくしただけ」

「別に君に調査をして貰う必要はないんだ。警察だって、動いている」

「だったら、問題はないわね。わたしは今までに知ったことをマスコミに教えて小遣い稼ぎをさせて貰うわ」

「ちょっと待て。君は何を知っているんだ？　猪俣！　彼女に何を言った？」

「わたしは何も……」

「殺された葦土さんが極秘研究をしていたということだけでも、充分週刊誌ネタになるわ」

「それは企業秘密だ」

「そうなの？　だけど、わたしはここの従業員じゃないから、そんなことわからないわ」

「探偵なら、守秘義務はあるだろ」

「行政にばれたら営業停止になるかもね。でも、あなたはもっと困るんじゃない？」

「脅す気か？」

「いいえ。わたしはどっちでもいいのよ」

有狩はしばらく考え込んでいたが、ついに口を開いた。「わかったよ。わたしの負けだ。葦土の研究内容について説明しよう。ただし、その前に正式な秘密保持誓約書に署名して貰う」

「わかったわ」

「猪俣、彼女に秘密保持誓約書をわたしてくれ」

瑠璃は猪俣が持ってきた書類に目を通し、署名した。

「猪俣、その部屋の近くに誰もいないか？」

「はい」

「では、おまえも席を外せ」

「はい」猪俣に一瞬、不服気な表情が見えたが、それもすぐに消え、素直に出ていった。

「華土はゾンビ化プロセスの逆転を研究していた」有狩は猪俣が出ていくのを確認すると、低い声で言った。

瑠璃は口笛を吹いた。「成功したの？」

「細胞レベルではな。ゾンビを生きた人間に戻せた訳じゃない」

「でも、将来的には可能になるということ？」

「そういう誤解をする人間がいるから、公表は慎重にならざるを得ないんだ。言っておくが、ゾンビ化した細胞を正常細胞に戻したからと言って、生き返る訳じゃない。心肺停止から脳死に至ったとして、瞬時に全細胞が死ぬ訳じゃない。細胞レベルでは一日やそこらは生きているんだ。ゾンビの細胞を正常化したとしても、普通の死体に戻るだけだ」

「なんだ。どうして、それが重要な発表になるの？」

「臓器を生きたまま長期間保存するのは困難なんだ。冷凍して保管できる組織もあるが、たいていの細胞は冷凍すれば、壊れてしまう。しかし、臓器をゾンビ化すれば、半永久的に保存することができる。そして、必要なときに元の正常な臓器に戻せばいいという訳だ」

「すぐにでも実用化できるの？」

「どうかな？　成功したのは葦土だけだった。他の研究者による再現性は確認していない」

「そんなレベルで公表しようとしたの？」

「新しい発見・発明というのは、そういうもんだ。他の研究機関で再現性が確認できれば、実用化に弾みがつく」

「その研究が原因で、葦土さんが殺されたという可能性は？」

有狩は肩を竦めた。「もし彼の研究を盗もうとするなら、研究所に忍び込むはずだろう。彼を殺したら何も手に入らない」

「一理あるわね」

「これで納得できたか？」

「ええ。たいして役には立たないと思うけど」

「それでは、後は猪俣に任せるから、あいつと話してくれ」

有狩は通信を終了した。

しばらくすると、猪俣が戻ってきた。

「まだ用事はありますか？」

「ええ。いくつか質問があるわ。この研究所の敷地内にゾンビ――じゃなくて、活性化遺体が徘徊しているのは、どういう訳なの？」

「ああ。この周辺は研究所の敷地という訳ではありません」

「じゃあ、いったい何なの？」

「国立の活性化遺体収容施設の敷地です。ただ、収容量が多くなり過ぎたため、建物内部に収まりきらない分を外に収容しているのです」

「外に？」

「外といっても、塀の内側ですから、特に問題はありません」

「さながらゾンビ牧場といったところね」

「そんな陰口をたたく人たちもいますね」

「つまり、この研究所はゾンビ牧場の中に建てられているのね」

「研究サンプルがすぐ近くにありますから」

「国の設備内で勝手に研究している訳ね」

「別に違法行為をしている訳じゃありませんよ。活性化遺体関連法案に認められている行為で、ちゃんと国に設備使用料を支払っています」猪俣は言った。「それからさっきからゾンビ、ゾンビとおっしゃってますが、正確には活性化遺体ですので」

「葦土さんの研究室を見せて貰える？」瑠璃は猪俣の発言を無視した。

「ええ。執行役員から許可を受けています。ただ、警察の捜査はすでに終わっているので、いくつか証拠品は持ち出されていますよ」

「構わないわ」

薄暗い廊下を進み、二人は葦土の研究室の前までやってきた。

猪俣がセキュリティカードを通すと、ドアが開いた。

「事件以前にここに入れたのは?」

「葦土さんとわたし、それから会社の重役ですね。ただし、今のように他の人間を連れて入ることは可能です」

部屋の中には何台かのパソコンと研究設備が並んでいた。

瑠璃は冷凍庫や恒温槽の中を見て回った。

「あっ。温度管理されていますので、勝手に開けられては……」

「結構すかすかだけど、警察はサンプルも証拠品として持ち出したの?」瑠璃は恒温槽の中を指差した。

「さあ。わたしの方に特に確認はありませんでした。たぶん、書類や記録メディアだけだったと思いますが……」

「なくなっているサンプルとかはない?」

「さあ。そもそもわたしはどんなサンプルがあったのかわかりませんし……」

「ここにあるサンプルが何か全部わかる?」

「わかる訳ないでしょ。他人の研究サンプルなんですから」

「わかるかもしれませんが、かなり手間がかかりますね。危険物が混ざっているかもしれないので、相当慎重な分析が必要です」

「分析すればわかる？」

「分析して貰える？」

「本社のＯＫが出れば。ただ、相当な費用が必要になりますので、ＯＫが出るかどうかは不明ですね」

「調査に必要だと言えばどう？」

「警察から直接要請されれば、検討して貰える可能性が高くなりますが、あなたからの要請ではたぶん無理ですね」

「有狩さんの要請ならどうかしら？」

「それもどうでしょうか？　彼は執行役員の一人に過ぎませんし」

「危険物ってどういうことが起こる可能性があるの？」

「全くわかりません」

「思い付く例は？」

「感染力が高く、人間の免疫が効かないゾンビウイルスとか」

瑠璃は慌てて、指を挟みそうになりながら、恒温槽の扉を閉めた。

「そんなもの本当に実在するの？」

「わかりません。可能性としての話です」

「もし実在したら、人類滅亡級の病原体よ」

「可能性としてはゼロじゃないということです」

「そんなものを分析して大丈夫なの？」

「大丈夫なようにするため、分析には多額の費用が必要だということです」

「分析しない場合はどうなるの？」

「容器ごと焼却処理する方法があります。超高温で一気に気化します。もちろん燃焼後のガスも全て回収し、害のないことを確認します」

「その方法は費用が掛からないの？」

「もちろん多額の費用が掛かります。分析する程ではありませんが」

「会社がお金を出さないことに決めたら、どうなるの？」

「何も」

「何もって？」

「このままということです」

「人類滅亡級の病原体かもしれないのに？」

「それはあくまで、可能性の問題です。そのような病原体はそもそも存在しないかもしれない。あるかないかわからないもののために金を使うのは馬鹿らしいと思う人は多いでしよう」

「起こるかどうかわからない津波対策をしなかった発電所を知ってるわ」

「しかし、全ての危険への対策をとることはできません。どこかで妥協は必要です」

「わかったわ。とりあえず、この場所は放置しかないようね」

「それが賢明だと思います。他に御用はありますか？」

瑠璃は少し考えた。「今のところはないようね。もし何か思い付いたら、また連絡するわ」

「何も思い付かないことを祈っております」

瑠璃は研究所を後にした。

6

自動車のエンジンがぶすぶすと不快な音を立てながら止まった。

嫌な予感がする。

エンジンの様子を見るためには、いったん車の外に出る必要がある。しかし、ここはゾンビ牧場のど真ん中だ。できれば、外には出たくない。

瑠璃は携帯電話を掛けた。

「ただ今、電話に出ることができません……」留守電メッセージが流れる。

○9○

「今、ゾンビ研究所の周りの『ゾンビ牧場』で立ち往生しているの。また、連絡して」瑠璃は留守電に吹き込んだ後、研究所に電話をした。

「もしもし」猪俣（いのまた）の声だ。「アルティメットメディカル社・細胞活性化技術研究所です」

「八（や）つ頭（がしら）だけど、お宅の牧場の中でエンストしてしまったの。すぐ助けにきてくれない？」

言い終わる前に、電話は切れていた。

もう一度、電話を掛けようとして、圏外になっていることに気付いた。

突然、圏外になることなんてあるだろうか？

瑠璃は研究所の方を見た。

屋上に立っているアンテナは携帯電話用らしい。つまり、研究所で何かあれば、携帯電話は通じなくなるということだ。

さて、どうしたものか？

牧場の中ではこの自動車は異質な存在だ。ゾンビたちの注意を引いてしまう可能性は高い。もしゾンビが大勢集まってきたら、車から出ることができなくなる。修理するなら、今のうちかもしれない。

瑠璃は車の外に出た。ボンネットを開ける。特に目立った不具合はみつからない。ひょっとすると電気系統の不調かもしれない。だとすると、ここで修理するのは無理だ。

瑠璃は周囲を見回した。

見える建物は研究所だけだ。距離にして五百メートル程。

あそこに助けを求めるのが最も合理的に思える。しかし、研究所のアンテナが機能していないことが気になる。

もし、意図的に基地局を止めたのだとしたら、どうだろう？　わたしに対しての敵意があるとしたら、研究所に辿り着いても中に入れて貰えないかもしれない。あるいは、意図的じゃないにしても研究所で事故が起きていたとしたら、やはり中には入れないかもしれない。最悪、バイオハザードが発生しているかもしれない。

研究所の入り口を開けた途端にゾンビの集団に襲われるという想像をして、瑠璃は身震いをした。

牧場の門までもおよそ五百メートル程だ。なんとかして、門を乗り越える必要があるが、それさえクリアすれば、安全圏に辿り着ける。

しばし黙考したが、十メートル程の高さがある門を越えるのは難しく、やはり研究所に引き返そうかと思い至ったとき、周囲に気配を感じた。

背の高い雑草に紛れてゾンビたちがほんの数十メートルのところまで迫っていたのだ。走ればゾンビに追いつかれる心配はまずない。だが、瑠璃はゾンビの数が多いのが気になった。雑草の中にもっと多くのゾンビが隠れているかもしれない。いや。ゾンビに隠れるという発想はないだろう。ただ、単に見えていないだけだ。とにかく周囲を取り囲まれたら、いくら動きが鈍くても、逃げようがなくなる。

瑠璃は大事をとって、自動車の中に逃げ込んだ。

この行為が吉と出るか凶と出るかはわからない。

数分後、車の周りはゾンビだらけになっていた。数は百体ほどだろうか。瑠璃を認めてゆっくりと近付いてくる。やはり「ゾンビ牧場」には相当な数のゾンビが潜んでいたらしい。

ゾンビたちが車に直接触れ始めた。

殆(ほとん)どのゾンビたちの手は激しく損傷しているため、ガラスにはべったりと黄茶色の体液が付いた。血管内の血は殆ど残っていないため、あまり赤くはない。

ゾンビたちは他のゾンビのことはあまり気に掛けずにどんどん押し寄せてくるため、近くにいたゾンビは窓ガラスに押し付けられたり、ボンネットに押し上げられることになった。

そんな状況でも、ゾンビたちは石を使って、ガラスを割る様な行動はとらない。瑠璃を摑(つか)もうとただ虚(むな)しくガラスに手をぶつけるだけだ。

瑠璃はすべてのドアがロックされており、窓も閉まっていることを確認した。

ゾンビの力は最大でも生きている人間とほぼ同じだ。腕力だけで、窓ガラスを割ることは考えにくい。このまま携帯電話の電波が復活するのを待って助けを呼ぶべきだろう。

瑠璃は落ち着こうと、深呼吸をした。

車内にほんのりとゾンビ独特の甘酸っぱい臭いが漂っているのに気付いた。

窓ガラスには手だけではなく、顔面も押し当てられている。口を開き、瑠璃に向かって噛み付こうとしている。ぼろぼろになった舌がべっとりとガラスを舐めまわす。

気にしなければ、どうということはない。こいつらには知性がない。だから、車内に侵入する方法は絶対に思い付かない。

ゾンビたちはさらに集まってきた。

窓はほぼゾンビの顔と掌で覆われつつあり、外の光が遮断され、真っ暗になった。

瑠璃は車内灯を点けた。

損傷の激しい顔を強くガラスに押し付けているため、眼球や歯がぽろぽろと零れ落ち、ばりばりと骨の砕ける音を立てながら、顔面が崩壊していく光景が目の前に広がっていた。

ちょっとこれはまずいかもしれない。

瑠璃は車内に残る選択をしたことを後悔し始めていた。

車の周りを何重にもゾンビが取り囲み車に向かって闇雲に進もうとしているため、中心部のゾンビたちは車に強く押し付けられ、肉体が崩壊しているのだ。

自動車がぐらぐらと揺れ始めた。

いったい外に何体ぐらいのゾンビがいるのか、想像もつかない。

瑠璃は圏外にも拘わらず電話を掛けた。

当然ながら、どこにも繋がらない。

ぼこ。

屋根から不快な音が聞こえた。天井の一部が下に向かって飛び出してきた。

瑠璃はしばらくの間、いったい何が起こっているのかわからなかったが、その間にも次々と何箇所も天井が下に向けて飛び出してきた。

そして、ようやく気付いた。

車の近くにいたゾンビが周囲のゾンビからの圧力で、車の屋根に押し上げられているのだ。すでに数体のゾンビが屋根に上がっているようだ。

ゾンビの体重は生きている人間と殆ど変わらない。平均六十キロとするなら、十数人で一トンを超える。それほど長くは持ちそうにもない。

がくんと天井が下がった。

もしフレームが歪んでしまったら、ドアは開かなくなるかもしれない。それどころか、もうこの時点でも開けられるかどうかわからない。

天井がぐにゃぐにゃと動き始めた。

選択肢はたぶん二つ。……今のところ、二つしか思い浮かばない。

一つはこのまま車の中で助けを待つこと。

だが、天井がいつまで持つか、誠に心許(こころもと)ない。それにガラスだって、こんなにぐいぐい押され続けていたら、いずれ割れてしまうだろう。もし、屋根やガラスが壊れたら、ゾンビどもはいっきになだれ込んでくる。狭い車内で、やつらと戦うことは不可能だろう。この数のゾンビに襲われたら、おそらく全身ばらばらに引き裂かれてしまう。

もう一つはドアを開けてここから出ていくこと。

一見、無謀な行いのように見える。自分からゾンビの群れの中に飛び込むのは、車内でゾンビがなだれ込んでくるのを待つのと殆ど変わらないように思える。

でも、本当にそうかしら？

ゾンビの知能は低い。今はただ車中の瑠璃の姿を見て集まってきているに過ぎない。その瑠璃がいきなり外に飛び出したら、ゾンビたちは混乱するだろう。その混乱に乗じて、群れの外まで進むことができるなら、助かる望みはある。

もっとも、いくつかの条件がある。車から出た後、ゾンビたちの間を擦(す)り抜けなければならない。そのときに体を掴まれてしまったら、一巻の終わりだ。ゾンビの手をふりほどくのに、何秒かのロスタイムが生ずる。そのロスタイムの間に次々といろいろなゾンビに掴まれ、そして瑠璃の肉体は食い尽くされてしまうだろう。

身体を掴まれずに、ゾンビの群れの外に出られるだろうか？

本来なら、外の様子を確認して、脱出経路を想定しなければならないだろう。だが、窓はゾンビの顔で埋め尽くされていて、いったい外がどんな状況なのか、グループの大きさがどの程度なのか、全くわからないのだ。つまり、ドアを開けた瞬間にゾンビの群れの状況を把握し、群れの外への最適経路を見積もらなければならないのだ。しかも、ドアを開けた次の瞬間には車内にゾンビどもがなだれ込んでくるので、もう一度車内に避難することは不可能になる。

さて、どうしようか？

窓の外の一面のゾンビの間に抜け道を探すことなど絶望的に思えてくる。

じゃあ、車内で籠城する？　それが良さそうかも……。

天井がさらに軋むような音を立てながらぐにゃりと下がり、穴が開いた。

ゾンビの手首が入ってきた。

籠城は無理みたい。

車内にいたら、確実にあと十秒後にはゾンビの餌食になる。

車から出ても餌食になる恐れはあるが、もし一秒か二秒で脱出経路が発見できたなら、助かる可能性もある。

究極の選択ね。でも、生存率ゼロよりは、〇・一パーセントの方が魅力的だわ。

瑠璃はドアのロックを外し、蹴り飛ばした。

ドアは二十センチ程開いて止まった。

瑠璃は隙間に身体を捻じ込んだ。目の前のゾンビに頭突きを食らわせる。

ゾンビは周りにいる二、三体のゾンビを巻き添えに体勢を崩した。

瑠璃はゾンビに触れることも厭わず、座席の横に足を掛け、全身を外に押し出した。

車の周りはゾンビでぎゅうぎゅう詰めになっていた。ゾンビたちは密着していて、通り抜けることは不可能に思われた。

ゾンビたちは一瞬呆気にとられたようだったが、瑠璃を認識したようで、じっと見つめた後、手を伸ばしてきた。

考えるのよ。考えるのを止めたら、死んでしまう。

ゾンビたちはさらに押し寄せてくる。屋根の上も満員のようだった。

車の周囲は他のゾンビでいっぱいだから、上にあがるしかなかったんだわ。

上？

そう。上だわ。

瑠璃は目の前のゾンビの頭を押さえるとそのまま自分の身体を持ち上げた。

ゾンビたちは密集しているので、瑠璃が体重を掛けても、倒れることはなかった。

ゾンビたちの手を蹴りながら、なんとかゾンビの群れの上にのぼった。

ゾンビたちは突然頭や肩を踏まれて、戸惑っているようだった。自動車の屋根の上に乗っているゾンビたちはこっちに気付き、仲間の上を歩いて近付いて来ようとしていた。

足元のゾンビたちもいつまでも戸惑っていてはくれないだろう。もって二、三秒か。

踵をゾンビに摑まれた。

瑠璃はそれをスターティングブロック代わりに蹴ると、ゾンビたちの頭と肩を踏みしめながら、走り出した。

「うわー!!」思わず声が出てしまった。

ぎゅうぎゅうに詰まったゾンビの群れの上を走るときには、こんな声が出るんだ、と自分で思った。

十数メートルも走ると、ゾンビの密度が少し疎らになった。

瑠璃は二、三体のゾンビの頭を飛び石のように踏み付けながら、跳んだ後、地面に着地した。回転しながら受け身をした後、立ち上がった時には、ゾンビたちは数十センチの距離まで迫っていた。

瑠璃は門を目指して、一目散に走り出した。

ゾンビではなく、地面を踏んでいるので、少しは走りやすい。だが、元々湿地で足をとられる上、背よりも高い雑草が生い茂っているので、頗る見通しが悪いのはどうしようもない。すぐに目標である門を見失ってしまい、走路がジグザグになってしまう。

ゾンビたちは走らない分、足をとられることは少ないようで、遅いながらも着実に瑠璃に向かってくる。その上、草叢から突然に伏兵ゾンビ——とは言っても、意図的に隠れている訳ではないだろうが——が現れるものだから、驚いて何度も転びそうになった。

泥だらけになりながら、なんとか門に辿り着いた。

瑠璃は門にそっと触れた。ゾンビ避けのため、電圧が掛けられている可能性を考えたのだ。ゾンビは感電を忌避しないと言われているが、すべての人にその知識があるとは限らない。

大丈夫。感電しない。

門は細かい網の目状になっていて、昇り辛そうだった。だが、そんなことを気にしている時間はない。ゾンビは背後から迫ってきている。ここで、悩んでいてはすぐに取り囲まれてしまう。

瑠璃は門に飛び付いた。そのままずるずると落下する。

後ろを見ると、ゾンビは十メートルの距離まで接近してきていた。

もう一度飛び付く。また、落下する。

瑠璃は振り返らなかった。ゾンビまでの距離がわかったところで、行動に影響はないし、振り返る動作自体時間の無駄だからだ。振り返る時間があるなら、門を越えることに注力すべきだ。

瑠璃は網の目に指が掛からないか、確認した。

細かくて、指は掛けられそうにない。

でも、爪の先だったら？

なんとか、引っ掛かりそうだった。

瑠璃は体重を掛けた。

「ぎゃっ！」

爪は剝がれた。当然そうなる。人間の爪にそれほどの強度はない。

背後でがさがさと音がしたが、瑠璃は振り返らず、次の方策を考えた。

網は金属でできている。だとしたら、ある程度の弾力があるはずだわ。

瑠璃は力を込めて、指を網目に押し込んだ。

なんとか、食い込ませることができた。

よし。これで、左右の手の指を交互に食い込ませれば、昇れるかも……。

ところが、いったん食い込ませた指はなかなか抜けなかった。

まずい。このままだと、門を登れないだけじゃなくて、この場から身動きできなくなるかも。馬鹿なことしちゃったよ。最悪。両手が自由なら、ゾンビを一、二体殴り倒して、全力で逃げ出せたのに……。

いや。後悔している時間すら惜しい。

瑠璃は指を全力で引き抜いた。

ばりばりと音を立てて指の腹の皮が剝がれた。爪も剝がれているので、表裏とも血塗れだ。どうしてこんなことになったの？

すぐ背後に気配を感じた。

こうなったら、後ろを見ない訳にはいかない。振り向きざま、ゾンビを殴り倒した。

もちろん、ゾンビは痛みも感じないし、気を失うこともない。そのままのろのろと立ち上がる。

さらに、その後ろにはもう一体のゾンビが近付いて来ていた。

ゾンビが疎らなので、頭の上を走る訳にはいかない。瑠璃は頭の中で、逃走経路を描いた。だが、どうもうまくいかない。どう逃げても、ゾンビにぶつかってしまう。

こうなったら、もう二、三体、殴り倒して、進むしかないか。殴っている間に、追い付かれる危険性は高いけど、背に腹は代えられないし。

突然、目の前にロープが垂れ下がった。

ゾンビの腹を蹴り飛ばしながら、後ろを振り向くと、門の外に若い男性が立っていた。竹下優斗だ。

「留守電、聞いて、飛んできたんだけど、結構なピンチだな」優斗は暢気な調子で言った。

「そこから銃か何かで援護してくれないの？」瑠璃が言った。

「そんなもの持ってないよ。というか、門もフェンスも弾は通らないんじゃないかな？」

「じゃあ、あんたもこっちに来て一緒に戦って」

「俺がそっちに行ってどうするんだよ？　二人ともやられちまうだろ」

「じゃあ、どうする気？」

「今、投げ入れたロープに摑まれ。引っ張り上げるから」

瑠璃は自分の左手と左足にロープを絡めた。右手と右足でゾンビと戦う。

「早くして。もうもたない感じだから」

「了解」優斗は瑠璃を引っ張り上げた。

ほどなく、瑠璃は門の上に辿り着いた。

「で、ここからどうするの？　高さ十メートルほどあるけど」

「それは考えてなかった」優斗が見上げながら言った。「そこの足下にロープの端を結び付けられるようなものはないか？」

「何もないわ。つるつるよ」

「飛び降りるか？」

「無理よ」

「じゃあ、いったん街に帰って、マットレスを持ってこようか？」

「夜になってしまうわ。ちょっと待って……。考えがあるの」

瑠璃はロープの端を括って輪を作った。そして、それをゾンビのいる側に下ろした。ゾンビに摑まれないように何度か上げ下げをしている間にうまくゾンビの首に掛かった。体格の大きめの男性のゾンビだ。

「今よ。ロープを引っ張って」

足が数センチ浮き上がり、ゾンビは首吊りの形になった。もちろん、単に首を縛り上げたぐらいでは、ゾンビは動きを止めることはない。じたばたと身体を動かし続けている。

「このロープのそっちの端を何かに引っ掛けて」

「ちょっと待ってくれ」優斗は杭を見付けて、それにロープの端を括り付けた。

これでロープは門の上を通って、外側の端を杭で、内側の端をゾンビの首で固定されたことになる。

瑠璃はロープに摑まり、ゆっくりと地面に降りた。

「なかなかうまい方法だな」優斗は感心した。

瑠璃は考え込んでいた。

「どうかしたか？」

「あなた、どうやってここまで来たの？」

「タクシーを使って……」

「タクシーはどこ？」

「えっ？　もう帰ったんじゃないかな？」

「ここから街まで十キロはあるわ」

「それが何か？」

「どうやって、街まで行くつもり？」

「君の車は？」

「あれよ」瑠璃は門の内側を指差した。

「屋根がへこんでるな。ドアが開きっぱなしで、中もぐちゃぐちゃになっている」

「ゾンビにやられたのよ」

「うん。まだ中に何人かいて、じたばたもがいている。あれを取りにいくわけにはいかないな」優斗は納得したようだ。「牧場の人に送って貰ったらどうかな？」彼は門の横にあるインターフォンのボタンを押した。「おかしい。繋がらない。停電か何かかな？」

「研究所には連絡が付かないわよ」

「だったら、もう一度タクシーを呼ぼう。……おやや！」

「停電で基地局も止まってるようよ」

「だって、基地局には補助バッテリーがあるだろ」

「あそこにはないみたい」

「十キロって言ったかな？」

「ええ」

「街に着く頃には日が暮れてしまうな」

「そう思うんなら、さっさと出発よ」

7

「まだ電波が届かない。咲山(さきやま)市の市街地まであと数百メートルのはずなのに」優斗がぼやいた。

「小高い丘があるから、電波が遮られてるのかも。それとも、街も停電になっているか、ね」

「街も停電だとまずいな」

「どうして？」

「咲山市ぐらいの街だと、野良(のら)ゾンビがいてもおかしくない」

「たぶんいるわね」

「俺は、こんな暗がりで野良ゾンビには出会いたくない」

「誰でも、そうでしょ」

「若い頃、野良ゾンビに会ったって話、したっけ？」

「してないと思うわ。でも、そんな話、全然珍しくないけど」

「友達と酒飲んでついベンチで居眠りしちまったんだ」

「その話、バッドエンドなの？」

「どうして、そう思う？」

「友達がゾンビになったたって話なんでしょ」

「何でわかったんだ？」

「このタイミングでわざわざ話し出したからよ」

「気が付いたときには、すぐ目の前にゾンビの顔があったんだ。慌てて、手で避けようとしたんだけど、友達が俺の肩を摑んで、その場から引き摺り出してくれたんだ」

「ゾンビの顔を手で払い除けるのは危険よ。そのまま嚙まれてしまうことが多いから。鳩尾か脛の辺りを蹴って、転ばせるのが一番ね」

「そんなことは知ってるが、そのときは咄嗟にできなかったんだ。で、俺は立ち上がって、友達に礼を言ったんだ。友達は『気にするな』的なことを言おうとしたんだと思うけど、言い終えることはできなかった。背後から近付いてきたゾンビに肩を嚙まれたんだ。俺に構ってなかったら、気付いていたかもしれない」

「気付いてたかもしれないけど、たぶん気付いてなかったと思うわ」

「どうして、そんなことがわかる？」

「ゾンビのいる場所で、背後を気にしてなかったという時点で不注意だってことでしょ。だったら、たぶんあなたとは無関係に嚙まれてた」

「そう言ってくれて嬉しいよ。だけど、慰めはいらない」

「慰めじゃないわ。本当にそう思ってる。それから、泣き言をいうのは構わないけど、今はやめてくれる？」

「どうして？」

「それこそ注意が逸れるからよ」

「何から？」

「もちろん、野良ゾンビからよ」

「野良ゾンビ、近くにいるのか？」

「たぶんね」

「どうしてわかるんだ？」

「ずるずると歩く音が聞こえてるから。そこの木の陰辺りよ。単なる酔っ払いかもしれないけど、こんな場所の酔っ払いはすぐにゾンビになってしまうわ」

「何か武器はあるか？」

「わたしの手足と頭、それとあなたの身体にある同じ部品よ」

「ゾンビと格闘するのはまずいだろ」

「そうね。逃げられるのなら、逃げた方がいいわ。でも、どっちに逃げる？」

「そりゃ、ゾンビのいない方……」優斗は周囲を見回した。「ひょっとして囲まれてるのか？　なんでそんなことになる？　あいつらには知性なんかないのに」

「意図的に囲んだんじゃなくて、たまたま丘を迂回してた奴らがここで鉢合わせたのよ」

「元来た方に戻るか、丘を登るかだな」

「もう日が暮れたわ。元来た方の荒れ地は真っ暗になるわ」

「携帯の光が使えないかな？」

「携帯の電池は温存しておいた方がいいわ」

「だとしたら、丘を登って市街地に入るしかないな」

「じゃあ、急いで」瑠璃は走り出した。

優斗も後を追う。

丘の頂上に辿り着くと、街の光が見えた。

「携帯の電波も届くぞ」優斗が言った。

「とにかく安全な場所に行きましょう」

だが、街灯の多い地区に入る手前には、殆ど灯りの見えない場所があった。

「きっと公園ね。いっきに突っ切るわよ」

だが、二人はすぐに立ち止まってしまった。

凄い数のゾンビだった。

「戻るか？」

「もう手遅れっぽいわ。あそこが公園の出口のようだから、急ぐわよ」

二人はくたくただったが、なんとか走り続けた。そして、ようやく入り口に辿り着きそうになったとき、正面からもゾンビ集団らしき一団がやってきた。

逆光になっていて、よく見えないが、服もぼろぼろになっていて、殆ど裸に近い状態のようだった。シルエットからして、男が三人に女が二人だった。

「どうする?」優斗が言った。

瑠璃が振り返ると、背後からは多くのゾンビが迫りきていた。

「前の方のゾンビは五体。後ろはその十倍はいるわ。前のやつらの間を擦り抜ける方が安全だと思う」

「『安全』じゃなくて『比較的安全』だろ」優斗は瑠璃の発言を訂正した。「どっちも危険だ」

「もちろん、そういう意味で言ったのよ」瑠璃は言った。「じゃあ行くわよ。それ!!」

二人は前方集団の隙間を走り抜けようとした。

だが、男が二人の行く手を阻んだ。

意外に早い。これでは、擦り抜けるのは無理かもしれない。

だったら、強行突破しかない。

瑠璃は拳を握りしめると、先頭の男に殴りかかった。

だが、女の一人が素早く、瑠璃の前に立ちはだかった。顎が外れる程、大きく口を開け、瑠璃の喉元を狙ってくる。

瑠璃は慌てて腰を落とし攻撃を避けた。

優斗もまた苦戦を強いられていた。

男二人が同時に襲い掛かってくる。

瑠璃が言っていたように、右の腹を蹴った。

蹴られた男はその場にしゃがみ込み、嘔吐した。

優斗はもう一人に向かって、拳を繰り出した。

だが、動きが素早くなかなか当たらない。

瑠璃は女の噛み付きから身を守るため、咄嗟に首の前に手を翳した。

女は瑠璃の掌に噛み付いた。

「痛い!!」あまりの激痛に声を出してしまった。

しまった。噛まれてしまった。きっと今、女の唾液から大量のゾンビウイルスが体内に入ってしまっただろう。

瑠璃の手を噛んだ女は不思議そうに瑠璃を見ていた。

「何、見てるの？　わたしはまだ死なないわ。ゾンビウイルスなんか、免疫で絶滅させてやる!!」

女はにやりと笑った。

ゾンビが笑った⁉

瑠璃は目を見張った。「優斗、ゾンビが笑ったわ」

「そんなはずないでしょ」女が言った。「あんた人間だったのね。てっきりゾンビだと思ったわ。わたしが間違うなんて珍しい」

えっ？

女は瑠璃を脇に突き飛ばすと、ゾンビの群れに向かって走り出した。

ゾンビじゃない。

そう。前方からやってきた半裸の男女はゾンビではなかったのだ。

「ごうおー‼」瑠璃を噛んだ女は奇声を上げながら、丘を越えてやってきたゾンビの一人に飛び掛かった。

ゾンビは体勢を崩す。

女はゾンビの首筋に噛み付き、そのまま首の肉を噛み千切った。

「ウウウアアアウウウ」ゾンビは苦しげに叫んだ。

女はゾンビの顎を突き上げ、口を開けることができないようにした。そして、さらに喉の肉を噛み千切った。

優斗に襲い掛かっていた二人も突然、優斗への興味を失ったかのようだった。優斗をほったらかしにして、ゾンビの群れへと走り出す。

優斗はほっとしたはずみで、その場に座り込んでしまった。

二人は一人のゾンビの両腕をそれぞれホールドし、体重を掛けてそのまま圧(へ)し折った。

ゾンビは両手をぶらぶらさせながら、まだ二人に近付いた。

二人はぶらぶらの両手を掴んで、さらに膝関節を蹴った。

ゾンビの膝関節は逆に曲がり、そのままその場に倒れてしまった。

「ウオオオアウ。ウオオオアウ」漸(ようや)く脅威を感じたのか、ゾンビは逃げ出そうとしたが、手足が折れているので、当然ながら身動きはとれない。

男たちはゾンビの衣服を引き裂いた。

損傷が激しいので、性別すらわからない胸が露(あら)わになった。

男の一人は右の乳房の辺りを鷲掴(わしづか)みにし、そのまま引き千切った。

濁った黄色い体液が飛び散った。

男はごくりと喉を鳴らすと、胸肉を頬張る。

「なるほど」瑠璃は呟(つぶや)いた。

「何がなるほどなんだ？」這(は)いずるようにして優斗が傍(そば)に近寄ってきた。

「つまり、これが踊り食いなのよ」

「ああ。こいつらゾンビイーターなんだな。これって、軽犯罪なんじゃないのか？」

「ええ。犯罪よ。でも、助けて貰ったんだから、悪くは言えないわ」

「まあ、そりゃそうだな」

男たちはさらにゾンビの腹を引き裂いた。

茶色く変色したどろりとした内臓が露わになる。

「うぷっ」優斗は俯いて吐き気を堪えているようだ。

胃をそのまま引き千切ると、内容物をちゅうちゅうと吸い出した。

「何やってるんだ？」

「そうとう趣味が悪いわ。ゾンビの胃の中身が何かってことよ」

「あいつら、ゾンビじゃない人間の肉を食ってるのか？」

「でも、胃の中身もゾンビの一部ということになっているから、死体損壊罪にはならないのよ」

「そういう問題か？」

男たちはさらにゾンビを素手で解体していく。内臓や骨や筋肉を抉り取っては食い散らす。

ゾンビはすでに死んでいるため、そのような状態でも動き続けている。自分の肉体の状態を認識しているかどうかもわからないが、きょろきょろと首を動かし続けている。

女の方はゾンビの動きを抑制するような行為はしていない。まるで踊る様な動作で、ふらふらと動き続けるゾンビから少しずつ、脂肪や肉をこそぎ落としていく。

「踊り食いっていうのは、あれか？　自分が踊りながら食べるからか？」

「そういう意味もあるのかも」瑠璃は呆然と見つめていた。

女はわざとゾンビの顔の前で、手をひらひらとさせる。ゾンビはそれに食いつこうと、歯をかちかちさせる。

その瞬間を狙って、女はゾンビの頬に噛み付き、食い千切った。

ゾンビの奥歯が剝き出しとなり、カスタネットのようにかちかちと噛み合わせているのがはっきりと見えた。

さらに女は瞼に食いつき、引き千切った。

ゾンビの白濁した虚ろな眼球が剝き出しになる。

女がゾンビの顔に口を近付けるのはまるで、ラブシーンのようにも見えるが、その度にゾンビの顔面は少しずつ、食い散らかされていく。

ついに顔の皮膚が完全になくなり、筋肉だけになる。

女はゾンビの右目に口づけをし、眼球自体を吸い出した。口の中でころころと舌先で転がす感触を楽しんでいるようで、うっとりとした目をして時々、吐息を漏らした。

ゾンビは女に食いつこうとなんども近付いてくる。

女はついに左頰の筋肉を噛み切った。

片側の筋肉がなくなったため、ゾンビの顎はアンバランスに傾いた。

そして、女は軟骨ごと鼻を食い千切った。

ゾンビの顔のど真ん中に暗い穴が開いた。穴からはどろりとした緑色の膿が垂れ流しとなり、女はそれをソフトクリームのように舌で掬い取った。

続いて右頬の筋肉も食い千切られ、ゾンビの顎はがくんと下に垂れ、開きっぱなしになった。

女はゾンビの舌の奥に手を突っ込み、下顎を引き抜いた。

顎のあった辺りから黄色い粘液がだらだらと垂れ流しになった。

ゾンビは顎がないのに、女に噛み付こうとした。

女はゾンビに抱き着くようにして、舌を吸い、そして噛み千切った。さらにぼろぼろになった衣服を切り裂いた後、徐々に皮膚を剝がし取っては、自らの口に放り込み、ガムのように噛んだ。

ゾンビは人体模型のようになった。

女はゾンビの腹筋に手刀を叩き込み、縦に裂いた。そして、その裂け目から手首を突っ込み、内臓を引き摺り出す。

同じ内臓の取り出しでも、先程の男二人のスタイルとは全く違っていた。

男たちはまずゾンビを身動きできないようにして、その後内臓を取り出した。

しかし、女はゾンビを動ける状態にしたまま、社交ダンスを踊るかのように快活な踊り食いを見せてくれている。この女にとって、踊り食いとは単に食欲を満たすためのものではなく、自らの技術を誇示するためのものでもあるようだ。

女は筋肉の損傷を最小限に維持しつつ、少しずつ体内の内臓や脂肪を取り出し続けた。もちろん、全部を食べる訳ではない。殆どは地面に捨てられる。だが、それを特にもったいないとも思わないようだった。

もったいないお化けが出るわよ、と瑠璃は思ったが、声には出さなかった。本音を言うなら、この女を敵には回したくないと思ったのだ。

ゾンビイーターのグループには、あと男女一人ずつのメンバーはいたが、公園の入り口辺りで他のメンバーの動きを見て楽しんでいるようで、にやにやとした笑みを浮かべていた。

女や二人の男の周りには、次々と新手のゾンビが集まりつつあった。戦いながら、戦略を考えているようだが、このあとどう逃げるつもりなのか。

突然、悲鳴が上がった。

見ると、先程まで嬉々としてゾンビを解体していた男が自分の首筋を押さえていた。どうやら、解体に夢中になって背後からのゾンビの接近に気付かなかったらしい。

もう一人の男は瞬時に後退し、噛まれた仲間に向かって、格闘のポーズをとった。

「待ってくれ。俺はまだ死んじゃいない」

だが、もう一人の男はいっさい返事をしなかった。ただ、噛まれた男がゾンビ化するのをじっと待っているようだった。

「そんなことあるはずがない」噛まれた男は現実逃避を始めたようで、へらへらと笑いながら遠くを見つめた。

ゾンビイーターたちはじっと彼の動きを見張っている。

噛まれた男は怯(おび)えきった目をし、突然走り出した。

ゾンビの踊り食いを楽しんでいた女は猛スピードで、後を追った。

さらにそのあとを瑠璃が追う。

逃げた男がバランスを崩し、地面に倒れた。そして、起き上がったときには、目が白濁していた。

追ってきた女は倒れた男に馬乗りになり、両目を潰した。

「戦い慣れているわ」瑠璃は感心した。「そして、たぶんゾンビ化した自分の仲間を倒すことにも慣れているようだわ」

今、ゾンビ化したばかりの身体は損傷が少なく、人間の力だけで引き裂くのは並大抵ではないのだ。だからまず両目を潰して、行動の自由を奪ったのだろう。

ゾンビ化した男は大きな口を開けた。

その口を狙って女は蹴りを叩き込んだ。

歯がぽろぽろと抜け落ちた。

女はルーチンにそって、ゾンビを無力化していっているようだった。

女はゾンビの背後に回り、頭を摑むと、自分の身体ごと回転させた。

鈍い音が公園に響いた。

脊髄を破壊されたであろうゾンビは、活動不能となり、その場に崩れ落ちた。

女二人と男二人はその後、次々とゾンビたちに襲い掛かり、活動不能にした。三十分と経たず、数十人いたゾンビたちは全て、動かなくなった。

「ありがとう」瑠璃は女に手を差し出した。「わたしは八つ頭瑠璃」

「別にあんたらを助けるためにやったんじゃないよ。ただの趣味さ」女はぶっきらぼうに言った。

「ひょっとして」優斗が言った。「あんた、石崎笑里(いしざきえみり)じゃないか？」

「だったら、どうなんだい？」女は苛立たしげに言った。

「石崎笑里って？」瑠璃は尋ねた。

「この界隈(かいわい)では有名なゾンビイーターだ。一晩で百体以上のゾンビをばらしたっていう噂だ」

「百七十八体だ」女は言った。「だけど、それは誉められたことじゃない」

「じゃあ、やっぱり石崎笑里なんだ」優斗が言った。

「ああ。そうだよ」笑里はうっとうしそうに言った。

「百八十体近くも倒したのに、誉められたことじゃないってどういうこと？」

「それだけの数のゾンビは食えないからさ。厳密に言うと、一体のゾンビだって食い切れるもんじゃない。だけど、まあ旨いところ、好みのところだけをとって食うっていうなら、まあ二、三体は狩らなけりゃならないかもしれない。でも、それ以上はとても食い切れるもんじゃない。ただ、殺すだけだ」

「ゾンビは元々死んでるんだから、殺すことにはならないわ。それに、野良ゾンビが減れば、人々は助かるし」

「わたしは別に人助けのために、ゾンビ狩りをしてるんじゃない。それにゾンビは生きているんだ。立って歩いて物を食うやつが生きてないはずがない」

「ゾンビが動いているのは、ゾンビウイルスが死んだ細胞に強制的にエネルギーを補給するからで……」

「ゾンビウイルスと死んだ細胞を一纏め（ひとまとめ）にして生命だと考えたらどうだい？　生きている人間の細胞だって、各部分が独立して生きている訳じゃないだろ。ゾンビは死んだ人間とゾンビウイルスによる共生体なのさ」

「ゾンビが生きていると思うんなら、どうして殺すの？」

「食べるためよ。食べるために殺すのは、自然の摂理だから許される」

「でも、ゾンビは……その……人間の……」

「ゾンビは人間じゃない。人間の死体が材料になっているだけで、人間とは違う生物なのさ。もっとも、人間が人間を食べたって、自然の摂理に反しているとは言えないけどね」

「つまり、食べる以外にゾンビを殺すのは不本意だってこと？」

「その通りよ」笑里は頷(うなず)いた。

「だったら、どうして殺すの？」

「単純に危ないからさ。自分が食べる分だけしか殺さないと決めたとしても、向こうはこっちを食べようとしてやってくる。それを防ごうと思ったら、こっちが向こうを殺すしかない」

「正当防衛ってこと？」

「そう。だけど、食べもしない動物を殺すのは、あまり気乗りがしない」

「その人は？」瑠璃はゾンビイーターの死体を指差した。「仲間だったんじゃないの？」

「ゾンビ化したら、もう仲間なんかじゃなくなる。人間とは別の生き物。だから、生前とは関係のない存在になる」

「だから、何の葛藤もなく殺せるって訳？」

「もちろん、頭ではわかっていても、嫌な気分にはなる。だけど、わたしたちは互いに約束している」

「もし自分がゾンビ化したら殺してくれって？」

「その通り、わたしでないものがわたしの姿で、暴れまわるのはあまり嬉しくないから、わたしがもしゾンビ化したら、すぐにばらしてくれって、仲間には頼んでいる」

「ゾンビになる危険を冒してまで、どうしてゾンビハンティングをしているの？」

「それは愚問だ」

「愚問だなんて言って、はぐらかすつもり？」

「はぐらかすつもりはないんだけど、わからない人が納得するような答えはないってことよ。強いて言うなら、『そこにゾンビがいるから』」

「山登りと一緒ってこと？」

「山登りとは少し違うかもしれない。山登りは危険に対する見返りとしては達成感しかないけど、ゾンビハンティングはちゃんとしたご褒美があるから」

「ゾンビの肉のこと？」

「そう。だから、登山というよりは飲酒や喫煙に近いかもしれない。身体を壊す危険があるのはわかっていても、おいしい酒や煙草が欲しいというのに似ている」

「自分がゾンビになるという危険があるというのはわかっているけど、おいしいゾンビ肉が欲しいってこと？」

「ほら。理解できた」

「ううん。全然理解できないと思う。言葉としては理解できたような気がするけど、感覚的には全く納得できないのよ」

「人の感覚は言葉では説明できないから。これでわからない人には、どう説明してもわからない」

「了解」瑠璃は理解することを諦めた。「とにかく礼は言わせて貰うわ」

「だから、それはおかど違いよ。山に登ったり、酒を飲んだりして、礼を言われたら、面食らう」

「じゃあ、これはわたしの独り言よ。助けてくれてありがとう」

「独り言に反応する必要はないよね」笑里は肩を竦め、そして仲間たちと去っていった。

8

「お姉ちゃんの代わりに受験しろってこと？」瑠璃は目を丸くした。

「お父さんとお母さんには絶対に内緒よ」沙羅は睨み付けた。

「でも、それっていけないことなんでしょ？」

「だから何？」

「いけないことをしてはいけないわ」

「どうして？」

「だっていけないことだもの」

沙羅は馬鹿にしたような目で瑠璃を見つめた。「それって、何も考えてないのと一緒よ。『いけないことはいけない。だっていけないから』というのは『黒いものは黒い。だって、黒いから』と言うのと同じじゃない？」

「ええ。同じよ」

「だったら、何の説明にもなってないじゃない」

「お姉ちゃんは説明できるの？」

「もちろんよ」沙羅の鼻の穴が膨らんだ。「いけないことをすると罰が与えられるから、いけないことをしてはいけないのよ」

「ほら。お姉ちゃんだって、いけないことをしてはいけないってちゃんとわかってるじゃない」

「でも、これはいいのよ。罰は与えられないから」

「どうして？　人の代わりに受験したら、罰が与えられるに決まってるじゃないの」

「罰は与えられないわ」

「どうして？」

「なぜって、絶対にばれっこないから」

「ばれるに決まってるわ」

「どうして、ばれるなんて思うの？」

「悪いことをしてばれないはずがないわ」

「それは重要なことね。悪いことをしたら、必ずばれるのよね。だとしたら、ばれないことは悪くはない、ということになる。だって、悪かったら、ばれるはずなんだから」

「お姉ちゃん、何を言ってるのか、わからないわ」

「いいえ。わかっているはずよ。あんたはわたしより頭がいいから」

「そんなことはないわ、お姉ちゃん」

「いいのよ。わたしはショックなんか受けないから。なぜって、あんたの頭がいいってことは、わたしの頭がいいということと同じなんだから」

「お姉ちゃんの頭とわたしの頭は別々のものよ」

「そうよ。でも、二人の区別が誰にできるっていうの？」

「お母さんとお父さん……」

「家族は別よ。わたしは他人の話をしているの。試験官は他人でしょ」

「区別はつかないかもしれない。だけど……」

「あんたはどうせ入学なんかできっこないから」

「そんなことはわからないわ」

「あんたは入試に通るだけの能力はあるけど、絶対に入学できない」

「どうして、そんなことが言えるの？」

「わたしにはわかるからよ。わたしが言ったことで間違っていたことがある？」

「いいえ。ないわ、お姉ちゃん」

「わたしは入試を受ける資格がある。だけど、残念なことに試験に通るだけの能力がない」

「そんなこと、わからないわ。今から一生懸命勉強すれば……」

「勉強なんかしたくないわ。だから、この方法を思い付いたのよ」

「替え玉受験のこと？」

「そうよ。とても合理的なのよ。受験の資格があるけど能力がないわたしと、能力はあるけど資格のないあんたが協力すれば、すべてが丸く収まるのよ」

「でも、わたしに資格がないと決まった訳じゃ……」

「じゃあ、確認してみるの？　もし確認して、やっぱりあんたに資格がないことがわかったら、どうするの？　そのときはもう替え玉受験はできないわ。あんたのことが知られてしまうからね。でも、今ならこの方法が使えるのよ。二人の長所を生かした方法がね」

「でも、得するのはお姉ちゃんだけじゃないの？」

「何ですって?」沙羅は目を見開いた。

「替え玉受験をするのはわたしなのに、学校に通えるのはお姉ちゃんだけ。だったら、わたしは何の得もないわ」

「何よ。正義派ぶってたけど、結局は自分の損得を気にしていたのね!」

「そういう訳じゃないの。だけど、わたしがいけないことをして、それで、お姉ちゃんばかりが得をして、いったいどういう意味があるのかって……」

「あんた、わたしがいい学校に行けて嬉しくないの? たった一人の姉なのに」

「いい学校に行けたとしても、自分の力じゃないんだったら……」

「自分の力で入らないと意味がない? どうして、そんなことがわかるのよ? 入るときにちょっとずるをするだけで、中に入ってから立派な学生になるってことがあってもおかしくないでしょ?」

「……そう……かな?」

「それに、あんたにとっても悪い話じゃないわ」

「わたしにとっても?」

「替え玉受験が成功するってことは、学校の人間には、わたしとあんたの区別がないってことよ」

「そういうことね」

「だとしたら、あんただって、あの学校に通えることになるのよ」

「わたしが？」

「ええ。わたしが通えるんなら、あんただって通える。誰も咎めたりはしない。そもそもあんたの存在は知られていないんだから」

「わたしがあの学校に……」

「そうよ。あんた勉強したいんでしょ？」

「あの学校に通えるなんて夢のよう……」

「ほら。あんたにもメリットがあるじゃないの。どうするの？　やるの？　やらないの？」

瑠璃は迷った。

沙羅の言うことを訊いていると、確かに悪い話ではないような気がしてきた。双方にとってメリットがある。

でも……。

沙羅の言うことを百パーセント信じていいものだろうか？

本当にわたしには、受験の資格がないのだろうか？

確認することは難しくない。だけど、もし確認したら、替え玉受験のチャンスもなくなってしまうというのも本当だとしたら？

沙羅の言う通り替え玉受験をすれば、わたしはほぼ間違いなく、あの学校で学ぶことができるだろう。

では、替え玉受験のデメリットは何かしら？

沙羅は自分の身の丈に合わない学校に入学することになる。だから、入学後もきっといろいろな場面でわたしは沙羅の替え玉にさせられるだろう。

でも、それが何だというの？　正規に入学したとしても、替え玉でないというだけで、どうせやることは同じだ。

いろいろな可能性を天秤に掛けると、替え玉受験に同意する方が得だということになる。

本当かしら？　わたしは沙羅に騙されているんじゃないかしら？

最大の問題点はこれが不正だということ。だけど、それも本当なのかどうかわからなくなってきた。

わたしと沙羅の区別がないとしたら、そもそも不正は存在しないことになる。

瑠璃は決心した。

「わかったわ。わたし、お姉ちゃんの替え玉になる」

「ありがとう。わかってくれると思ったわ」沙羅は瑠璃の頰を優しく撫でた。

9

「生きた心地がしないとはこういうことだな」優斗はぜいぜいと肩で息をしながら言った。

「元はと言えば、あなたがタクシーを帰しちゃったのが拙かったんじゃない」

「携帯が通じなくなるなんて事態を想定しておけというのが無理なんだよ」

「そうね。これは想定外の事件だったんだわ」瑠璃は考え込んだ。

「何だよ。想定外だったたって認めるのかよ」

「問題は想定外だったことじゃない。想定外のことが起こった理由が重要なのよ」

「禅問答か何かか?」

「想定外のことって何かしら?」

「起こるなんて考えていなかったってことだろ?」

「なぜ考えてなかったのかしら?」

「それはあれだ。……滅多に起こらないことが起こったからだ。しょっちゅう起こることなら、考えに入れるはずだからな。滅多に起こらないことは一々考慮しない。これは合理的な判断だ。もちろん、滅多に起こらないことが起こることはある。そういうとき、『もしものときのことを想定しておくべきだった』と結果論を得意げに話すやつがいるが、予め全ての事態を想定しておくことなんかまず不可能だ」

瑠璃は頷いた。「その通りよ。基地局が停電するなんて滅多に起こらないことが起きたのよ。それもわたしの車がエンストを起こしたまさにその瞬間に」

「それって、つまり……」

「あまりにも都合が良過ぎるわね。……わたしに死んで欲しい人間にとって」

「それって誰だよ？」

「具体的に誰かはわからないわ。だけど、最近の出来事から鑑みて、葦土氏殺害事件の犯人ならわたしに死んで欲しいと思ってるかもしれないわ」

「なぜ、君に死んで欲しいんだ？」

「わたしが犯人に辿り着くからよ」

「どうして、犯人はそう思ったんだ？」

「そこが問題ね。たぶん犯人はわたしが切れ者だという印象を持ったのよ」

「結構好意的なやつだな」優斗は呆れ顔で言った。

「これって、重要なことよね」

「自分が好印象を持たれているってことが？」

「そうじゃなくて、犯人はわたしを知っているということよ」

「なるほど」優斗は漸くぴんときたらしい。「今日、君が研究所に行くと知っていた可能性があるのは？」

「アルティメットメディカル社の研究所の全員とその家族、それと警察関係者」

「それって何人ぐらい？」

「従業員が二百人ぐらいだから、その数倍かな？」

「凄いね。いっきにそこまで絞り込めるとは」優斗は皮肉っぽく言った。

「いや。さらに絞り込めるチャンスはあるって言いたいのよ」

「どういうことだ？」

「わたしへの殺害計画が失敗したと知ったら、もう一度殺そうとするかもしれないじゃない。それをうまく利用すれば、尻尾を捕まえられるわ」

「相手が物凄く間抜けだった場合な」

「間抜けかもしれないわ」

「間抜けなやつが密室殺人のトリックなんか考えるか？」

「むしろ、間抜けだから密室殺人なんか企んだと思わない？　そんな難しいことを企んでいる時点で相当間抜けよ。しかも、殺人の証拠は残っていた訳だし」

「相手は一度失敗してるんだから、次はもっと慎重になるんじゃないか？」

「いいえ。むしろ相手は大胆になると思うわ」

「どうして？」

「もう後がないからよ。殺人だけではなく、殺人未遂も犯しているんだから、これ以上、引き延ばしたくはないはずよ。時間を掛ければ掛けるほど、わたしが真実に到達する確率は高くなるわ」

「とりあえず、警察に連絡だな。命を狙われたかもしれないと。そのなんとかいう刑事に」

「三膳刑事よ。でも、どうしようかな？　少し考えた方がいいかも」

「なんでだよ？」

「刑事が犯人という可能性もなくはない」

「考え過ぎだろ」

「そうかしら？　あの刑事、途中までは結構切れ者に見えたのよ。でも、肝心なところは見逃していた。殺人だという明白な証拠をよ」

「わざと見逃したと？」

「可能性の問題よ。証拠はないわ」

「俺の個人的な意見だけど、警察には連絡しておいた方がいいと思うぞ」

瑠璃は少し考えた。「そうね。案外いい考えかも」瑠璃は携帯電話を取り出した。「もしもし。探偵の八つ頭ですけど、三膳刑事いますか？」

しばらく待たされた後、不機嫌そうな三膳刑事が電話口に出た。「探偵が何の用だ？事件についての情報なら部外者には教えられないぞ」

「逆よ。こっちから情報を提供してあげようかと思ったの」

「ガセじゃないだろうな？」

「もちろんよ。犯人がわたしの命を狙ってきたの」

しばし沈黙が流れた。

「もしもし。聞いてる？」

「聞いてるぞ。ちょっと待ってくれ」おそらく他の人間にも聞こえるようにスピーカーにつなぎかえているのだろう。「犯人の顔は見たのか？」

「いいえ」

「どんな手口で命を狙われたんだ？」

「ゾンビ牧場のど真ん中でエンストさせられたの」

「はぁ？」

「『はぁ？』じゃないでしょ。死ぬところだったんだから」

「エンストさせられたという証拠はあるのか？　単なる整備不良って落ちじゃないだろうな？」

「同時に携帯電話が繋がらなくなったわ」

「バッテリー切れじゃないだろうな」

「突然、電波がなくなったのよ」

「故障という可能性もある。車の故障が携帯電話に波及したのかもしれない」

「そんなことあるの？」

「さあ。俺は電気機器にあまり詳しくないんでな」

「じゃあ、勝手に推測しないでよ」

「しかし、車と携帯が同時に故障したぐらいで、殺人未遂とは言えないだろう」

「そうだわ。他の人間の携帯も繋がらなくなったわ」

「他の人間って誰だ？」

「わたしの助手よ」

「いや。助手じゃないだろ」優斗が文句を言った。「協力者だ」

「そいつも同じ車に乗ってたんだろ？」三膳は言った。

「違うのよ、彼はタクシーでわたしを迎えに来たのよ」

「さっき携帯は繋がらなくなったって言ってなかったか？」

「繋がらなくなる寸前に連絡しておいたのよ」

「なんだか、いろいろ都合のいいことが起きてるような気がするな」

「そうでしょ」

「そういう意味じゃなくて、あんたの話だよ。辻褄(つじつま)が合ってそうで、微妙にずれているというか」

「嘘(うそ)だと言うの？」

「そうは言ってないが、なんとなく怪しいんだよ」

「根拠はあるの？」

「俺の勘かな」

「勘ですって？　じゃあ、わたしの車を調べてみて、ゾンビ牧場で立ち往生しているわ。それにわたしの携帯も調べて貰ってもいいわ」

「牧場の方は明日にでも調べさせる。ただ、携帯の方は特に故障している訳じゃないんだろ？」

「ええ。もちろんよ」

「だったら、調べても仕方ないんじゃないか？　どうしても調べろって言うなら、調べさせてもいいけど」

　確かに携帯電話を調べても、あのとき圏外になっていたかどうかなんてわからない。

「わかったわ。携帯は調べなくてもいい。車の方は必ず調べてね」

「ああ。何かわかったら、連絡する」

　電話は切れた。

「信じて貰えなかったな」優斗は肩を竦めた。

「いいえ。これでいいのよ」瑠璃はまた電話を掛けた。

「また、警察か？」

「いいえ。依頼主よ」

「有狩（うかり）さんに繋いで」

秘書から有狩に廻された。

「どうした？　進展はあったか？」

「ええ。わたし殺されかけたわ」

「何の話だ？」

瑠璃は三膳と同じく、有狩にも事情を説明した。

「確かに、研究所に携帯電話の基地局はある。あの付近では唯一のものだ」

「今日の昼間、停波してなかったか、確認して貰えない？」

「確認できるかどうかわからんぞ」

「研究所で携帯が使えなくなっていたはずよ」

「そもそも研究所内で、携帯は使用禁止だ」

「じゃあ、なんで基地局があるの？」

「詳しくは知らんが、電話会社からの要望だろう。あの辺りでは他に建物がないからな」

「使う人がいないのに？」

「まあ。ゼロではないだろう。君も使おうとしたんだろ？」

確かに。携帯電話会社にとって、使用可能エリアを拡大するのは重要なはずだ。実際にその周囲で何人が携帯を使用するかは別にして。

「誰かが車に細工したのよ」

「どうやって?」

「例えば、ガソリンタンクに水を入れるとか」

「その可能性はまずないな」

「なぜ、ないと思うの?」

「水を入れるタイミングの問題だ。研究所を出てすぐとまったのなら、研究所で入れたことになる」

「研究所に来る前に極少量の水を入れられたという可能性はないかしら?」

「ちょうど研究所を出たタイミングで、エンストを起こすように仕組んだということか? そんな器用なことはできんよ」

「じゃあ、研究所で水を入れられたということで決まりじゃないの」

「水が入ってない方に百万円かけてもいい」

「どうして?」

「今、あんたが言ったじゃないか。もし水が入っていたなら、研究所で入れられたことでほぼ決まりだ。わざわざ犯人がそんな危ない橋を渡るか?」

「犯人はその裏をかいたのかも」

「馬鹿馬鹿しい。いずれにしても、水を入れられていたのなら、警察の調査ですぐにわかるはずだ」

「じゃあ、この件は調査待ちということで」

「他に要件はあるのか？」

「う〜んと、今のところはないわ」

電話は切れた。

「なんだか、俺も君の思い込みじゃないかという気がしてきたよ」優斗が言った。

「あと一件、電話するわ。……もしもし、葦土さんのお宅？」

「おい。何の進展もないのに、被害者の家族に電話するのはまだ早いんじゃないか？」優斗が慌てて言った。

「はい。そうですが」

「わたし、探偵の八つ頭」

電話の向こうで息を呑むのがわかった。「犯人がわかったんですか？」

「それはまだよ。でも、手掛かりは摑めるかもしれない」

「手掛かりがあったんですか？」

「可能性の問題よ」

「誰が犯人なんですか？」

「いや。まだそれはわからないけど」

「何がわかったんですか？」

「犯人が焦ってるってこと」

「……」燦は黙っていた。

「もしもし」

「ふざけておられるんですか?」

「いや。ふざけてなんかいないわよ」

「じゃあ、酔っておられるんですか?」

「酔ってないわ。酔いたい気分ではあるけどね」

「犯人は何を焦ってるとおっしゃるんですか?」

「名探偵というのは、あなたのことなんですか?」

「そうです。でも、自分でそう思っている訳じゃないの」

「じゃあ、誰がそう思ってるんですか?」

「だから、犯人がそう思ってるのよ」

「どうして犯人の気持ちがわかるんですか? まさか、あなたが犯人だとか?」

「だとしたら、大どんでん返しだけど、少なくとも今回は違うわ。話せば長くなるけど、まずわたしの車がエンストして……」

「すみません。結論から言ってください。犯人はまだわからないんですよね」

「ええ。今のところは」

「だったら犯人がわかってから電話してください。あなたと長話する気分ではないのです」

電話は切れた。

「僕の意見を言ってもいいかな? 今の奥さんの主張に全面的に賛成だ」優斗が言った。

「あなたは意見を言わなくてもいいから」

「いや。最初の二件は意味が全くなかったとは言わないが、奥さんへの電話は無意味だったろう」

「いいえ。意味があるのよ」瑠璃は周囲を見回した。「あそこに柄の悪そうな酒場があるわ」

「ああ。柄の悪そうな酒場だな」

「あそこで、少し話をしましょう」

「ちょっと待ってくれ。この辺りの治安はあまりよろしくない」

「ええ。そんな感じね。ゾンビがうろつく様な場所はだいたいそう。ゾンビ以外にもゾンビイーターまでいるし」

「そんな場所で絵にかいたような柄の悪そうな酒場に入るって?」

「今、そう言ったわよね」

優斗は店の方を見て顔を顰めた。「馴染の店か?」

「いいえ。今、初めて見たわ」

「二、三キロも歩けば、もっとちゃんとした店があるぞ」

「できれば、ここで時間を潰したいの」

「どうして?」

「治安のよろしくない場所の方が都合がいいからよ」

「いくつか君に伝えるべき情報がある」優斗は店を見ながら声を絞り出すように言った。

「重要な情報?」

「ああ。俺は腕っぷしは弱い方じゃない。だけど、むちゃくちゃ強い訳でもない。二人掛かりでこられたら、まず勝ち目はないし。相手が一人でも、必ず勝てるとは限らない」

「勝つ確率はだいたい何割ぐらい?」

「相手によりけりだ。それに勝率が出せるほど喧嘩はしていない」

「でも、まあ多少は頼りになるぐらい?」

「いや。過信して貰っては困る。できれば守りたいとは思うけど、守り通せる自信はない」

「わたし、正直な人、好きよ」

「冗談を言ってる場合じゃない」

「わたしだって護身用の武器ぐらい持ってるわ」瑠璃はポケットの辺りを叩いた。「もっとも、ゾンビには効かないけどね」

「じゃあ、ゾンビが襲ってきたらどうするんだ?」

「ここは街中だから、さっきみたいに大量のゾンビがうろつき回ってるはずないじゃない」

「人間にならら勝つ自信があるってことか?」

「確実じゃないわ。だけど、ほぼ大丈夫よ」

「護身用の武器を持ってるから?」

「これはまあ気安めだけどね」

「自分で認めてるじゃないか!」

瑠璃はすたすたと酒場に向かって歩き出した。

優斗も慌てて後を追う。

瑠璃ががらりと戸を開けると、中の客が一斉に二人を見た。

中の客層は大きく二つに分かれた。

ちゃらいのと、やばいのと。

さらに、やばいのには二通りあった。

目がいってしまっているのと、冷静に人を殺せそうな目をしているのとだ。

「ちゃらいのとやばいのとがいるわ」瑠璃が呟いた。

「俺の目にはみんなやばく見える」

「壁から三人目とか、ちゃらいだけじゃない？」

「確かにちゃらいよ。でも、やばくない訳じゃない。ちゃらくてやばい」

「ちゃらいのとやばいのと両立するの？」

「よく考えろ。こんな場所で、ただちゃらいだけのやつが生き延びられるか？」

「納得」

席に座ると、ちゃらそうでやばそうな店員がにやにやしながらやってきた。

「ええと。ビール二つ」優斗はできるだけ渋めの声で言った。

「あっ？」店員が言った。

「俺なんかまずいこと言ったかな？」優斗が言った。

「自信のない態度はまずいわ」瑠璃が呟いた。

「兄ちゃん、俺の声小さいか⁉」優斗が凄んだ。

「何すか？」

「ビール二つだ」

「あっ？」

「てめえ、おちょくってんじゃねえよ‼」瑠璃がポケットからプラスチック製の筒のようなものを取り出した。

店内の全員が二人の方を見た。

「おい。何だよ、それ!?」優斗が瑠璃のあまりの激変に驚いて大声を上げた。

「プラスチック製のピストル。今は3Dプリンターで簡単に作れるんだよ!」

「ビール二つっすね」店員は後ずさりしながら、店の奥へと消えた。

客たちは二人から目を逸らした。

「今の何だよ?」優斗は囁(ささや)いた。

「はったりよ。こういう場所では、あのぐらいかまさないと駄目なのよ」

「それはそうと、それやばいんじゃないか?」

「何が?」

「密造銃だよ」

「ああ」瑠璃は優斗の耳元で囁いた。「これおもちゃだから。3Dプリンターのおかげで、おもちゃも本物に見えるのよ」

「ばれたら、どうするんだよ?」

「撃つまでばれないって」

店員がコップを二つ持ってきた。

半分以上が泡だ。

優斗が口を付けた。「温っ！」

瑠璃はコップを触った。「本当。常温ね」

「どうする？　文句を言うか？」

「わざわざこんなものを持ってきた理由は二つ考えられるわ」

「どんな理由だ？」

「一つは本当に温いビールしかないということよ。そもそもここはビールを飲む場所じゃないのかもしれない」

「じゃあ、何をする場所だよ？」

「それはわからないけど、きっとやばいことだと思う」

「もう一つの可能性は？」

「さっきのわたしの反応を見てもう一度怒らせようとしているという理由よ」

「何でまた？」

「わたしがまた切れたら、大義名分ができるからよ」

「何の大義名分？」

「向こうも銃を持ってくるという大義名分」

「ああ。そっちの理由のような気がしてきた」

「だから、ここは反応しない方が正解な気がするわ」

「さらに嫌がらせをしてきたら？」

「そのときは店を出ていくしかないわ。そして、近所の別の店に入る」

「そこまでしてこの地域に固執する理由は何なんだ？」

「種撒き（たねま）をしたんだから、ちゃんと回収したいじゃない」

「種撒き？」

「わたしはあちこちに自分が生きていることを宣伝したのよ」

「さっき、掛けまくった電話のことか？」

瑠璃は頷いた。「これで犯人にわたしが生きていることが伝わった公算が高いわ。犯人はできるだけ早くわたしを消そうとするでしょうね。そして、犯人にとって、この街はとても攻撃しやすい場所よ。単なる強殺に見せかけやすいから」

「つまり、君は犯人に対して罠（わな）を仕掛けているってことか？」

「正解。その通りよ」

「二つほど指摘していいかな？」

「ええ。どうぞ」

「まず、第一にこの状態で敵の攻撃を受けたら、本当に死んでしまうかもしれない」

「その危険は考えたわ。でも、準備はしてあるので、そんなに心配していないわ」

「準備って、さっきのおもちゃのことか？」

「しっ！　おもちゃでも、相手におもちゃだという確証がなければ、充分脅しには使えるわ。それに、それだけじゃなくて、わたしにはボディーガードがいるし」

「ボディーガードって俺のことか？　言っておくが、俺なんか屁の突っ張りにもならんぞ」

「なんか強そうなやつがいると思わせるだけで、効果はあるのよ」

「なんだか、はったりばかりだな」

「はったりは馬鹿にできないのよ。わたしはだいたいはったりで窮地を脱してきたから」

「せめて警察に警護を頼んだらよかったのに」

「警察の内部に犯人と繫がりのある人物がいるかもしれないのに、そんな危ない橋は渡れないわ。それで、もう一つの指摘は？」

「こういう作戦だと言ってくれたら、アドバイスしたんだが、今だともう手遅れだ」

「どういうアドバイス？」

「つまり、あちこちに連絡せず、一か所ずつ連絡しておいたら、犯人の特定が容易だったんじゃないかということだ」

「どういうこと？」

「例えば、警察にだけ連絡して、殺し屋が来たら、犯人は警察内部に繫がりがあるということだ。もし来なかったら、警察内部との繫がりは否定できる」

「警察内部の情報の流れなんか絶対に教えてくれないから、結局どこまで、わたしの生存情報が広がったかなんか調べようがないわ」

「やってみる価値はあったんじゃないか？」

「そんな悠長なことは言ってられないわ。犯人を動かしてそれを捕まえるのが一番よ」

「やはり、無謀すぎる」優斗は携帯を取り出した。

「ちょっとどこに電話掛ける気？」

「さっきの三膳とかいう刑事にだ。君を守ってもらう」

「待って。もう少しだけ時間を頂戴」

その時入り口から新しい客が入ってきた。若い男でコートを着たまま、店内をきょろきょろと見回して、手に持っているスマホの画面と比較しているようだった。

「あいつ何してると思う？」瑠璃が言った。

「人探しだな」優斗が答える。

「たぶんわたしたちを探してるんだわ」瑠璃は立ち上がって、その男に手を振った。

「正気か？」

「とにかくあいつに殺意があるかどうか確認しないと埒が明かないわ」

「殺意があるとわかった時点では、もう殺されているかもしれないんだぞ」

「どっちにしても、もう手遅れよ」

男はこっちに気付いたのか、手を振り返し、大急ぎで近付いてきた。

「おい。逃げるのなら今だぞ」優斗が言った。

「ちょっと待って」瑠璃は若い男に向かって言った。「あなたは誰?」

男は懐から拳銃を取り出した。

「わっ!」瑠璃は椅子を倒して、テーブルの下に逃げ込んだ。

男はテーブルに向けて発砲した。

店のあちこちで悲鳴が上がった。

「八つ頭さん、大丈夫か?」優斗が言った。

返事はない。

瑠璃は死んだふりをしているのか、それとも……。

「おい。物騒なものをぶっ放すのはやめろ」優斗は男に言った。

男は優斗に銃口を向けた。

「あわわ」優斗は尻餅を付いた。

「動くな!!」店の奥から銃を持った数人の男たちが飛び出してきた。

なるほど。この店のルールでは、客は銃を構えるまでは許されるけど、実際に発砲するとアウトらしい。

若い男の動きが止まった。

優斗はテーブルの下に潜り込み、瑠璃の姿を探した。

瑠璃は音を立てないようにゆっくりとテーブルの下を移動していた。

優斗も後を追う。

「これからどうする？」小声で話し掛ける。

「とりあえずあいつから離れることにする。この店の用心棒たちがあいつを拘束してくれるといいんだけど」

瑠璃はテーブルの端からそっと彼らの様子を覗き込んだ。

若い男はゆっくりと用心棒の一人の方に銃口を向けた。

「おまえ嘗めてんのか？　もし俺を撃ったら、蜂の巣だぞ」用心棒は凄んだ。

若い男は用心棒の一人の腹を撃った。

用心棒はそのまま蹲り、絶叫した。

他の用心棒たちの銃が一斉に火を噴いた。

若い男は胴体に弾を受け、血と肉片を撒き散らしながら、一メートル以上も宙を飛んだ。

「密室殺人の捜査に来て、銃撃戦に巻き込まれるというのは、理不尽にもほどがある」優斗が言った。「推理とアクションは両立しないだろ」

「でも、世の中、そうしたものよ。推理もアクションもどちらも切り捨てられないわ」

若い男はゆっくりと立ち上がった。

「あら。ゾンビ化早過ぎない？」

若い男は銃を構え、用心棒たちを撃った。

「ゾンビが銃を使った!!」優斗は思わず叫んでしまった。

用心棒たちもあまりのことにどうしていいのかわからないようで、呆然としていた。

若い男は次々と用心棒たちを狙い撃ちにしていく。

「知性のあるゾンビ誕生か?」優斗は唸った。「俺たちは歴史的事件に立ち会ってるのか?」

「今、誕生したんじゃないんじゃない?」

「だって、あいつはついさっき殺されたんだぜ」

「だから、殺されたんじゃないんじゃない?」

「どういうことだ?」

「最初からゾンビだったとしたらどう?」

「最初から?」

「ゾンビの癖にスマホ使って俺たちを探してたってことか?」

「そうなるわ」

「そんな訳ないだろ」

「あいつの行動を見た? 店の中で突然発砲したのよ。しかも、落ち着いていた。まるで、撃たれても構わないかのように」

「自分が知性を持ったゾンビになるって確信してたってことか?」

「その可能性もあるけど、もっとありそうなのが最初からゾンビだったってことよ。もしあなたが『ゾンビになっても知性を保つ薬』を飲んだとして、百パーセントその効果を信じられる?」

「そりゃ、無理だろうな」

「でも、すでに知性を持ったゾンビになっていたら、その事実は信じるしかないはずよ」

「確かにそうかもな。で、それがどうしたんだ?」

「知性のあるゾンビは世の中の誰も知らなかった。それなのに、わたしがある事件の調査を始めたら、それが突然目の前に現れたのよ」

「つまり、これは偶然じゃないと?」

「賭けてもいいわ。葦土の研究とこの新型ゾンビの間には関係がある」

用心棒たちは次々と倒され、何人かはゾンビとなって、動き始めている。しかし、当然ながら知性はなさそうだった。

ついに最後の一人となった用心棒は銃口を若い男の顔に向けた。

若い男は右腕で顔を庇(かば)った。

用心棒は引き金を引いた。

右腕の筋肉が千切れ飛んだ。

若い男は左手に銃を持ちかえ、顔を庇ったまま、発砲を続けた。

だが、弾はなかなか命中しない。

弾切れになったようで、若い男は物陰に隠れて、弾を込め始めた。

用心棒は銃を構えながら、若い男の元へと向かった。

「死ねや！」

引き金に指を掛けた瞬間、背後から先程まで仲間だったゾンビが噛み付いてきた。

若い男に気をとられてゾンビへの注意を怠っていたのだ。

若い男は立ち上がると、ゾンビに食いつかれて苦しんでいる用心棒に発砲して、息の根を止めた。

「そこに隠れてるのはわかってるんだ」若い男が言った。

「喋(しゃべ)ってる。やっぱり知性があるんだ」優斗が感心したように言った。

すでに店内から客は逃げ出していた。

遠くからサイレンの音が聞こえるのは誰かが通報したからだろうか？

「諦めて。すぐに警察が来るわ」

若い男は声を出して笑った。「警察が来る前に始末は付けるさ」銃を構えながら近付いてくる。

「どうするんだ？　声なんか出すから、場所がばれたじゃないか」

「こっちにも武器があるわ」

「おもちゃの鉄砲じゃ無理だよ」

「武器はあれだけじゃないわ」瑠璃はポケットから小型の武器を取り出した。

「うわっ！　やっぱり本物の拳銃持ってたのか？」

「まさか。よく見て。小型のクロスボウよ」瑠璃は矢を番えた。

「こんなの威力あるのか？」

「当たれば、怪我ぐらいするわ」

「頭を吹き飛ばしたりできるのか？」

「まさか」

「だったら、ゾンビ相手じゃ意味ないぞ」

瑠璃は立ち上がると、同時にクロスボウで、若い男の顔を狙った。

男は慌てて、右腕で顔を覆った。

「あいつは最初右手で銃を持っていた」瑠璃は言った。

「そうだったかな？」

「それが今は左手で持っている。なぜだと思う？」

「さあな。両利きっているからな」

「左手に持ち替えてから、命中率が落ちているわ」

「あれだ。右腕、怪我しているから」

「怪我をしたのは右腕で顔を守ったからよ。なぜ左腕で顔を守らなかったのかしら？　そうすれば、右手を使えたのに。そもそもなんで顔を守ってる？」

「顔には目とかがあるからじゃないか？　右手で顔を守ったのは、咄嗟のことでついうっかりとか」

「ごちゃごちゃ言ってんじゃねえ！」若い男は発砲した。

弾は当たらなかった。

瑠璃は立ったままだ。

「おい。突っ立ってないで、撃つなり、隠れるなりしたらどうなんだ？」優斗が言う。

「静かにして。一度矢を放ったら、また番えないといけないの。外さないように慎重に撃たないと」

「外さないようにって、どこを狙ってるんだ？」

若い男はさらに発砲した。

優斗のすぐ脇を掠（かす）ったような感覚がした。

次は当たる。そんな予感がした。

「あの。そろそろ隠れた方が……」

瑠璃は矢を発射した。

左の肘と肩の間に命中した。

「うっ！」若い男は銃を取り落とした。

「えっ？　ゾンビなのに、痛がってるのか？」優斗はぽかんと口を開けた。

瑠璃は素早く次の矢を番え、若い男に走り寄った。

若い男は右手で銃を拾おうと思い、躊躇（ちゅうちょ）した。

「右手で銃を持ったら、顔をカバーできなくなるからね」瑠璃は若い男の顔を狙いながら近付いた。「だけど、それは判断ミスよ。素早く拾って撃てば、ここまでわたしは近づけなかった。この距離だと、頭蓋骨を突き破って、脳にまで達するわ」

「畜生！」若い男は背を向けて逃げ出そうとした。

瑠璃は矢を発射した。

矢は若い男の左の足首に刺さった。

男は躓（つまず）いた。

足の腱が切れたのか、うまく歩けないようだ。

店の入り口から三人の警官が入ってきた。

「みんな動くな！」警官は拳銃を構えた。

瑠璃と優斗は手を上げた。

若い男は溜（た）め息を吐（つ）くと、銃口を咥（くわ）え引き金を引いた。

10

「犯人が知性を持ったゾンビだったなんて話を信じろというのか!?」三膳はいらいらとした口調で言った。

「これ取り調べじゃないわよね？」瑠璃は確認した。

「もちろん、ただの事情聴取だ。君たちには何の容疑もない。弾丸の鑑定結果から見て、店員たちを打ち殺したのはあの男――藤倉儀太郎（ふじくらぎたろう）だというのは間違いない。そして、あの男が自殺したのは、複数の警官が目撃している」

「だったら、もう事件は解決じゃない。帰してくれる？」

「帰りたかったら、本当のことを言ってくれないと困るんだ」

「だから、言ってるじゃない。あの藤倉とかいう男は最初からゾンビだったんだって」

「ゾンビが銃を撃ったりできるものか」

「じゃあ、わたしのいうことなんか、信じなきゃいいじゃない」

「もちろん信じてない。だから、そろそろ本当は何があったのかを教えてくれないか？」

「ええと。じゃあ、あの男はゾンビなんかじゃなく、ただの強盗でした。これでいい？」

「いい訳がないだろ。それだと説明が付かないんだ」

「何の説明？」

「あの男が心肺を含む複数の臓器に銃弾を受けていたことだ。確実に即死に至る致命傷だ。いったい何があったんだ？」

「あれは店の用心棒たちが撃ったのよ」

「そんなこともわかっている。どの弾がどの銃から発射されたかはすべて確認済みだ」

「だったら、何が問題なのか全然わからないわ」

「警官が現場に駆け付けたとき、藤倉は生きていた。なぜだ？」

「どうして、生きていたとわかるの？」

「だから、警官が目撃したんだ。あいつは銃で自殺した」

「じゃあ、生きていたんでしょ」

「どうしてあいつは生きていたんだ？　心臓を含め、内臓に二十発以上の弾が撃ち込まれていたのに」

「その答えはさっきから何度も言ってるような気がするんだけど」

「いや。生きていた理由は一度も言ってない」

「だから、生きてなんかいなかったんだって」

「いや。警官が……」

「ええと。問題点を纏めると、①警官隊の到着までに藤倉は二十発以上の弾丸を受けていた。②警官隊が到着したときに藤倉は生きていた。この二つが矛盾するってことよね」

「そうだ。納得のいく説明をしてくれ」

「二つの仮定が矛盾するということはどちらかが間違っているということよ。①はまあ間違いないよね。これが事実であることは議論の余地はないわ。同意するわね」

「ああ。その点に関しては」

「だとすると、②が間違っている以外にあり得ないわ」

「だから、②は警官たちが確認したんだよ」

「『知性あるゾンビ』という存在を仮定すれば、矛盾なく説明できるのは理解できる？」

「説明の難しい現象が起きる度に、都合のいい存在を仮定していたら、この世は妖怪と魔法使いだらけになってしまう」

瑠璃は溜め息を吐いた。「じゃあ、何が起こったのか、わたしにもわからない。これでいい？」

「いや。君は何かを知っているはずだ」

「わたしは何も知らない。こっちが教えて貰いたいぐらいよ」

「もし君が何も知らないのなら、どうして藤倉は君たちを消そうとしたんだ？」

「わたしが真犯人に辿り着くと思ったからじゃない？」

「問題はそこだ。犯人は君たちの何を恐れたんだ？　ただの探偵なんか放っておけばいいものをどうして、わざわざ墓穴を掘る危険まで冒して消そうとしたんだ？」

「それで、わたしが特別な何かを知っていると？」

三膳は頷いた。

「何か根拠はあるの？」

「根拠は刑事の勘かな」

「いいわ。わたしの知っていることを話すわ。ただし、竹下優斗の同席が条件よ」

「君と一緒にいた若造だな。どうして、あいつの同席が必要なんだ？」

「いい機会だからよ。彼に、もう一度同じ内容を説明するのは面倒だから」

「わかったよ。今から呼んでくる」

「わたしの両親はアルティメットメディカル社の研究所で働いていたの」瑠璃は二人が部屋に入ると同時に切り出した。

「そりゃ初耳だ」優斗が言った。

「当然よ。誰にも言ってないもの。因みに、厳密に言うと、アルティメットメディカル社の前身ね。その後で、買収やら合併やらがあって、資本的には別物になっているから」

「君の両親があの研究所で働いていたことと、今回の事件の関係は何だ？」三膳が尋ねた。

「それはまだ全然わからない。だけどわたしたちを襲った『知性あるゾンビ』については、心当たりがあるわ」

「正体は何なんだ？」

「確証があるわけじゃない。単なる可能性の段階だと思って」

「もったいぶらずに教えてくれ」

「藤倉はパーシャルゾンビだった可能性があるわ」

「何だ、それは？　半冷凍のゾンビか？」

「冷蔵庫の話じゃないわ。部分的ゾンビという意味よ」

「部分的？　ゾンビに部分的も全体的もあるのか？　手だけのゾンビとか、頭だけのゾンビとか見たことがない訳じゃないが」

「そういうことではないの。人体の一部分だけがゾンビ化する現象よ」

「じゃあ、残りは死体のままか？」

「いいえ」瑠璃は首を振った。「残りは生きているのよ」

「ちょっと待ってくれ。言っていることの意味がわからない。生きている人間はゾンビにはならないはずだ」

「現在の常識ではそう。健康な人間は免疫系のおかげでゾンビウイルスに感染していてもゾンビにはならない。免疫系の働きが悪くなると、ゾンビウイルスがいっきに活性化して、死亡してゾンビになる。そう信じられているわ」

「違うのか？」

「殆どの場合、今言った通りのことが起こるわ。だけど、わたしの両親は極稀に例外的な現象が起こることを発見したの」

「それがパーシャルゾンビか？」

瑠璃は頷いた。「壊死という現象を知ってる？」

「身体の一部の細胞だけが死滅する症状だろ。放っておくと、そこから感染が広がるから切断しなくちゃならないとか」

「壊死して免疫がなくなった組織はゾンビ化する」

「ちょっと待ってくれ。そんな話は聞いたことがないぞ」三膳は話の展開についていけない様子で、慌ててメモを取りだした。

「その通り、壊死したとしても、それ以外の身体の組織と結合しているからには、たいていの場合簡単にはゾンビ化しない。身体の残りの免疫が働いているうちはゾンビウイルスの活性化は起こらないから。でも、稀に、血管も神経もリンパ管も完全に断たれてしまうような状況が発生することがあり、その場合は純粋にその部分だけがゾンビ化するの」

「もしそうだとしたら、俺たちもそういう現象があるという知識を持っているはずだ」優斗が言った。

「壊死の範囲が極めて小さい場合、その組織はそのまま健康な組織に吸収されてしまう。だから、ゾンビ化した事実は残りにくいの。そして、ゾンビ化した部分が広範囲に亘る場合、当然全身に不都合な症状が起こる。臓器の一部が機能しない状態だったり、血管が詰まったりしている状態になる訳よ。だから、その患者はその状態で長く生きることができずにすぐに完全な死体、完全なゾンビになってしまう」

「なるほど。パーシャルゾンビの状態は長続きしないということか」

「ずっとそうだと考えられてきた。だけど、わたしの両親は安定的なパーシャルゾンビを発見したの」

「しかし、原理的にパーシャルゾンビは安定しないはずだろ」

「ゾンビ化した部分で、血管や神経やリンパ管などの物質や情報を送るネットワークが閉ざされてしまうと、細胞の死がいっきに進み、完全なゾンビになってしまう。逆に言うと、それらのネットワークさえ無事なら、パーシャルゾンビはパーシャルゾンビのまま、安定することになる」

「それって凄い偶然なんじゃ……」

「そう。ある患者で、そのような偶然が起こったの。血液中に発生した血栓が心臓の血管で詰まり、心筋梗塞が起こった。心臓への血流が絶たれ、心筋の壊死が始まった。だけど、その段階でなぜか血栓は血管内の閉塞部を通り過ぎ、自然に流れ出してしまったの。もちろん、今となっては、何が起こったのか、正確にはわからないけど、とりあえず血管は復活し、壊死には至らず生き永らえられたのよ。そして、血液を供給された神経も生き延びた。そして、驚くべきことに心筋のみが壊死してしまったのよ。細胞が死んでしまうと、そのプロセスは逆転できない。その患者の心臓は死んだけど、ゾンビ化した心臓はそれからも動き続けた。そして、生きている部分に血液を供給し続けた」

「そんな。心臓だけがゾンビになるなんて……」三膳は納得がいかないようだった。

「何も心臓だけではないわ。理論上は、すべての臓器でこのような部分的なゾンビ化が簡単に起こるのよ」

「しかし、そのような幸運は簡単には起こらないだろう」

「自然にはまず起こらないわ。だけど、人工的に起こすことはできる」

「人工的？　だが、生きている人間をゾンビ化することは、つまりは殺人を犯すことになる」

「パーシャルゾンビを前提にした法律はまだないから、何とも言えないわ。はっきりさせるには、裁判で争うしかない」

「生きている人間をパーシャルゾンビにしてどういうメリットがあるんだ？」

「簡単よ。ゾンビ化した組織はもはやそれ以上死ぬことはないの。つまり、臓器が駄目になっても、臓器移植や人工臓器に変える必要はなくなるということよ」

「つまり、死んだ臓器をそのまま生きた人間が使い続けるという話なのか？」

瑠璃は頷いた。「至極単純な話よ。再生医療の一種とも言えるわ」

「しかし、その処置を受けた人間は半分ゾンビになってしまう訳だ。常に体内に死体を抱えていることになる」

「でも、自分の身体よ。自分の身体に金属や樹脂や半導体チップを埋め込むことはそれほど嫌がられていないでしょ。それから他人の臓器を移植することも。だったら、自分自身の臓器を使うことに何の問題があるというの？」

「ふむ。問題は大きく二つだな」優斗が言った。「法的な問題と倫理的な問題だ」

「倫理は個人的なものだから、他人にとやかく言われる筋合いはない。法律さえクリアできれば、問題はないわ」

「そういう訳にはいかないだろう。……君の両親は誰かにパーシャルゾンビ化措置を施したのか？」

「さあね。ただ、動物実験では成功してたみたいよ」

「どうすれば、パーシャルゾンビが可能になるんだ？　幸運な出来事が起こるのを待つのか？」

「動物の場合はまず特定の組織を壊死させる必要があるわ。簡単な方法としては、高電圧をかけて焼いてしまうのがてっとり早い。もちろんその前にウイルス濃度を増やしたり、免疫を停止させたり、といった前処理が必要になるけど」

「もしその場所が心臓だったら、心臓が止まることになるんだな」

「ええ」

「現在の法律では、心臓を止めた段階で、殺人が成立してしまうと思うぞ」

「でも、それは法律が科学の進歩に追いついていないからよ」

「まあ、動物でやっている分には許されるだろう。それで高電圧で焼いた後はどうするんだ？」

「高電圧で血管や神経も死んでしまうから、人工血管や人工神経を移植して、まだ生きている部分に影響が出ないようにするのよ」

「その方法で百パーセントパーシャルゾンビ化に成功したのか？」

「それがなかなか難しいということだったわ。人工血管の移植が早過ぎると、免疫作用が復活して、ゾンビ化に失敗して腐敗が始まってしまうことがあったらしいわ。逆に人工血管の移植が遅すぎると、大量に発生したゾンビウイルスが全身に回り、完全ゾンビ化になってしまうの」

「ちょうどいいタイミングってどのぐらいの時間なんだ？」

「ケースバイケースね。十秒後だったり、一時間後だったり」

「それって、患者によって違うということか？」

「そういうことね」

「処置の前に最適な時間は推測できるのか？」

「それができていれば、研究は成功で、大々的に発表していたわよ」

「つまり、たいていの場合、パーシャルゾンビは失敗したということか？」

「そうよ」

「君の推測では、藤倉はパーシャルゾンビだったんだな？」三膳が言った。

「ええ。そうでないと説明が付かないわ」

「あいつは今『証拠品』として、警察の隔離室に保存してある。あいつを調べれば、パーシャルゾンビだったと証明できるか？」

「ええと」瑠璃は額に手を当てて考え込んだ。「たぶん無理なんじゃないかな」

「どうしてだ？　藤倉は確かにパーシャルゾンビだったんだろ？」

「ええ。胴体の大部分と右腕がゾンビになっていたけど、頭部と左手は生きたままだった」

「推測の根拠は？」

「脳がゾンビ化したら、そもそも知性ある行動はとれない。そして、彼がその頭をわざわざ利き腕の右手で防御して、なれない左手で銃を扱っていたのは、左手を防御に使えなかったってことで、左手も生きていたと考えられる」

「だとしたら、藤倉の頭と左手を調べて生きていれば、パーシャルゾンビ説を立証できるだろう」

「まず藤倉の頭は吹き飛ばされてしまった。そして、頭部が吹き飛ばされたら、脳幹部も死んでしまう。脳幹部の生命維持機能がなければ、生きていた各部位も死んでしまう。つまり、現時点では彼の身体はすべてゾンビ化しているはずよ。もちろん、脳が破壊されているので、動き回ることはできないけど」

「でも、藤倉の遺体を調べれば、頭部と左手が生きていたということはわかるんじゃないかな？」優斗が提案した。

「ええ。もちろん、生きていたことはわかるわ。だけど、それは意味がないのよ。どんな死体だってかつては生きていた。そんなことは証明するまでもないでしょ」

「でも、胴体や右腕はずっと前から死んでいたんだろ？　だとしたら、部位の間に質的な差があるんじゃないか？」

「どうだろうな」三膳が言った。「ゾンビ化というのは厄介な現象で、死亡時刻の推定が殆ど不可能なんだ。現在では、人間は死後すぐにゾンビ化してしまう。そこで劇的な変化が起こる訳だ。そして、その後の変化は非常にゆっくりになる。昔の常識だと死体が何か月も原形を留めるなんてことはあり得なかったが、今だと死後数年経ったゾンビまで確認されている」

「しかし、古いゾンビはだいたいぼろぼろになってるぞ」

「それはゾンビ同士が嚙み合ったり、野良犬に嚙まれたり、木の枝や有刺鉄線に引っ掛かったりして、徐々に損壊していった結果だ。藤倉は知性があったのだから、そのような損傷はないだろう」

「生きている人間だって、うっかり怪我をすることはある。藤倉の肉体にも古い損傷の跡があるかもしれない」

「一応調べさせてみるが、必ず見付かるとは限らないぞ。そもそもどうして、藤倉は君たちを襲ったんだ？」

「藤倉が偶然パーシャルゾンビになった可能性は極めて低いと思うわ。十中八九、彼は人工的に作られたパーシャルゾンビよ」

「パーシャルゾンビを製造している悪の秘密結社が存在しているということか？」

「そんな大げさなものじゃないかもしれないけど、パーシャルゾンビを研究しているグループが葦土氏の殺害に関与している可能性は高いと思うわ」

「なぜ、そいつらが葦土氏を殺したんだ？」

「可能性はいくつもある。葦土氏が発表しようとしていた研究内容がパーシャルゾンビに繋がるものだったとしたら？　技術を独占したいものにとっては邪魔だったのかも」

「葦土氏はゾンビ化現象の反転方法を開発したと言ってたな」

「ええ。そう聞いたわ」

「その技術がパーシャルゾンビの技術と競合するんだろうか？」

「むしろ、二つの技術を組み合わせた方がいろいろと可能性が広がる様な気がするけどな」優斗が言った。

「ここでじっとしていても、埒が明かないわ。とにかく、何かわかりそうな人に訊いてみることにするわ」

「何かわかりそうなやつって誰だ?」

「最近、知り合った人たちよ」

11

「わたしらを探してるって聞いたけど?」笑里は不信感を露わにして言った。

「ええ。方々聞いて回ったわ」瑠璃は素直に答えた。

「何か文句でもあるのかい?」

ここは昨夜銃撃戦騒ぎがあった咲山市の一角だ。人が住んでいるのかいないのか、ぼろぼろになった家々の灯りはすべて消えている。遠くの方で鬼火のようにちらちらしているのは夜間歩き回っている者たちの持っている灯りだろうか。

瑠璃と優斗は少し距離を置いたまま、笑里と対峙していた。

笑里は警戒しているようであまり近寄ってこない。

「いいえ。むしろ、命を助けて貰って御礼を言いたいぐらいよ」

「じゃあ、礼を言うためにわざわざ探したってことかい？」笑里はますます疑り深そうな表情になった。

「いいえ。そうじゃないわ。わたしたちあなたに訊きたいことがあるのよ」

「今夜は随分余所者が多いね」笑里は鬼火のような灯りを見ながら言った。

「どうして、余所者ってわかるの？」

「灯りを使っているからだ。自分からここにいるって教えているようなものだ。あんなことをしていると怪しげなやつらが寄ってくる。物盗り、人殺し……」

優斗は慌てて手に持っていた懐中電灯を消した。

「大丈夫さ。わたしと一緒にいるときはやつらは襲ってこない」笑里はにやりと笑った。

「ゾンビを食うようなまともじゃないやつらと関わってもろくなことがないとわかってるのさ」

「あの灯りは昨日の事件の捜査員たちだと思う」

「昨日の事件？」

「一人の男が店の用心棒たちと銃撃戦をしたって聞いてない？」

「そういえば、そんなことがあったらしいね。ここらじゃそんな珍しいことでもないけど」

「その男はゾンビだったの」

しばしの沈黙の後、笑里は言った。「つまらない冗談だ」

だが、瑠璃は笑里の表情の変化を見逃さなかった。

「何か心当たりがあるのね」

「何もないよ。馬鹿げた噂だ。ゾンビに銃は扱えない」

「いいえ。噂じゃないわ。わたしは見たの」

「あんた、その場にいたのかい？」

「あの男の胸や胴体に何十発もの弾が当たった。だけど、あいつは生きていた。そして、用心棒たちに向かって銃を撃ったのよ」

笑里は腕組みをした。

「震えているの？」瑠璃は尋ねた。

「ああ。少し風が冷たいから」

「結構、生暖かいぜ」優斗が言った。

「何か知ってるのね」

「何も。もしゾンビが知性を持ったら、恐ろしいことになる」

「文字通り、ゾンビたちを食い物にしてきたあなたたちにとっては悪夢かもしれないわね。でも、心配しているようなことにはならないと思う」

「あんたたちこそ、何か知ってるような口ぶりだね」

「ええ。昨日の男――藤倉(ふじくら)は知性を持った新型のゾンビなんかじゃないわ。彼は中途半端なゾンビ――パーシャルゾンビだったの」

「ゾンビに冷蔵庫なんか関係あるのかい?」

優斗が笑った。

「何笑ってるんだ?」笑里が睨(にら)んだ。

「いや。最近、ほぼ同じ台詞を聞いたもんだから」優斗が答えた。

「パーシャルゾンビは冷蔵庫とは関係ないわ。身体の一部だけがゾンビ化した人間のことよ」瑠璃が言った。

「身体の一部だって?」笑里は相当驚いたようだった。

「ええ。藤倉は胴体と右腕がゾンビだった。頭と左腕は生きたままだった。脚の方はよくわからないけど」

「信じられないよ」

「無理に信じて貰う必要はないわ。でも、本当のことなの」

「その……パーシャルゾンビというのは、生きている人間なのかい? それとも、やっぱりゾンビなのかい?」

「どちらとも決められないわ。まあ、わたしの感覚では、脳が生きているなら人間、脳が死んだ時点でゾンビだと考えていいんじゃないかと思うわ」

「つまり、言葉を話すようなやつは人間だということになるのかい？」

「まあ、この辺りはちゃんと法律ができるまでは何とも言えないと思うけど……」

「もしパーシャルゾンビの肉を食ったとしたら、どうなるんだい？」

「ゾンビ化した部分はもう死んでいるんだから、単なる物体でいいんじゃないかしら」

「ゾンビ化していない部分は？」

「難しい問題ね。本人の意識があるのなら、食べるのはまずいと思うわ」

「でも、食べる側が意識の有無に気付かなかったとしたら？」

「いったい何があったの？」

「あんたには関係のないことさ」

「無理強いはしないわ。でも、あなたはわたしたちの命の恩人よ。何があったにせよ、できるだけのことはさせて貰うつもりよ」

笑里は躊躇（ちゅうちょ）しているようだった。

「話したくないのなら構わないわ。優斗、今日のところは帰りましょう」瑠璃は立ち去ろうとした。

「おい。いいのか？」優斗が瑠璃を追いかけた。

「いいよ。話すよ。でも、口外しないって約束してくれるかい？」笑里は言った。

「ええ。もちろんよ」瑠璃は振り返った。

「ある晩、トラックが街外れにやってきて、大量の何かを捨てていったんだ。わたしたちゾンビイーターは特有の臭いを感じて、無意識のうちにその場所に集まっていたんだ。捨ててあったものは、ただのゴミなんかじゃなかった。それはゾンビの残骸だった」

「残骸？」

笑里は覚悟を決めたかのようにゆっくりと語り出した。

まともな状態のゾンビは殆どいなかった。ゾンビはばらばらになっていたんだ。内臓が飛び出ていたり、上半身だけだったり、下半身だけだったり、首がなかったり、首だけだったり、一応手足と首は残っているけど、ぼろぼろですぐにばらばらに千切れてしまいそうなのとか、とにかくいろいろなタイプのゾンビの残骸が山のように積み上げられて、蠢いていたんだ。

もうまともに動けそうなのはいなかったので、スポーツとしての楽しみはなかったけど、とりあえず味見をすることにしたんだ。

味は普通だった。ゾンビ肉としては、特に旨くも不味くもなかった。ただ、もう大量にあったので、わたしたちもつい贅沢な食べ方をしてしまったんだ。つまり、いろいろなゾンビを少し齧っては捨てるような食い方だ。

そうなふうに食い散らかしているうちに、わたしは胸と頭だけになった若い女のゾンビに喰らい付いたんだ。

そのゾンビは怯えたような目をしていた。だけど、わたしは気のせいだと思って、まず乳房を食い千切った。

そのとき、ゾンビは苦悶の表情で目を瞑ったんだ。

そして、わたしは気付いたんだ。ゾンビの目が白濁していなかったことに。

でも、おかしいじゃないか。胸から下を失った人間が生きていられるはずがない。だったら、それはゾンビに違いない。それなのに、どうして感情があるかのような表情をするんだろうか？

可能性は二つ。

一つ目は、なんらかの偶然——神経の繋がり方か何かの問題——で、たまたま苦悶の表情に見えているだけだというもの。これなら、目は白濁してはいないがゾンビに違いない。単なる気のせいであって、実際に苦悶している訳ではないのだから。

二つ目は、知性を有するゾンビが存在するということ。

もし、そうだとしたら、自意識を持ったままゾンビになった人間がいるということだ。それはいったいどれだけの苦しみだろうか？　すぐに終わらせた方が本人の幸せでもある。だけど、ゾンビであるからには、死ぬことはないはずだった。だから、食ってやるのも一つの救済になるんではないか、とわたしは思ったんだ。

だけど、こちらをじっと見ている目を見ながら、そいつを食うというのは、並大抵の神経でできることではない。

「まだ心はあるの？」とわたしは尋ねた。

ゾンビは口をぱくぱくとさせた。だが、声は出ていない。

「もし、心があるのなら、瞬きをして」

ゾンビはゆっくりと瞬きをした。

わたしの背筋に冷たいものが走った。

「どうすればいい？」言ってから、わたしは自分の口の周りがそのゾンビの体液で汚れているのを思い出して、袖で拭った。

ゾンビはただ、怯えたような目でわたしを見つめてぱくぱくと唇を動かすだけだった。

「もう終わらせたい？」

ゾンビはゆっくりと瞬きをした。

わたしはその少女を助けたい一心でばくばくと胸を貪り続けた。

そして、脂肪がなくなり、筋肉が削がれ、肋骨が現れ、不気味に脈動する心臓と力なく膨らんだり、萎んだりを繰り返す肺が露わになった。

強いゾンビ臭がわたしの鼻を突いた。

時折、生きた人間でもゾンビ臭を放つ者がいて、思わず飛び付きたくなりそうになるときがあるけど、あれははっきりとしたゾンビ臭だった。だから、あの少女が生きていたなんてことはないと思う。

わたしは名残惜しく思い、心臓と肺をぺろぺろと嘗めた。

そして、少女の耳元に囁いた。

「心臓と肺とどっちを先に食べればいい？」

少女は溜め息を吐くように甘い息を吐くとゆっくりと眼を瞑った。

そう。わたしに全てを委ねるのね。

わたしは心臓に咥えるようなキスをした後、肺に歯を立てた。

しゅるしゅると少女の息が肺の穴から漏れた。わたしはその穴に口を付け、少女の息を啜った。

少女は眉間に皺を寄せた苦しげな表情を見せた。

わたしはその顔を眺めながら、ちゅうちゅうと肺の穴から息を吸い続けた。

ぽんとわたしの口が彼女の肺からはずれると、少女は少し楽になったかのような表情に戻った。

わたしは穴の周囲を強く噛み、さらに穴を広げた。そして、穴から舌を挿し入れ、肺胞の内側を嘗めた。

少女は痙攣するように震えた。

わたしは思い切って、肺を少し齧り取った。

泡だった粘りの強い体液が流れ出す。

少女ははあはあと苦しげに呻いた。

早く楽にさせてあげたい、とわたしは思ったわ。

そのためには、やはり心臓を食べてしまった方がいいように感じた。

でも、ゾンビなんだから、心臓が止まってもやはり生きているのかもしれない。

そのときは脳を全部食べてしまえば、苦痛はなくなるのかしら？

わたしは思い切って心臓の表面を齧り取った。

予想外のことに、少量の血飛沫が飛び散った。

ゾンビから血が噴き出すなんて、死後すぐ以外にはあり得ないことだった。

少女は目を瞑った。唇が軽く震えていた。

わたしは食欲とも愛情ともなんとも説明のつかない感情に突き動かされて、少女の唇を嚙んだ。

嚙み締めると、ゾンビとは違う味がした。

生きている？

わたしは恐怖に包まれた。

だが、次の瞬間、懐かしい味が口の中に広がった。

少女は目を見開いた。それは見る見るうちに白濁していった。

わたしは少女の唇を食い千切った。ゾンビの味がした。

少女は唇を失ったため、前歯が剝き出しになった。そして、わたしに嚙み付こうとした。

わたしは反射的に少女から顔を離すと、下顎の付け根を両手で押さえ、そのまま強引に顎を外した。

これでもう口を閉じることはできない。

わたしはゆっくりと彼女の舌や歯茎を齧り取って、味を楽しんだ。

「それはどうみても通常のゾンビだった。だが、最初はまるで知性があるようだった。彼らはいったい何者なんだい？」笑里は語り終えた。

「おそらくその少女はパーシャルゾンビだったのよ」瑠璃は言った。「パーシャルゾンビ化の条件を探るためには大量に実験を行わなければならない。そうした実験の後に残るのは、膨大な数のゾンビの残骸よ。実験を行った者たちはゾンビの残骸の処理に困ったはずよ。だから、元々野良ゾンビの多いこの地区に廃棄したのかもしれない」

「それって人体実験が行われたっていうこと？」

瑠璃は頷いた。「ゾンビの残骸を隠すのは、ゾンビの中が一番だと思ったんだろうと思う」

「じゃあ、わたしは生きた人間を殺して食べてしまったということ？」

「結果的には、そういうことになると思うわ。でも、あなたが罪に問われることはないと思うわ。パーシャルゾンビの存在はいまだ公にはなっていない。そのような現象が存在するなんて、誰も想像だにしてないはずよ」

「それって法律の話なのかい？」

「ええ。そうよ。それ以外に何の話がしたいの？」

「わたしは人としての生きる道の話をしているんだ」

「人としてどうかなんて、答えのない問い掛けよ。それに引き替え、法律と裁判は必ず答えを出してくれるわ。どれだけの時間と費用が掛かるかはわからないけど」

「ねえ。教えて。生きたまま少女を食べることはいけないこと？」

「ゾンビの踊り食いをするような人たちは、人としての有り方にはあまり興味がないと思っていたわ」

「それは大きな偏見だよ」

「あなたに罪はない。わたしはそう思うわ」

笑里は何も言わずに微笑むと、闇の中へと消えていった。

12

「瑠璃、わたし、好きな人ができたの」沙羅は突然告白した。

「本当？　素晴らしいことね」瑠璃は心にもないことを言った。

「ありがとう。きっと瑠璃も応援してくれると思っていたわ」

応援するなんて一言も言っていない、という言葉を瑠璃は飲み込んだ。

「相手は誰なの？」瑠璃は興味もないのに、沙羅の機嫌を損ねないために訊いてみた。

「菟仲酉雄（うなかとりお）君」

えっ？　まさか。

瑠璃は菟仲酉雄が好きだったのだ。沙羅はそのことに気付いていないのだろうか？　それとも、気付きながらわざと彼の名前を出したのだろうか？

構わない。どちらでも一緒だもの。わたしは気付かないことにする。

「どうしたの？　急に黙って」沙羅が呼び掛けてきた。

しまった。ショックのあまり無口になってしまったのだ。

「何でもないの。菟仲君ってどんな子だったかなと思い出していたの」

「瑠璃、まさか、あんた……」

「何？」

「菟仲君が好きなんじゃない？」

ふだんはなかなか人の気持ちをくみ取れないくせに……

「まさか、そんなはずはないわ」瑠璃は否定した。「そんなことより、菟仲君はお姉ちゃんが自分を好きだって気付いているのかしら?」

「たぶん気付いていない。彼の態度を見ればだいたいわかるもの。わたし結構鋭いのよ」

鋭いのなら、わたしの菟仲君への気持ちだってわかっているはずよ。

「じゃあ、菟仲君へお姉ちゃんの気持ちを伝えたら?」

「ええ。もちろん伝えなくっちゃって思ってる」

そう。向こうがどう捉えるかにもよるが、沙羅にはさっさと告白して欲しい。

結果がどうであれ、沙羅が精一杯自分の気持ちを伝えての結果であるなら、瑠璃は自分も受け入れられるような気がした。

「瑠璃にそう言って貰って嬉しいわ。じゃあ、さっさと済ませましょう。瑠璃、よろしく」

「済ませる? 何のこと?」

「菟仲君にわたしの気持ちを伝えることよ」

「でも、それはお姉ちゃんの役目じゃないの?」

「だって、ほら、わたしって文章書くの下手じゃない」

「文章? 手紙で告白するの? 直接言うんじゃなくて?」

「ええ。文章なら自分で書かなくてもいいしね」

「ちょっと待って。わたしがお姉ちゃんのラブレターの代筆をするっていうこと?」

「そうよ」

「どうして、そんなことになるの？」

「だって、瑠璃は読書家じゃないの」

「読書家って……」

わたしはお姉ちゃんと違って、友達がいないから本を読むしかないのよ。

「わたしは本なんて読む気がしないから全然読まなかったんだけど、そのせいで作文はとっても苦手なの。でも、瑠璃が文章を考えてくれるから、わたしは作文が得意ってことになっているわ」

それは別に沙羅のためってことではない。たとえ沙羅の名前であろうとも、自分の書いた文章を発表できるのが嬉しかったのだ。

「だから、菟仲君への手紙も瑠璃が書いた方がいいと思うのよ」

「でも、それって嘘の告白になるわ」

「どうして？」

「菟仲君のことが好きなのはお姉ちゃんで、わたしではないもの」

いいえ。好き。わたしだって、菟仲君が好き。でも、それは誰にも言えない。

「そんなこと構わないわ。瑠璃はわたしになったつもりで手紙を書いてくれればいいのよ」

わたしが手紙を書く。それも姉の名前で、姉の恋を成就させるために、自分が好きな男性に手紙を書く。

それは耐え難い苦痛だった。

でも……

姉の申し入れを受ければ、わたしは菟仲君へのラブレターを書くことができる。わたしが愛の告白をすることなど一生ありえないと思っていた。だけど、今そのチャンスが巡ってきた。

瑠璃は抗し難い誘惑にかられた。今を逃せば、もうこんな機会は二度とないだろう。様々な思いが去来し、瑠璃の頭の中で渦巻いた。

「どうするの？　書くの？　書かないの？」沙羅は急かした。

焦っては駄目。じっくりと考えるの。これは本当に自分のやりたいことなのか、どうかを。

「嫌ならいいのよ。わたしが自分で書くから」沙羅は言った。

「でも、お姉ちゃん、文章が下手だって言ってたじゃない」

「でも、瑠璃に書く気がないんだったら、どうしようもないじゃない」

沙羅には文才がない。きっと、菟仲君は幻滅して終わるだろう。それは正しいことだ。沙羅の気持ちは沙羅自身の文章で伝えるべきだ。

だけど、もしわたしが書いたら……。

差出人は沙羅であっても、その中身は紛れもないわたしの文章だ。つまり、菟仲君はわたしの心を受け取ってくれることになる。そう。わたしは生まれて初めて自分の気持ちを男性に打ち明けるのだ。沙羅を通してわたしは望みを叶(かな)えられる。

その結果、仮に沙羅がふられてしまっても構わない。わたしの精一杯の心を伝えられるのだから。

でも、もしその手紙を読んで、菟仲君が沙羅を受け入れたら……。

菟仲君がわたしの手紙を読んで沙羅と付き合う気になったとしたら、それはわたしの心が通じたということになる。たとえ、沙羅が彼の愛を享受できたとしても、真の勝者はわたしだということにならないかしら？

瑠璃は考えれば考えるほど、混乱していった。

そして、自分が何をしたいのか、姉が何をさせたいのかすら、曖昧になってきた。自分の意思と姉の意思の区別ができなくなっていたのだ。

「じゃあ、わたしが自分で書くわね」沙羅はついに痺(しび)れを切らしたようだった。

沙羅は少女らしいイラストがうっすらとプリントされた便箋とボールペンを取り出し、机の上に置いた。

「ええと。……菟仲君へ、わたしは八(や)つ頭(がしら)沙羅です。……」

「待って……」瑠璃は言った。

「何？」

「わたしが書くわ」

「えっ？」沙羅は驚いたようだった。「本当に？」

「ええ」瑠璃は考えてから言った。「今から文章を考えるから、お姉ちゃんはそのまま手紙に書いて」

「本当にいいの？」

「ええ。いいわ」

「ありがとう。嬉しいわ」

沙羅は屈託なく喜んでいるように見えた。

でも、これって本心からなのだろうか？　それとも、わたしの莵仲君への気持ちを察していて、それでわたしをからかって楽しんでいるのだろうか？

瑠璃にはどちらかわからなかった。

でも、もうどっちでもいいような気がした。

姉は好きな男性に手紙を渡すことができるのだし、わたしは好きな男性に心を届けることができる。そして、彼はわたしたち姉妹の関係を知ることもない。

誰も損はしない。

誰も傷付かない。

わたしが傷付かないことにしておけば、誰も傷付かない。

「お姉ちゃん、わたしの言う通りに書いて。

菟仲君、あなたはわたしのことを知っているかしら？　わたしはいつもあなたを見ています。……」

「いや。菟仲君はわたしのこと知ってるに決まってるじゃない。クラスメイトなのよ」

「このまま書いて。これは……本当のお姉ちゃんのことなのよ」

「本当のわたし？」

「そう。見えないお姉ちゃん」

「よくわからないわ」

「わからなくていいの。さあ、わたしの言う通りに書いて。

菟仲君、あなたはわたしのことを知っているかしら？　わたしはいつもあなたを見ています。……」

13

「パーシャルゾンビは実在した。それも複数体」瑠璃は言った。

「それはわかったけど、これからどうするんだ？　証言以外に手掛かりはないぞ」優斗は言った。

すでに夜は白々と明け始めている。

普通の街と違い、人通りは今がピークで、少しずつ減っていくのだ。

「研究所の調査に行くわ」

「アルティメットメディカル社のゾンビ研究所は一度調査したし、もう入れてくれないだろう。そもそも葦土の研究成果は危険で調べられないということだし」

「そうじゃなくて、別の研究所に行くのよ。ゾンビ収容所に付属している国立研究所」

「そんなのあるんだ。まあ、普通に考えて、あって当然な気もするけど」

「正式名称は活性化遺体疫学研究所とかそういったのよ。まあ、研究テーマの大部分は民間や大学に委託しているんだけど、いくつか重要な分野については、独自に調査を行っているはずよ」

「そこに行って何を調べるんだ？」

「パーシャルゾンビの研究よ。パーシャルゾンビの概念はゾンビ災害が始まってすぐに生まれたんだけど、実際に人工的に実現した例は報告されていないはずなの。でも、研究自体はどこかで継続的に行われていた。その場所がわかれば敵の正体が摑めるかもしれないわ」

「なんだかたいそうな話になってきたな」

「怖かったら、ここで手を引いても構わないのよ」

「君は手を引く気はないんだろ？」

「もちろんよ」

「だったら、俺も付き合うよ」

「あんたはわたしに付き合う義理はないのよ。ただの情報屋で、わたしのパートナーでもなんでもないんだから」

「いまさら水臭いぞ。乗りかかった船なんだから、最後まで付き合うよ」

「一応訊くけど、一昨日死にかかったのは覚えてるわよね」

「ああ。そんなこともあったっけ？　それが？」

「覚えてるんなら、構わないわ。でも、付いてくるならあくまで自己責任よ」

「もちろんさ」

瑠璃は電話を掛けた。

「もしもし。こちら、八つ頭調査センターというものだけど、昨今のゾンビ――活性化遺体絡みの事件について、話を訊きたいの。今から訪問させて貰っていい？」

「申し訳ありませんが、そのような調査案件の対応は行っておりません」若い男性の声だった。

「しかし、そちら国立の研究所でしょう？　国民の疑問に答える義務があるんじゃないの？　情報の秘匿はまずいでしょ」

「情報を秘匿している訳ではありません。毎年、報告書を公開しております。当研究所のサイトからダウンロード可能です」

「そのようなものではなく、最近のトピックスが訊きたいの」

「だから、そのようなことには対応していないのです」

「じゃあ、見学ということではどう？」

「見学？」

「ひょっとして、見学対応もしてないとか？　だとしたら、国立機関として問題だわ。単に税金を使って、出口のない調査研究を行っているという批判が出るかもしれないわね」

「そんな批判はありません」

「今はマスコミに流す必要すらないのよ。ネットに流せば自動的に炎上する。それでもいいと言うんだったら……」

「ちょっとお待ちください」

「それってまずいんじゃないか？」優斗が心配そうに言った。「明らかに脅迫だったぞ」

「緊急事態よ。こっちは命まで狙われてるんだから、情状酌量の余地はあるわ」

「『情状酌量』って、自分でも罪だって認めてるじゃないか」

「もしもし、お電話変わりました」年配らしい女性の声だった。「ご見学がご希望とか？」

「ええ。今から行かせてもらうわ」

「今からですか？　見学用の資料の準備などがありますので、今からと言うのは、ちょっと……」

「資料など必要ないわ。今、見せて貰えるものを見せていただければいいの。後は口頭で結構よ」

「しかし、いくらなんでも当日すぐというのは……」

「何も見せられないものを見せろと言ってるんじゃないのよ。今日、見せられるもの、話せるものだけで構わない。単に、二、三時間、わたし一人の相手をするのと、ことを荒立てるのと、どっちが得かということよ」

「やっぱり脅迫だよな」優斗が言った。

「……わかりました。今からお越しください」

「よし。行くわよ」瑠璃は電話を切ると、タクシーを呼び止めた。

「タクシーで行くのかよ」

「仕方がないじゃない。車はまだ警察で調査中なんだから。あっ。タクシー代は割り勘ね」

研究所で出迎えたのは、先程電話に出た年配の女性らしかった。

「わたしはここの所長の衣笠良子と申します。急なお話で、準備ができなかったため、この応接室でご説明させていただくことになりますが、よろしいでしょうか？」良子はじろじろと瑠璃の露出の多い服装を見ていた。

「それは問題ないわ。早速だけど、最近のゾンビ研究について伺ってもいい？」

「ええと。まず『ゾンビ』という俗語を使うことはあまりお勧めできません。ホラー映画的な印象を持たれる方もおられますので」

「正式には『活性化遺体』よね。ただ、世間では『ゾンビ』というのが一般的だわ」

「ホラー映画のゾンビに似たところがなくはないからでしょうが、病理現象と妖怪のようなものを一緒くたにするのは、誤解の元です」

「いや。映画のゾンビもすべてが妖怪という訳ではなく……いや。今日はそういう話をしに来たんじゃないわ。わたしはちゃんと映画のゾンビと活性化遺体の違いを理解している。理解しているけど、面倒だから、『ゾンビ』って言ってるの。だから、『ゾンビ』って呼ばせて。いいわね？」

「どうぞ、ご自由に。それからこちらが解説のパンフレットになります」

瑠璃はばらばらとパンフレットを捲ってから言った。「これは初心者向きの解説だわ」

「どの程度理解されている方が来られるか、わかりませんでしたので」

「わたしが訊きたいのは最新の研究動向よ」

「そのような漠然とした話をされましても、何と答えてよいか……」

「じゃあ、ずばり訊くわ。パーシャルゾンビの研究はどうなってる？」

良子は片眉を上げた。「パーシャルゾンビ？　何のことでしょう？」

「パーシャルゾンビを知らないなんてあり得ない。……ああ。つまり、部分的活性化遺体のことよ」

「なるほど。部分的活性化遺体ですね。それは数十年前に提起された概念です。まあ、理論上、あり得なくはありませんが、実際に作るのは困難ですし、実際に作ったところでほぼメリットはありませんね」

「近年、部分的活性化遺体を研究している組織は？」

「さあ、そんな組織はないんじゃないでしょうか？　動物実験でも成功確率は極めて小さかったので、とても実用化できないという結論が出ていますしね。そもそも実用性も怪しいですしね」

「実用性が怪しいとは？」

「つまり、治療法としての部分的活性化遺体法は機能不全に陥った組織のみを意図的に壊死させて活性化遺体にするという手法なんです。で、もし失敗したら、患者は即座に完全活性化遺体になってしまう訳です。そんな危険な治療法、誰が受けるんですか？」

「そもそもこの治療法は緊急避難的要素が強いものだから、迷っている状況では使われないんじゃない？　ほっとけば確実に死ぬので、一か八かやってみる場合だけじゃない？」

「医療は賭け事じゃありませんよ」

「それは自分や家族の死に直面していない人の感想だわ。目の前で家族が死んでいこうとしているときに同じことが言える？」

「わたしは言えますよ」

「あんたの家族に同情するわ」

「もう用はお済みになられましたか？」

「ちょっと待って。ここには論文や学会発表を纏めたゾンビ研究のデータベースがあるはずよね」

「いいえ。そんなものはありません」

「はいはい。いちいち七面倒くさいわね。……ここには論文や学会発表や特許を纏めた活性化遺体研究のデータベースがあるはずよね」

「ああ。それならばございます」

「すぐに『部分的活性化遺体』で検索して」

良子は応接室の机に備え付けられているパソコンでアプリケーションソフトを立ち上げ、「部分的活性化遺体」と打ち込んだ。

「やはり、近年の研究はないみたいです」

「十年近く前のものです。著者は八つ頭……。おや。あなたの苗字も八つ頭でしたっけ？」

「両親よ」

「えっ？」

「その研究はわたしの両親が行っていたものよ」

「本当に？」

「ええ」

「ちょっと信じられないですね」

「どうして？」

「いきなり、調査に来て、十年前の研究を検索させて、自分がその著者の娘だと主張している訳ですよね。何が目的なんですか？」

「調査の目的は言ったはずよ。パーシャルゾンビの調査よ」

「もしあなたが八つ頭という研究者の娘ならば、パーシャルゾンビについてはすでに知ってるんじゃないですか？」

「十年前のパーシャルゾンビの知識を知りたいんじゃなくて、最近の動向を知りたいのよ。もし、わたしが八つ頭の娘だという証拠が必要だというのなら、必要な書類を持ってくるけど？」

「一番新しいのは？」

「結構です。あなたが誰であろうと、興味はありませんから」

「でも、わたしが八つ頭だと信じてないんでしょ？」

「ええ。でも、あなたが本物であろうと、偽物であろうと、どうでもいいのです。用が済んだのなら、帰っていただけますか？」

「最後に一つだけ。このデータベースのアクセス履歴は残ってる？　最近、『部分的活性化遺体』で検索したのが誰か知りたいの」

「ええ。でも、それをお教えしていいものかどうか、確認しないと……」

「誰が検索したかを見たら、すぐに帰るわ。見たということは絶対に公表しないから教えてくれる？　これ以上、面倒なことになるのは避けたいでしょ？」

良子は相当迷っているようだった。部外者にアクセス履歴を見せるのは、規則違反なのかもしれない。実際に規則違反なのかどうか判断するにはいろいろな部署や外部の役所に問い合わせないといけないし、返事が来るまで何日も掛かるだろう。だが、これ以上、この厄介な客の面倒を見るのは御免だ。アクセス履歴さえ見れば、すぐに帰ると言っている。もし見せても証拠がなければ、ペナルティを与えられたりはしないだろう。そんな考えを巡らせているようでもあった。

「わかりました」良子は決心したようだった。「今からここにアクセス履歴を表示しますからそれを見てください。画面を撮ったり、メモしたりはしないでください」

「メモぐらい、いいんじゃないの？」

「駄目です。約束できないのなら、お見せできません」

もうひと押し脅そうか？

瑠璃はちらりと優斗を見た。

優斗はゆっくりと首を振った。

どうやら、脅して欲しくないようだ。

よもや脅迫罪で訴えられるようなことはないだろうが、万一ということもある。そのとき、優斗が共犯にされたら気の毒だ。

瑠璃は妥協することにした。

「わかったわ。画面の撮影もメモもとらない」

「画面の内容に対する質問もなしです」

「それは厳しいんじゃない」

「だったら、お見せしません」

「わかったわ。約束する」

良子は無言で頷くと、端末の操作を始めた。ほどなく、アクセス履歴が表示された。

そこには「部分的活性化遺体」というキーワードで、数十件の検索があったことが示されていた。ただし、その大部分は数年前のものだった。最近の検索は二件。そのうちの一件はついさっき瑠璃の依頼で良子が行ったものだ。そして、残りの一件は……。

「葦土……」

「声に出さないでください」良子が言った。おそらくこのやりとりを録音している可能性を疑っているのだろう。

だが、重要なのはたった一件だ。メモも録音も必要ない。それよりも、もう少し突き詰めて調査したい。

「この検索前後で葦土が検索したキーワードを表示して」

「はっ？　あなた、帰るとおっしゃったじゃないですか！」

「帰るわよ！　帰るけど、その前にあと少しだけ調べないと……」

優斗が瑠璃の肩を摑んだ。「約束だ。今日のところは帰ろう」

「待ってよ。まだ帰らないわ。せっかくここまで突き止めたんだから……」

優斗は瑠璃の耳元で囁いた。「あの女、机の下に手を伸ばした。おそらく警報ボタンを押そうとしている。もしくはすでに押したのかもしれない。ここでぐずぐずしていたら、脅迫か不法侵入で捕まっちまうぞ」

「わあ！　耳に息が掛かって、くすぐったい！」

「馬鹿か、おまえは」

瑠璃は肩を竦(すく)めた。「まだまだ訊きたいことがあるけど、確かに優斗の言う通り、約束だから帰るわ」

良子はほっと溜め息を吐いて、机の下から手を引いた。

やはり、警報ボタンを押すつもりだったようだ。

「本日は見学、ありがとうございました。またのご来訪をお待ちしていますわ」良子は愛想笑いを返した。

「また近いうちに来るのでよろしく」瑠璃も愛想笑いをした。

良子の顔は硬直した。

14

「少し焦り過ぎじゃないか？」優斗は夜道を歩きながら、きつい口調で言った。

「生温い調査をしていては、いつまで経っても、事件は解決しないわ」瑠璃は反論した。

「温い捜査をしろって言ってるんじゃない。焦り過ぎだと言ってるんだ。さっきは脅迫まがいのようなことまでしていた」

「おかげで、貴重な情報が得られたわ」

「葦土氏がパーシャルゾンビに興味を持っていたということが？　そんなのはたいした情報じゃない。パーシャルゾンビが事件に関与しているのは元々わかっていたことだ」

「でも、直接的に葦土氏とパーシャルゾンビを結び付ける情報はこれが初めてよ」

「確かにそうかもしれないが、それは単なる情報だ。証拠ではない」

「どういうこと？」

「なんら事件の解決に繋がっていないということだ。君が摑んでいるのは断片的な事実に過ぎない」

「断片をパズルのように繋ぎ合わせれば、事件の全貌が見えてくるはずよ」

「それが本当にパズルのピースならね」

「何を言ってるの？」

「君は手に入った情報をすべてパズルのピースだと思い込んでいる。しかし、それがパズルのピースだという保証は何一つないんだ」

「事件に関する情報なんだから、全部事件の解決に役立つはずよ」

「正直なことを言っていいかな？」

「ええいいわよ」

「傷付くかもしれないけど？」

「大丈夫。わたしはもう傷付かないから」

「もう？」

「過去にさんざん傷付いたから、もう傷付ける場所がないの」

優斗は露出している瑠璃の肌を一瞥した。

「やだ。本当の傷のことじゃないに決まってるじゃない」瑠璃は少し赤くなった。

「なんだ。見られて恥ずかしいのか？　そんな恰好（かっこう）してるくせに」

「わたしの恰好のせいにしないで、いやらしい眼で見たのはあなたの方よ」

「いや。別にいやらしい眼で見た訳じゃない。傷のことを話したから、つい探してしまっただけだ」

「じゃあ、そういうことにしておくわ。今度いやらしい眼で見たら、ただじゃおかないから……。で、わたしが傷付く話って何？」

「つまり……君の資質の問題だ」

「わたしの資質に問題があるって？」

「資質に問題があるなんて言ってない。資質の問題だと言ってるんだ」

「どう違うの？」

「君は聡明（そうめい）な人間だと思う。頭の回転は速いし、決断力もあるし、論理的な考察もできる」

「褒め殺し？」

「君の資質には問題がないということだ。だが、探偵には向いた資質ではない。資質が問題とはそういうことだ」

「頭の回転の速さと決断力と論理的考察が探偵向きじゃないって？　本気で言ってる

の？」

「それらは探偵に必要な資質かもしれない。だけど、それらだけでは充分じゃない」

「わたしに何が足りないって言うの？」

「冷静さだ。冷静さを欠いては探偵になれない。君は本当に探偵なのか？」

瑠璃の顔色が変わった。

優斗は瑠璃の表情を見逃すまいとしているのか、じっと見つめている。「君と出会ったのは、確か二週間か三週間前だ」

「そうだったかしら？」

「あの事件のあった邸宅の近くで、君が警官と揉めていたんだ」

「ああ。長時間駐車するのはまずいとか言い掛かりを付けられてたのよ。運転手であるわたしが乗ってるんだから問題ないはずよ」

「君には道交法の知識が必要だが、それは探偵の資質としては、重要なものじゃない。とにかく僕は見るに見かねて、助け舟を出したんだ」

「あなたは自分がわたしの彼氏で、急にトイレに行きたくなったので、待っていてくれたんだって言ったんだったわね」

「まあ、緊急事態ということで、警官は目を瞑ってくれた」

「あれってナンパ目的だったの？」

「いや。そういう訳じゃない」

「ナンパじゃないとしたら、どうして警官と揉めている見も知らぬ女を助けてくれたの？」

「なんというか、その……君は露出の多い服を着ていたし、わりと発展的な性格じゃないかと感じたんだ」

「軽い女だと思ったってこと？」

「俗な言い方だとそういうことになる」

「だったら、やっぱりナンパ目的だったんじゃない」

「そういう気持ちがなくもなかったが、あくまで二義的な理由だ。主な理由は困ってる女性を助けることだ」

「困っている露出の多い服を着た女を助けることね。わたしが大人しい服を着ていたら、どうした？」

「それは……助けたんじゃないかな？　わからないけど」

「まあ、いいわ。でも、あのときナンパにはならなかったわね」

「突然、君が情報屋にならないかと誘ってきたからだ」

「あの邸宅の近所に住んでるって聞いたからうってつけだと思ったのよ」

「実を言うと、そんなに近い訳じゃなかったけどね」

「そうなの？」

「おかげで、毎日あの近所まで通う羽目になってしまった」

「それはあなたが悪いのよ。嘘を吐くから」

「まあ、成り行きだな。で、君はあのとき、自分は探偵だと言った」

「だって、探偵なんだから、そう言うしかないじゃない」

「そうなんだよな。探偵には試験なんかない。公安委員会に届け出れば即探偵なんだからな」

「何を言ってるの？　わたしが偽探偵だと言うの？」

「いや。だから、偽探偵なんてまずあり得ないんだ。届け出るだけで探偵になれるんだからな」

「だったら、問題ないじゃない」

「そう。君が探偵だと名乗ること自体は問題はない。だけど、君が探偵としての資質を満たしているかどうかは別の問題だ」

「結局何がいいたいの？」

「君は似非(えせ)探偵なんじゃないかということだ」

「意味、わからないんだけど」

「君の目的は何なんだ？」

「真犯人を見付けることに決まってるじゃない」

「そういうことじゃない。君は有狩の邸宅で何か事件が起こるのを待っていた。なぜだ？」

「勘よ。なんとなく事件の臭いがしたのよ」

「僕は二つの可能性を考えたんだ。一つは、君があそこで何か事件が起こることを最初から知っていたということ。もう一つは、どんな事件でもいいから事件が起きさえすればいいと思っていたということ。そうすればそれを口実にアルティメットメディカル社の内部に入ることができると目論んでいたというものだ」

「なぜ、わたしがそんなことを？」

「わからない。だが、君の両親はあの研究所で働いていたという」

「ええ。そうよ」

「さらに君の両親は過去にパーシャルゾンビの研究をしていた」

「ええ。そうよ」

「そして、今何者かがパーシャルゾンビの研究を再開している。君は両親の研究内容を盗んだ誰かが勝手にパーシャルゾンビの研究を始めている。そう思っているな」

瑠璃は黙った。

「どうなんだ？」

「もしそうだとしたらどうなの？」

「君は依頼された事件の調査をするふりをして、別の事件の調査を行っている。これは一種の背任行為だ」

「依頼主に告げ口するつもり？」

「……そんなことはしないさ」

「ありがとう。でも、わたしのことは放っておいて」

「放っておけないよ。君は二重の意味で危ない橋を渡っているんだ。わかってるのか？いや。ひょっとすると三重かもしれない」

「何が危ないと言うの？」

「まず、君は命を狙われた」

「あなたもね」

「俺は君の付録として狙われただけだ。おそらく葦土を殺害した犯人が君の命を狙っているんだろう。これが一つ目の危ない橋だ」

「そんなのは最初から覚悟の上よ」

「そして、君は本来の依頼とは別の調査を行っている。依頼主に知れたら、なんらかのペナルティがあるだろう」

「命まではとられないでしょ。そもそも、わたしは葦土氏殺害事件のみに全力を尽くすなんて言ってない。ついでに別の事件の調査をするのはわたしの勝手だわ。それで、三つ目は何？」

「君の真の調査ターゲットも君の動きに勘付いているかもしれない。そいつらも君の命を狙っているかもしれない」

「そもそも、あのパーシャルゾンビはそいつらが送り込んできたんじゃない？　だとしたら、危ない橋は三つではなく二つよ」

「ああ。だから、『三重かもしれない』という表現を使ったんだ」

「だとしたら、本質的に危ない橋は一つだけよ。背任云々は、たかだか民事の話なので、考慮する必要性は低いわ」

「それにしても、両親の研究を盗まれたぐらいで、命を賭けるのは馬鹿馬鹿し過ぎる」

「単に、研究を盗まれただけじゃないわ。やつらはわたしの両親と姉の命を奪ったのよ！」

「ちょっと待ってくれ。今、何と言った？」優斗は瑠璃の突然の激昂に戸惑ったようだった。

「家族が殺されたのよ」瑠璃の声は悲しみを帯びた。

「それは本当なのか？　だとしたら、君一人で解決しようとするのは間違っている。警察の協力が必要だ」優斗は新たに知った事実を消化しきれないようだった。

「警察の結論はもう出ているわ。両親は単なる失踪だと」

「お姉さんは？」

「姉は……姉も似たようなものよ」

「じゃあ、それが正解なんじゃないか？」

「いいえ。単なる失踪じゃないことはわたしが知っている」

「だったら、それを警察に言えばいいじゃないか」

「何度も言ったわ。だけど、わたしの言うことは誰も信じてくれなかった」

「冷静に考えるんだ。警察が君の証言を聞いて、それでも失踪だと判断したということは……」

「家族が殺されたのは、わたしの妄想だと言いたいの？」

「そうは言っていない。ただ、君は冷静になる必要があるということだ」

「わたしは冷静よ。いつだって、冷静だった。そして、これからもずっと」

「とてもそうは見えない」

「あなたにどう見られようとどうだっていいわ」

「俺は君のことを心配して言ってるんだ」優斗は瑠璃の肩を掴んだ。

「何、偉そうなことを言ってるの？　ナンパ目的で近付いてきたくせに！」瑠璃は優斗の目を睨み付けた。

優斗ははっとして、瑠璃の肩から手を離した。「俺は……そんなんじゃないんだ」

「どっちだって、構わない。あなたには関係ないから。あなたはわたしの家族じゃないし、友達でもない」

優斗は肩を落とした。「そうだな。俺は君の家族でも友達でもない。俺は助言のつもりでも、君にとってはただのおせっかいって訳だ」

「そうよ。ちゃんと理解しているじゃない」

「でも、他人事だと言って、放置する訳にはいかないんだ」

「どうして？　本当に他人なのに？」

「見ていられないんだよ。君が不法行為で逮捕されるならまだましだ。下手をすると、生きたまま人間をゾンビにするような頭のおかしい組織に殺されてしまうかもしれない」

「頭がおかしい？」

「君の頭がおかしいって言った訳じゃない」

「あなたはわたしの両親の頭がおかしいって言ったのよ」

「えっ？」

「パーシャルゾンビの研究を始めたのは、わたしの両親だって知ってるわね」

「……でも、君の両親は人体実験をした訳じゃない。この正体不明の組織は人体実験を行っている。これは全然別の事だ」

「動物の命は人間と較べると、軽くてちっぽけだから別にゾンビになっても構わないってこと？」

「いや。そういうことを言ってるんじゃなくて……」

「もし、わたしの両親が人間で実験していたとしたら、あなたはわたしの協力者でいられる？」

「そんなことあり得ないだろ」

瑠璃はじっと優斗の目を見つめていた。

「えっ……。まさか……」

「あなたには、心構えがないことがわかったわ。どんなことがあっても、わたしの味方でいるとは限らない。わたしはあなたを信頼することができないわ」

「待ってくれ。突然、矢継ぎ早にいろいろなことを言われても……」

「さようなら」

瑠璃は振り返りもせずに足早に去っていった。

15

「話って何？」瑠璃は役員室に入って開口一番に言った。

「わたしが君に事件の解決を依頼してから何日経った？」有狩が椅子に座ったまま言った。

「進捗がないっていいたいの？」

「進捗はないのか?」

瑠璃は頷いた。

「進捗がない? ああ。それは問題だが、それよりも大きな問題がある。わかるか?」

「さあ。葦土氏の後釜が見付からないってこと?」

「違う! 研究員のなり手なぞいくらでもいる。進捗がないことよりも問題なのは、わたしが進捗がないことすら知らなかったことだ。君はわたしが依頼をしてから五日間もいっさい何も報告して来なかった」

「報告が必要だったの?」

「当たり前だ。報告書がなければ、君が何をしているかわからない。この五日間ずっと遊んでいたり、他の仕事をしていてもだ」

このおっさん、結構鋭い、と瑠璃は思った。

「わかったわ。今から報告するわ」

「報告書を持ってきたのか?」

「いいえ。口頭で報告するわ」

「口頭? ちょっと待ってくれ」有狩は慌ててメモ用紙とペンを取り出した。

「あちこち調査したけど、収穫はなし。その代わり、二度ほど命を狙われたわ。一度目はゾンビ牧場でエンストさせられた。二度目はパーシャルゾンビに命を狙われた。結果的に二度とも辛くも生き延びた。ああ。命が助かったのが収穫と言えば収穫ね」

「君は馬鹿か？　そんな単純な口頭報告で許されるはずがないだろう。ところで、パーシヤルゾンビというのは何だ？」

「部分的なゾンビよ」

「手だけのゾンビとか、頭だけのゾンビとかか？」

「手だけがゾンビになっているとか、頭だけがゾンビになっている人とかです。……頭だけゾンビというのは、可能かどうかわからないけど」

「つまり、身体の一部分だけがゾンビ化するということか？」

「そうよ。十年程前に話題になったけど、覚えてない？」

「そう言えば、そんなテーマもあったような気がするな。覚えてないところをみると、ものにならなかったんだろう」

机の上の電話が鳴った。

「何だ？　ああ。構わない通してくれ」有狩が言った。

「お客さん？　邪魔だったら、出直してくるけど」

「構わない。君にもここにいて貰った方がいい」

ドアが開くと、三膳が入ってきた。

「おや。お話中でしたら帰りますが」三膳が瑠璃の顔を見て言った。

「いや。構わない。もし彼女に聞かれたくない話があるというのなら別だが」

「いいえ。彼女に聞かれて特に困る話はありませんよ」

「犯人の目星は付いたのか？」

「それはまだです」

「じゃあ、何か手掛かりは？」

「有狩さん、誤解されているようですが、わたしはあなたに雇われている探偵ではないのです。捜査の進展を逐一報告する義務はありませんし、報告できないのです。そういうことはここにいるお嬢さんに言ってください」

「彼女が役に立たんから、君に訊いておるのだ」

「おや。そうでしたか」

「わたしの自動車の調査は終わった？」

「ああ。エンストの原因は電子回路にあったようだ」

「細工されていたのね」

「細工されていたかどうかはよくわからない。一部が燃えていたので、細工されていたとしても痕跡は残っていなかった」

「自動車の電子回路は普通の家電より信頼性が高いはずよ」

「それはそうだろうが、細工された証拠が見付からない以上、何とも言えない」

「何の話だ？」有狩が尋ねた。

「ゾンビ牧場でエンストしたって言ったでしょ」

「本当の話だったのか」

「嘘だと思ってたの？」

「サボってた言い訳だと思っていた。となると、パーシャルゾンビというのも本当なのか？」

「当たり前じゃないの」瑠璃は不服そうに言った。「三膳さん、パーシャルゾンビ――藤倉(ふじくら)について何かわかった？」

「随分前から多額の借金を抱えて、金貸しに追い掛け回されていたらしいが、二か月程前から急に羽振りがよくなって、借金もすべて返済したということだ」

「どこかから金を手に入れたということね」

「それは間違いないだろう」

「で、どこから金を手に入れていたの？」

「それが全くわからない」

「わからないってどういうこと？　銀行の入金記録とかあるでしょ」

「入金記録はなかったし、借金とりには現金で支払っていたらしい」

「藤倉の家に契約書とか何かの書類はなかったの？」

「そういうものは一切ない。不審な点は何もなかった」

「ちょっと待って。急に金が入ったのに、何にも怪しいところがないってこと？　それって逆に不審じゃない？」

「その通りだ。藤倉に現金を渡した人物もしくは組織は非常に周到にことを進めていたことになる」

「だから、その人物だか、組織だかは何者なんだ？　そもそも、そいつが葦土君を殺す理由は何なんだ？」有狩が怒鳴るように言った。

「考えられることは、葦土氏の研究がその組織にとって、重要だったということね」

「葦土氏の研究というのは、つまり、例の……」三膳が言った。

「ええ。ゾンビ化の逆転プロセスよ」

「おい！」有狩は叫んだ。「それは言っちゃあ、いかん!!」

「捜査に必要なことよ」

「秘密保持契約を結んだじゃないか！」

「ええ。結んだわ」

「だったら、喋（しゃべ）ったら駄目なんだ！」

「喋ったら、どうなるって言うの？　逮捕されるの？」

「ええと。……損害賠償して貰う」

「ええ。いいわ。で、いくら払えばいいの?」

「この秘密は金に換算できるものじゃない。だったら、損害賠償とかできないわ」

「プライスレスってこと? だったら、損害賠償とかできないわ」

「じゃあ、君の全財産を払ってもらう。それほど価値のある情報なのだ」

「いいわよ。でも、まずどれだけの損害が出たかを証明してね」瑠璃は退屈そうに言った。

「それから、わたしの全財産と言っても、家賃ひと月分もないから」

「どこの家賃だ?」三膳が尋ねた。

「わたしの住んでいる1Kマンションよ」

「くだらんことを言ってる場合じゃない。わたしは怒ってるんだぞ」

「ええと」三膳が困った顔をした。「とりあえず二人とも落ち着いていただけますか?」

「落ち着いていられるか! こいつが契約違反をしたんだぞ!」

「わたしは警察官ですから、捜査上知り得た情報を無暗に吹聴したりはしませんよ」

「しかし、捜査記録には残るだろう」

「わたしが事件に関係ありと判断した場合だけですよ」

「十中八九、事件と関係あるわ」瑠璃は断言した。

「おい。今、そんなこと言うと、余計ややこしくなるじゃないか」三膳は頭を掻いた。

「パーシャルゾンビの研究をしている組織がある。それは間違いないわ。そして、ゾンビ化の逆転を研究していた華土氏が殺害された。さらに、その調査を行っていたわたしがパーシャルゾンビに命を狙われた。すべてが繋がるじゃない」

三膳は斜め上を見て、しばらく考えた。「そうかな？」

「どういうこと？」

「本当に繋がるかな？」

「繋がってるじゃない」

「一歩譲って、パーシャルゾンビが存在することは認めよう」

「動かしようのない事実よ」

「目撃証言だけで、物証はない」

「どういうこと？　わたしの証言を信じないっていうこと？」

「存在することを認めようと言ってるんだから、いちいち目くじらを立てて、反論しなくてもいいよ」三膳はうんざりした様子で言った。「そして、パーシャルゾンビが君の命を狙ったのも認めよう。それ以前に君が命を狙われたことも認めよう」

「ほら。繋がってるじゃない」

「繋がっているのは、君とパーシャルゾンビだけだ」

「えっ？」

「君の両親はパーシャルゾンビの研究をしていた」

「ええ、そうよ」

「君とパーシャルゾンビは確実に繋がっている。だが、葦土氏との繋がりが見えない」

「ちょっと待って」瑠璃は腕組みをした。「だって、葦土氏は殺されたのよ」

「そうだよ」

「だったら、繋がってるじゃない」

「いや。繋がってないんだ。今のところ、葦土氏の殺害だけが独立した事件なんだ」

「それって、どういうことだ？　この探偵がやってたことは全部無駄だったたってことか？」有狩が尋ねた。

「そうとは限らないわ。もし、二つの事件の間に繋がりが見付かれば……」

「確かに、その可能性もゼロじゃない」三膳が言った。「今のところ、葦土氏殺害事件と八つ頭探偵殺害未遂事件の間に関連性は見えませんが、絶対に無関係とも言えません」

「無関係と言えない根拠はあるのか？」

「それは……」

「根拠はあるわ」瑠璃が言った。

「何だ。あるなら言ってみろ」

「確率の問題よ」

「どういうことだ？」

「無関係な殺人事件と殺人未遂事件が身の回りで連続して起こるなんて確率的にあり得ない」

「君が単なる会社員だとしたら、その説は成り立つかもしれん。だが、君は探偵だ。誰かに命を狙われる可能性は高い。それがたまたま葦土君の殺害の直後に起こっただけじゃないのか？」

「いや。そういうことは確率的に……どうなのかしら？」瑠璃は助けを求めて三膳の顔を見た。

「そんな顔をしたって、俺は何も思い浮かばないぞ」

「ふん」有狩は鼻で笑った。

ノックの音がした。

「何だ？」

「お荷物が届きました」ドアの外から女性の声が聞こえた。

「持って来い」

ドアが開くと、そこには葦土氏殺害現場にいた女性スタッフ滝川麗美(たきがわれみ)が立っていた。手には一辺が二十センチ程の小箱を持っている。

「どこからだ？」

「さあ、差出人の名前がないんです」

瑠璃はまだ必死な形相で考え込んでいた。

「考えても二つの事件の関連性を示唆する証拠は見付からないと思うけどな」三膳は言った。

「いや。わたしはまだ見付かっていない証拠のことを考えてたのよ」

「まだ見付かっていない証拠？」

「どんな証拠が見付かったら、二つの事件の関連性が証明できるかということよ」

「それはパーシャルゾンビを作ったやつらが葦土氏を殺したという証拠だろう」

「どんな証拠があればいい？」

「それはそいつらが葦土氏を殺さなくてはならなかった理由によるだろう」

「葦土氏を殺さなくてはならなかった理由か。……当然、彼の研究内容に関連することのはずだわ」

「葦土氏の研究はそいつらにとってまずいということか？」

「そうよ。葦土氏の研究が発表されると不都合があるから彼を殺したのよ」

「ちょっと待て。葦土氏を殺したら、研究の発表は止められるのか？」

「いいえ。だって、葦土氏の研究内容は有狩さんが把握している。だから、葦土氏を殺しても有狩さんがいたら意味がないわ」

「ということは、犯人が次に有狩さんを狙えば、二つの事件は繋がることになるが……」

瑠璃と三膳は同時に有狩の方を見た。

有狩は今まさに小箱の梱包を解き、蓋を開けようとしていた。

「やめて！」「やめろ！」二人は同時に叫んだ。

「ん？」有狩は箱の中身をきょとんと見ていた。「何だこれは？」彼が手に取ったものは時計のような剝き出しの部品の集積体からなる装置だった。

「伏せろ！」三膳は叫んだ。

「えっ？」有狩はまだ状況が飲み込めていない様子だった。

「爆発するぞ！」

「わっ！」有狩は装置を床に放り投げると、スチール製の机の下に逃げ込んだ。

三膳は装置に走り寄ろうとしたが、麗美が呆然と立ち尽くしているのを見て、彼女に覆いかぶさるようにして、床に押し倒した。

　これは何？

　瑠璃は必死で考えた。

　あの爆弾のように見える装置は何かしら？　爆弾みたいに見えるからには、たぶん爆弾ね。単なる冗談かもしれないけど、それを期待するのは愚かだわ。

　大きさから考えて、それほど強力なものではなさそうだけど、至近距離にいる四人の命は危険に曝されていることになる。

有狩が隠れている机は前面も板に覆われているので、彼が一番安全と言えるだろう。

その次は三膳に守られている麗美。そして、麗美を庇う三膳と立ったままの瑠璃は一番リスクが高いことになる。

どうしよう?

有狩の隠れている机に逃げ込もうかと思ったが、壁との間に椅子があり、瑠璃が潜り込めるスペースがあるかどうか、わからなかった。

この場で伏せるという選択肢もあるが、二メートル未満の至近距離なのであまり効果はなさそうだ。

では、一か八か部屋から逃げ出そうかしら?

爆発まで、後どのぐらい余裕があるかわからなかったが、それが一番安全なように思えた。

しかし、その場合、この部屋に残る三人、特に身を守る盾のない三膳と麗美の二人を見殺しにするも同然だ。

さっき三膳は装置に走り寄ろうとした。

いったい何をするつもりだったのかしら?

装置を止めるのはおそらく無理だ。だとすると、装置自体を遠くに放り投げようとしているのかもしれない。

瑠璃は窓を見た。

間の悪いことに完全に閉じられていた。鍵が掛かっているのかどうか、すんなり開くのかどうかもわからない。開けるのに手間取っている間に爆発するかもしれない。

出入り口のドアを見た。

うまい具合に、麗美が入ってきたときに開いたままだ。

装置を廊下に投げて、すぐに部屋の中に逃げ込めば、壁が盾になってくれるかもしれない。それに賭けるしか手はない。

瑠璃は装置に走り寄った。

「止めろ！　爆発するぞ！　おまえは逃げろ！」三膳が叫んだ。

爆弾を摑んだ瞬間、爆発するかもしれないが、躊躇している余裕はない。

瑠璃は息を吸い込み、右手で装置をがしりと摑み上げた。

爆発しない。大丈夫。運は味方してくれている。

さほど重くない。二、三キロ程度だろうか。

「じっとしていろ！　俺が受け取る！」三膳が立ち上がろうとした。

だが、瑠璃はすでに開いたままのドアに向かって走り出していた。

大丈夫。やり遂げられる。

瑠璃は廊下に一歩踏み出し、横を向いた。

幸運にも、廊下には誰もいなかった。

瑠璃はアンダースローで装置を投げようといったん後ろに振った。

この動作は無駄だったかもと思った。確実にコンマ何秒かは無駄にしてしまった。

今、爆発しませんように、と祈りながら、装置を前に振り、手を離す。

装置は放物線を描きながら、前方の床に向かっている。

うまくいきそうだ。

瑠璃は身体を部屋の中へと倒し始めた。

歩くのではなく、このまま頭から部屋の中に飛び込むつもりだった。

装置は廊下の床に触れ、そのまま数センチ滑った。

なんだかラッキーだったな。

装置が突然消えた。

あれ、と思っているとぱあんという音が聞こえた。

ああ。爆発しちゃった。

装置が消えたときが爆発の瞬間だとしたら、少し遅れたのは音が伝わる時間かな？

でも、この距離だと百分の一秒もないはず。だとしたら、聴覚神経の反応速度が何かの関係で遅れて聞こえただけ？

そして、さらに遅れて胸の痛みがやってきた。

ひょっとして、まずいことになった？

どんと床に倒れた。

痛みがはっきりと伝わってきた。

瑠璃は左胸に触れた。

濡れていたし、そこには硬いものがあった。

ああ。破片が胸に刺さっているのね。結構大きい。

たぶん背中まで貫通している。

苦しい。

きっと心臓……。

16

今日はお姉ちゃんのデートの日だ。

瑠璃は楽しそうに髪を梳かす姉の様子をじっと見ていた。

「何？　さっきからじっと見ているけど」

「別に。お姉ちゃん、楽しそうだなって」

「そりゃ、楽しいわよ。今日は初デートなんだから」

「……よかったね。お姉ちゃん」

「……何、その言い方？」

「別に普通だよ」

「なんだか悔しそうな言い方ね」

「そんなことはないわ。お姉ちゃんの思い過ごしだわ」

「あの手紙は自分が書いたから、手柄は自分だと言いたそうね」

「そんなことは言ってないわ」

「本当は自分がデートするはずだ、なんて思ってるのね」

「そんなこと思ってないわ。わたしになんてデート出来っこないもの」

「その言い方が被害者面していやらしいわ」

「お姉ちゃんいったいどうしたの？　さっきまで機嫌がよかったのに」

「機嫌が悪くなったとしたら、あんたのせいよ」

「ごめんなさい。でも、本当に何が悪かったのか、わからないわ」

「あんた、自分のことを可哀そうだと思ってるのね」

「お姉ちゃん、わたしはそんなこと思ってない」

「そして、わたしにもあんたのことを可哀そうだと思わせたいのね」

「そんなこと全然思ってないわ」

「お生憎様。わたしはそんなこと全然思わないのよ。あんたには全く可哀そうなところはないのよ、瑠璃」

「それでいいわ。お姉ちゃん」

「何よ！ 姉の幸せを祈るけなげな妹のふりをしているつもり？」

「そんな言い方をしないで、悲しくなるから」

「ふん。あんた、本当に悔しくないって言い張るのね」

「言い張ってるんじゃなくて……」

「まあ、別にいいわ」沙羅は投げやりな態度で言った。

漸く沙羅の愚痴から解放されるのかと、瑠璃はほっとした。

「あんた、今ほっとしたわね」

「……」

瑠璃は嘘の吐けない性格だった。沙羅の気に障らない適当な答えをすぐに見つけ出すことができないのだ。

「残念だけど、全然ほっとなんかできないのよ。あんたはわたしたちのデートに付いてくるんだから」

「お姉ちゃん……」

「それは最初から決まっていることなんだから、あんたは抗(あらが)えないのよ、瑠璃」

瑠璃は頷いた。

沙羅は常に正しい。決して間違っていないし、逆らってもいけない。

「でも、絶対に菟仲君に気付かれてはいけない」沙羅は強い口調で言った。「わかってるわね」

「ええ」

「これだけは言っておくわ。もしわざとじゃなくても、万が一菟仲君があんたに気付いたら、すべては終わりだと思ってちょうだい」

「終わりって……」

「お父さんとお母さんにはっきりと言うわ。もう終わりにしたいって」

「ちょっと待って。お姉ちゃん、一人で勝手に決めたりはできないわ」

「わたし一人じゃなくて、誰が決めるのよ?」

「わたしよ」

「あんた? 馬鹿じゃないの? あんたは人数に入ってないのよ」

「そんなはずはないわ」

「いつでも、人数に入っているのはわたしだけ。あんたは数に入っていない」

「そんなことはないわ」

「じゃあ、机もベッドも部屋も誕生日ケーキも何でも一人分しかないのはなぜ?」

「それはお姉ちゃんの分という訳じゃなくて、わたしたち二人で一人分を使うということだと思うわ」

「二人で一人分？　そんな訳ないじゃないの。一人が一人分を使うの。そして、一人というのはわたしのことよ。あんたは数に入ってないんだから」

瑠璃は悲しくなった。ずっと、そんなことは思わないようにしてきたのだ。自分と沙羅は平等だと。だが、ときにそんなはずはないようにも思われることがあった。自分などには価値はない。沙羅の人生こそが本物で、わたしの人生は単なる幻影に過ぎないのではないか？

だが、瑠璃はいつもそこで、妄想の扉を閉めた。

自分を追い詰めても仕方がない。だが、姉はどうしてわたしを追い詰めようとするんだろうか？　わたしを追い詰めても仕方がない。数に入っていないのだから。

姉は本当に全てを終わりにできるのだろうか？　父と母を説得できるというのだろうか？

もし、わたしが菟仲君の前で全てを白日の下に曝したら、姉の言葉が本当かどうか確かめることができる。

でも……。

わたしは決してそんなことはしない。姉の言葉が真実かどうかを確かめる必要などないからだ。そんなことをして、もし万が一、姉の言葉が真実だったりしたら、もう取り返しが付かないのだ。わたしは全てを失うことになる。

いや。もし姉の言葉が嘘だったとしても、わたしは大きなものを失うことになる。どちらが真実だとしても、わたしは何かしらを失うことになる。

だから、わたしは真実を明かすことはないし、明かすことはできないのだ。

だが、姉はわたしが真実を明かすことを極度に恐れている。

これほどまでに、恐れているというのに、彼女はなぜ……。

姉はわたしが二人のデートにこっそり付いていくことに抗うことはできないと言った。

わたしは、二人のデートを見届けようと決心した。

沙羅が待ち合わせ場所の公園に到着したとき、菟仲はすでにその場でベンチに座って待っていた。

「待った？」

「いいや」

「ごめんなさい。十分も遅れているわね。妹が……」

「妹？」

「いいえ。妹みたいに可愛がっている近所の子がなかなか離してくれなくって」

「妹みたいな子か……。僕は前から、沙羅さんのことを何だかお姉さんタイプだなって思ってたんだ。兄弟姉妹はいないって聞いていたから、意外だなって思ってたんだ」

「あら。そうだった？　不思議ね。兄弟姉妹がいなくても、近所の子の世話をしているだけで、お姉ちゃんっぽくなるんだ」

姉がお姉さんっぽい？

瑠璃は思わず笑ってしまいそうになった。

沙羅は全く姉らしくない。そもそも沙羅と瑠璃は双子なので、年齢差は存在しないのだ。もちろん、形式的に沙羅が姉だったので、家族からは彼女が「お姉ちゃん」と呼ばれている。そのことが常に自らを「姉」だと認識させ、それが彼女の普段の言動に影響を与えている可能性はある。だが、瑠璃自身は沙羅を姉らしいと思ったことは一度もなかった。むしろ、厄介事を全部瑠璃に押し付ける足を引っ張る存在のように感じていたのだ。

「おや。今、誰か、笑った？」

しまった。聞こえてしまったかしら？

沙羅は咳払いをした。「笑ったんじゃなくて、変なところに痰が引っ掛かったのよ」

「いや。君じゃなくて、そこら辺から声が……」菟仲は公園の茂みを指差した。

「あそこには誰もいないわ」

「そうだろうね。もしあそこに誰かいたとしたら、わざと隠れていることになる。僕たちを隠れて見張るなんてことして、得する人は誰もいないからね」

「もちろんよ。そんなこと誰もしないわ」

「待てよ」菟仲は自分の顎を摑んで考え込んだ。

「変質者とか、ひったくり犯が僕らを狙っているとか」菟仲は立ち上がった。

「ちょっと待って。そんなことあり得ないから」

「どうして、あり得ないと思うの？」

「だって、今は真っ昼間よ。周りに人も多いわ。こんなところで、犯罪を行ったら、すぐに捕まってしまうわ」

「確かに、そうだ」菟仲はまたベンチに座った。

沙羅は溜め息を吐く動作をした。

「今、溜め息を吐いたの？」

「さっき絡んだ痰がやっととれたの」

「何だ、そうか」

沙羅は額の汗を拭った。

「待てよ。他の可能性もある」

「何の可能性？」沙羅は菟仲の視界を遮るように身を乗り出した。

「君の家族だよ。今日デートだって、誰かに言った？」

「えっ？　ああ。ええと……。言ってないわ」

「はっきりしないの？」

「ああ。出掛けにちょっとばたばたしたの。そのときに口走ったかもしれないと思ったの。ほら。ちょっと遅れそうだったから。実際に遅れちゃったけど」

「ということは、今日僕たちがデートだって、君の家族が知ってしまった可能性があるってことだ」

可能性どころではない。瑠璃は沙羅本人の口から今日がデートだとはっきりと聞いている。

「まあ。可能性としてはね」

「初デートだと聞いて、君のことが心配になったのかもしれない」

「誰が？」

「君の家族だよ。具体的に言うと、ご両親だ」

両親は今日がデートだなんて全く知らない。

「うちの両親がどうしたの？」

「だから、君のことが心配になった」

「どうして？」

「だから、君の初デートだからだよ」

「初デートの何が心配なの？」

「そうだな。デートの相手が変なやつとか……」

菀仲は自分が変な相手とデートしていること自体に気付いていない。

「あなたは全然変なんかじゃないわ」

「君がそう思っていても、たぶん、ご両親には伝わっていないと思う」

「うちの両親に、尾行する才能はないと思うわ」

「もちろん、ご両親が直接尾行しているとは言ってない。近所の子供達や暇な青年を使うという手もある」

「まさかそこまでするとは思えないわ」

「そこの茂みを調べればわかることだ」

菀仲は立ち上がると、茂みに向かって歩き出した。

「ちょっと待って！」沙羅は悲鳴のような声を上げた。

「何だい？」

「あれ、父さんじゃないかしら？」沙羅は見当違いの方向を指差した。

「えっ？」真に受けた菀仲は沙羅の指し示す方を必死で探している。

その隙に沙羅は菀仲から少し離れた。

「さっき、笑ったでしょう」沙羅は聞こえるぎりぎりの声で言った。

「ごめんなさい。わたし……」

「しっ!」沙羅は菟仲の方へと戻った。「ごめんなさい。やっぱり気のせいだったわ」

「気のせいだって?」菟仲は少し考えた後、再び茂みの方へと向かい、中を覗いた。「誰もいない」

「あなたも気のせいだったみたいね」

「いや。ここじゃないけど、きっと近くにいる」

そのとき、瑠璃は菟仲と眼が合った様な気がした。

「あっ」瑠璃はつい言ってしまった。

沙羅は瑠璃の方をちらりと見た。彼女にはわかったようだ。

菟仲はきょろきょろと周囲を見ている。

「何か、見付かった?」沙羅は緊張した面持ちで尋ねた。

「なんてね」菟仲は微笑んだ。「やっぱり僕の気のせいだったみたいだ」

瑠璃はほっとしたような、寂しいような不思議な気持ちになった。

今、この瞬間にでも、わたしは菟仲君に告白することができる。

わたしはここよ、あなたに手紙を書いたのはわたしなの、と。

だが、わたしは決してそんな真似はしない。わたしは姉を傷付けたくなかったから。そして、それ以上に自分を傷付けたくなかったから。

「まあ、意地悪な人」沙羅は菟仲の肩に手をかけた。

「君こそ、小悪魔の様だよ」菟仲は沙羅の背中に手を廻した。

瑠璃はうっとりと彼の顔を眺めていた。

17

「いったい何があった？」有狩の怒号が飛んだ。

「郵送物に爆発物が入っていたようです」三膳が答えた。「彼女が廊下に投げた瞬間に爆発して、破片が彼女に……」

「彼女は探偵といっても、一般人だろ。爆弾の対応をすべきは君じゃなかったのか？」

「すべての責任はわたしにあります」三膳は瑠璃に駆け寄った。

三膳は瑠璃の様子を見て息を呑んだ。

掌よりも大きな金属の破片が胸に突き刺さっていた。横向きに倒れていたため、背中を見ることができたが、胴体を貫通しているようにしか見えなかった。

出血はそこそこあったが、もう殆ど止まっていた。これはあまりいい兆候には思えない。

何から手を付ければいい？

三膳は自問した。

呼吸と脈拍の確認をして、もし止まっていたら、蘇生措置だ。それは理解している。しかし、金属片が胸を貫通している場合はどうすればいいんだ？

三膳はとりあえず、瑠璃を仰向けにした。

破片のせいで、身体が傾いたままだが、これは仕方がない。

手首を握るが脈があるかどうかはわからない。

血塗(ちまみ)れの胸に耳を当てる。

鼓動の音は聞こえるが、彼女のものなのか自分のものなのかわからない。

「落ち着くんだ」

まずこの破片はどうすべきだろうか？　位置からして心臓を直撃している可能性があるし、確実に肺を傷付けている。心肺の動きを阻害している可能性は高い。心肺蘇生の邪魔になることは間違いない。

だが、抜けば出血が激しくなるだろう。たとえ心臓が蘇生してもその瞬間に止めどもなく出血が起こったら、即座に死亡してしまう。

かといって、破片が刺さった状態では蘇生処置自体が困難だ。金属片がある状態でAEDなど行っていいものか。

そうだ。AEDだ。

「AEDはどこにありますか？」

有狩が廊下からAEDを運び込んできた。「服を脱がせられるか？」

破片が服ごと彼女の身体を貫いているため、簡単には脱がせられそうにもなかった。

「鋏で切り取ろう」

「いえ。このまま引き裂きます」三膳は瑠璃の服の胸の部分を引き裂いた。

「ぶぼっ」傷口を見て麗美がその場に吐いた。

傷は想像以上に酷かった。金属片は胸全体を縦に大きく引き裂いており、そこから脂肪や筋肉や肋骨の残骸が覗いていた。

三膳は人体の構造に詳しくはなかったが、傷口から半ば飛び出している臓器が心臓であることは推測が付いた。

赤黒く変色し、すでに動きを止めている。

「AEDはどこに付ければいいんだ？」有狩が尋ねた。「心臓に直接貼り付ければいいのか？ それとも、金属片か？」

「ちょっと待ってください。こんな場合の処置は聞いていない！」三膳は声を荒らげた。

「しかし、早く処置をしないとゾンビ化が始まってしまうぞ」

「わかってる！ でも、どうするのが正しいのかがわからないんだ。破片を抜くべきか、このままにすべきか。心臓が飛び出しているときの心臓マッサージはどこを押さえればいいのか」

「救急車を待つというのも一つの手だな」有狩は言った。「救急車が来るのを待っていたら、助かる可能性はほぼないと思うが」

「あの……」麗美が口を押えながら言った。「破片は抜くべきだと思います」

「どうしてだ!?」三膳は怒鳴る様な声で尋ねた。

「よく怪我をしたときに、刃物や破片を抜いてはいけないというのは、要は出血を恐れてのことだと思うんです」

「そんな事はわかってる。だから、迷ってるんだ」

「でも、この傷を見てください。大きく裂けて胸の中が殆ど丸見えになってます」

「そうだ。こんな酷い怪我は見た事がない」

「刃物や破片を抜いたから出血が増えるというのは傷口全体が刃物や破片で塞がっている状況の場合だと思うんです。今回の場合はそれに当て嵌(は)まらないんじゃないかと」

確かにそうだ。すでに傷口は大きく開放されている。今ここで破片を抜いたからといって、出血のリスクは殆ど増えないだろう。ただ、破片を抜いた後に何をすればいいのかはわからないが……。

「心臓が止まってから何分経った?」有狩が尋ねた。

三膳は時計を見た。だが、心臓が止まってから何分経ったかはわからなかった。

どうしてわからないんだ?

頭が回らなかった。そして、漸(よう)やく爆発が起きたときの時刻を見ていなかったからだと気付いた。

もう手遅れかもしれない。いや。そもそも、この傷を見た限り、手遅れでないと考える方がどうかしている。だが、やるだけのことはやるんだ。俺たちはこの娘に命を救われた。見捨てることはできない。なんとしても、ゾンビ化が始まる前に蘇生するんだ。

汚れている手で触るのはどうかと思ったが、手を洗ったり消毒したりしている時間はない。

三膳は指先で、破片を摘まんだ。ひんやりした感触を予想していたが、思っていたより温かかった。爆発の熱がまだ残っているのか、それとも彼女の体温で温まったのか。

三膳は破片を引っ張った。

ぬるりと滑って破片が指先からはずれた。

血や脂で何もかもがべとべとだった。

三膳は破片を握りしめた。

力一杯引っ張ると、三膳の掌が切れた。

ぼたぼたと瑠璃の心臓の上に血が掛かった。

また、滑って手からはずれた。

「何をやっとるんだ！　もっとしっかり握れ！」有狩が怒鳴った。

くそっ！　死なせてたまるか！

三膳はしっかりと摑めるように瑠璃の心臓の中に指を突っ込んだ。

あまりいいことのようには思えなかったが、こうするより他はなかったのだ。
ぶちぶちと組織が裂ける感触があり、濁った体液が滴った。
なんだか、ゾンビみたいだなと思った瞬間、破片が抜けた。
三膳は勢い余って、後ろに倒れた。
全身に何かの飛沫が掛かった。
破片が金属音を立てて、床にぶつかり、そのまま汚れた床の上を滑っていった。
次はどうすればいい？　心臓マッサージか？　ＡＥＤか？
三膳は起き上がると、瑠璃の元に戻った。
三膳は目を見張った。
心臓は見るも無残に大きく引き裂かれていた。
だが、三膳を驚かせたのは心臓の傷ではなかった。
瑠璃の心臓はゆっくりと拍動を始めていた。
しまった。ゾンビ化が始まってしまった。もうおしまいだ。
肺も活動を始めた。ゆっくりと呼吸をしている。
三膳は銃を取り出した。
ゾンビは苦痛を感じないと言われている。だが、できれば一発で始末を付けたい。
「何が……あったの？」瑠璃が呟いた。

今のは何だ？

「爆弾が爆発したの？」瑠璃が尋ねた。

「何が起こってるんだ!?」三膳が呟いた。

「わたし怪我したの？」

そんなはずはない。ゾンビは喋(しゃべ)ったりしない。彼女は生きている。そんなはずはない。

「何が起こってるんだ!?」

「ねえ。わたし怪我は酷い？」

「物凄(ものすご)い怪我だ。教えてくれ。何が起こってるんだ？」

「わたし、爆弾を避けきれなかったんだ」

「君の胸に破片が直撃した」

「そう言えば、あちこちに破片がいっぱい飛び散ってるわね」

「ああ。今、言われて気が付いたよ」

「胸の他にも、腕と肩にも破片が刺さっているわ」

「本当だ。だけど、胸の傷が一番酷い」

「ごめんなさい。今、わたし立てそうもないわ」

「それはわかってる」

「その。心臓がゆっくり過ぎて、血が回らないの。ペースメーカーが壊れてしまったんだと思うわ」

「ペースメーカー付けてたのか？　でも、もはやそういう問題じゃないと思う」

「大丈夫。見掛けほど致命的じゃないから」

「どう見ても致命的だ。むしろ生きているのが奇跡だ」

「奇跡……。そう奇跡よね」

「もうすぐ救急車が来る」

「希望の病院があるの。そこに連れていって。父の友人が院長よ」

「とりあえず、一番近くの病院がいいんじゃないか？　一刻を争う事態なんだから」

「急ぐ必要はないわ。わたしは大丈夫」

「心臓が丸見えになっている人間がそんなことを言っても説得力がないぞ」

「わたしを信じて。その病院なら、うまく修復してくれるわ」

「これはどういうことなんだ⁉」有狩が叫んだ。

「わたしにはわかりません」三膳が言った。「わかるのはたぶん八つ頭さんだけでしょうが、彼女は今こんな状態なので、答えるのは難しいかと」

「いいえ。大丈夫よ。頭にあまり血が回らないからぼうっとしているけど、質問に答えるぐらいならできるわ」

「自分の状態はわかってるのか？」有狩が聞いた。

「ええ。確かに凄い怪我をしているわね。でも、見た目ほどダメージはないのよ」

「普通なら、これほどの損傷を受けて、なおかつ動いている人間を見たら、きっとそれはゾンビだと考えるだろう」

「その考えは合理的だと思うわ」

「わたしは君の心臓が動き出したとき、てっきりゾンビになったと思った。三膳刑事が銃を取り出したのは、ゾンビ化した君を処置するためだったんだろう。だが、君が声を出したから、撃つのを止めたんだ」

「撃たれる前に声を出して、本当によかったわ」

「教えてくれ。どうして、そんな酷い傷で生きていられるんだ？　それとも、君はすでに死んでいるのか？　死んでいるなら、どうして知性を維持できているんだ？」

「それはつまり、『おまえは生きているのか、死んでいるのか、どっちだ？』と尋ねているの？」

「端的に言うならそういうことだ」

「どう言えばいいのかしら？　わたしは部分的に死んでいて、部分的に生きている」

「つまり、君は……パーシャルゾンビなのか？」三膳が目を見開いた。

「パーシャルゾンビだと？　馬鹿馬鹿しい」有狩が吐き捨てるように言った。

「つまり、君の両親は娘を実験台にしたのか？」三膳が尋ねた。

「待ってくれ」有狩が何かに気付いたようだった。「思い出したぞ。八つ頭……そう。八つ頭だった。動物実験を繰り返していた夫婦だ。あまりに大量の実験動物を犠牲にしたので、社内外で問題になっていたが、パーシャルゾンビの実験だったんだな。まさか実の娘で実験していたとは……」

「違うの」瑠璃は言った。「両親はわたしで実験をしたのではないわ」

「しかし、現に……」三膳は言った。

「ああ。そうね。結果的には、実験したことになってしまったかもしれない。でも、これは仕方がなかったのよ」

「仕方がない？　そんな訳ないだろう。どんな事情があろうと、人間をそれも実の娘をゾンビの実験に使うなんて、許される訳がない」

「もし、両親がわたしをパーシャルゾンビにしなかったら、わたしは死んで本物のゾンビになっていたわ」

「どういうことだ？」

「数年前、わたしは大変な事故にあったの。殆ど死にかけていたのよ。そのまま死ぬか、身体の一部だけをゾンビにして脳を含む部分を生きながらえさせるか、の二択だった」

「なるほど。君は瀕死の重傷を負った訳だ」有狩が目を輝かせた「おそらく重要な臓器——たぶん心臓——が破損してしまったんだな。心臓が停止した状態では、長く生きることができない。タイムリミットは数分間だ。心臓移植をしている時間はない。そこで、君の両親は一か八かの賭けに出たんだな」

「死んだ組織の細胞の免疫力を強制的に引き下げて、ゾンビウイルスをいっきに増殖させたのよ。それと同時に、血管や神経を繋ぎかえる手術をして、他の部分の組織が死なないようにした」

「すばらしい。奇跡だ。娘が瀕死の状態で、それだけの処置を冷静にやってのけたことも奇跡だが、たまたまそのときに成功したというのが奇跡だ」

「おそらくその時、パーシャルゾンビの技術は完成したんだと思う」

「データはどこだ？　そのときのデータには莫大な価値がある」

瑠璃は力なく首を振った。「データは両親がどこかにやってしまった。ひょっとしたら、破棄してしまったのかもしれない」

「君の両親は今どこにいるんだ？」三膳が尋ねた。

「行方不明よ。わたしの事故の直後に二人とも姿を消してしまったの」

「それは君の事故と関係があるのか？」

「わからないわ」

「両親の持ち物は全て調べたのか？」有狩が言った。

「調べたわ。でも、両親の行く先に関する手掛かりは全くなかったわ」

「そうじゃない。実験データのことだ。何か記録メディアがあったはずだ」

「有狩さん、そのことに関しては後でもいいでしょう」三膳が言った。

「君は事の重大さがわかってないようだな。パーシャルゾンビが簡単に実現できるとしたら、人類の医療はいっきに進歩することになる」

「救急車が来るまでにしておいた方がいい事はある？」麗美が瑠璃の近くに跪いた。

「そうね」瑠璃は二、三度ゆっくりと深呼吸をした。「出血が酷くないようだったら、特に何もないように思う。実は、こんな大怪我をしたのは初めてなので、わたしもよくわからないのよ」

「出血はもう殆ど止まっているみたいだわ」

「大動脈などは別として、ゾンビ化した部分は生きている部分と血管もできるだけ連続させないようにしているから、大きな血管に傷がついていなかったら、大丈夫だと思うわ」

「心臓の穴は大丈夫なの？」

「近い将来、心臓がぼろぼろになるのは、わかっていたの。だから、内部は小さな小部屋に分割されていて、穴が開いても大きな出血には至らないの。これも両親がやった手術よ。あら、滝川さん、顔面蒼白だけど、大丈夫？」

「ええ。さっき、そこで吐いたから少しはましよ」

「吐くときはトイレに行け」有狩は言った後で、室内に大量の血や金属片が飛び散っていることに気付いたようだった。「ああ。でも、こんな有り様だったら、別に構わないか」

「有狩さん、あまり瑠璃さんに近付かないように」三膳が言った。

「どうしてだ？　パーシャルゾンビを観察する機会など滅多にないんだぞ」

「彼女は大怪我をしています。現時点でも相当不衛生ですが、埃だらけの我々は近付かない方がいい」

「感染が心配なのか？　ゾンビウイルスは強力な抗生物質を分泌しているはずだから、何かに感染することなんてないだろう？」

「はい。厳密に言うと、ゾンビウイルスではなく、ゾンビウイルスと人間の細胞との共生体が分泌しているんですが」

「だったら、感染の心配などあるまい」

「彼女は完全なゾンビではなく、生身の部分があるのです」

「どの部分だ？」

「それは彼女しかわかりません」

「わたし自身もそんな正確にはわからないわ。大雑把に認識しているだけよ」

「もっと詳しく観察したい」有狩は傷口を嘗めそうな勢いで見入っていた。「うちの研究所の系列の病院に入院したらどうかね？　入院費はただでいいぞ」

「何をするつもり？」

「少し検査をするだけだ。実験データが残っていないなら、現物からデータをとらせて貰う」

「拒否するわ」

「何だって？」

「検査は拒否するって言ったのよ」

「入院代はただだぞ」

「お金を貰っても嫌よ」

「後悔しても知らんぞ」

「執行役員、この方は命の恩人です」麗美が言った。

「ああ。おまえにとってはな」

「執行役員にとってもです」

「わたしは机の向こうに隠れていたから、部屋の中で爆発しても大丈夫だったはずだ」

「そんなことわからないじゃないですか」

「……確かにな。彼女には感謝した方がいいのかな？」

「その方がいいかと」

「ありがとう。八つ頭君」

「どういたしまして」

救急車のサイレンが近付いてきた。

「救急隊員にはどう説明すればいいんだ？」三膳が尋ねた。

「何も言わなくていいわ。わたしが病院名を言うから」

「でも、何も言わなかったら、怪我の状態を見て、ゾンビだと思われるかもしれない」

「ゾンビは搬送先の希望を言ったりしないわ」

「だからこそ、疑問を持つと思うが。本来なら死ぬほどの怪我をしているのに、けろっとして話をしているとか」

「別にけろっとはしてないのよ。むしろ、泣き叫ぶ元気がないだけ。今にも痛みで気を失いそう」

「その方が楽なら気絶してもいいぞ」

「起きてるわ。意識を失ったら、どこに連れていかれるか、わかったもんじゃないから」

「了解した。搬送先は君の意志を優先する」

「うちの会社から運び出すんだから、我々の意見も聞き入れるべきだろ」有狩が主張した。

「さすがに、その理屈は理解不能ですよ」

「わかった。いくら出せば、うちの病院に来てくれる？」

「だから、お金を貰っても御免だって言ってるじゃない」

「一億出そう」

「その一万倍でも嫌よ」瑠璃は即答した。

「後悔しても知らんぞ！」有狩は不機嫌そうに言った。

救急車が止まった。

「後悔はないわ。絶対に」

18

「どうして言ってくれなかったんだ？」優斗が言った。

ここは病院の個室。すべての窓のブラインドが下ろされている。

「言う必要があったかしら？」

「そりゃそうだよ。もし君が……その……あれだ……」

「パーシャルゾンビ？」

「そう。それだとわかっていたなら、俺も助言の仕方があったと思う」

「どういうこと？　あなたはわたしの両親が人間で実験したと聞いて、わたしへの協力を躊躇ったわね」

「あれは君の言い方が悪かったんだ。意図的に実験したのではなく、事故のために止む無くだろ？」

「三膳刑事が喋ったの？」

「ああ。身内だからいいと思ったんだろう」

「あんた、自分のことをわたしの身内だって言ったの!?」

「ああ」

「どうして!?」

「どうしてって、まあ身内みたいなものじゃないか」

瑠璃(るり)は目をかっと見開いた。「仕事上の付き合いしかない人を身内とは言わないわ。それに、仕事の関係ももう終わってるし」

「しかし、三膳刑事としては、誰かに連絡しなくちゃならないと思ったんだろう」

「そう思うのは、彼の勝手よ。だけど、連絡を受けたからと言って、身内面して飛んでくるっていうのはおかしいんじゃないの?」

「身内面っていうか、身内代理っていうか……」

「『身内代理』なんて言葉はないわ」

「じゃあ、どうすればよかったんだよ? 三膳刑事から連絡があったときに」

「『わたしは彼女と関係ありません。もう連絡してこないでください』」

「そんな言い方したら、俺、物凄(ものすご)く印象悪くなるじゃないか」

「別に構わないでしょ。もう二度と会わないんだから」

「いや。君への印象という意味じゃなくて、警察への印象がさ」

「で、何しにきた訳？」

「君のことが心配でとるものもとりあえず飛んできたんだよ」

「怪物見たさに？　残念でした。傷はもう縫合したわ。ペースメーカーも新しいの入れたから、動くのも自由よ。今、ベッドで寝ているのは念の為。自然に治ることはないから傷口はまだ残っているけど、皮膚移植で綺麗になるそうよ。ゾンビには免疫がないから、他のゾンビの皮膚を目立たないように縫い付けるだけだけど」

「怪物だなんて思ってないさ」

「あの現場を見たら、そんなことは言えなかったと思うわ」

「いいや。写真を見せて貰ったけど、思ったほど酷くはなかったよ」

「ええ!!」瑠璃の顔は一瞬で真っ赤になった。「どうして、あんたがそんな写真を見てるのよ!?」

「だから、三膳刑事が見せてくれたんだ。身内だからいいだろうって」

「今から三膳刑事に電話をかけるわ。竹下って男は赤の他人だから、今後対応するなって」

「だから、そんなこと言ったら、まるで俺がストーカーみたいじゃないか」

「そうね。これ以上、付き纏う気なら、ストーカーとして被害届けを出すのもいいかもね」

「おい。勘弁してくれよ」

「そうそう。ちゃんと謝ってくれる？」

「何を？」

「わたしを似非探偵呼ばわりした事」

「そんな事言ったっけ？」

「言ったわ」

「覚えてないな」優斗は頭をぽりぽりと掻いた。「そう言えば、三膳刑事が謝ってたよ」

「何を？」

「葦土氏の殺害と君を狙った事件が無関係なんじゃないかと推理した件だ。今回、やはり関係があったという可能性が出てきたと言ってた」

「妙ね」

「そうでもないよ。犯人は葦土氏の研究とパーシャルゾンビが結びつくことを阻止しようとしたんじゃないだろうか？」

「わたしが妙だと言ったのは、そういうことじゃないの」

「じゃあ、何が妙なんだ？」

「三膳刑事があんたに謝ったことよ」

「そりゃあ、君の推理を馬鹿にして悪かったと思ったんだろう」

「そういうことじゃないの」

「じゃあ、何だよ」

「わたしに悪いと思うことは不思議じゃない。当然のことよ。妙なのは、わたしに悪いと思った三膳刑事があんたに謝ったことよ」

「そりゃあ、身内だからだろ」

瑠璃は舌打ちをした。

「何か気に入らないのか?」

「ええ。三膳刑事があんたをわたしの身内だと思ったこと。そして、あんたがその誤解を訂正せずに、そのままにしていることよ」

「そんなことか。簡単に解決できるよ」

「どうするの?」

「誤解を誤解でなくせばいいんだ」

「だから、どうすれば、そんなことが可能なの?」

「俺があんたの身内になればいいんだ。そうすれば、三膳刑事の誤解は誤解じゃなくなり、おれが訂正しなかったことも問題じゃなくなる」

瑠璃はしばらく考え込んだ。

「どうした? 名案だろ?」優斗は言った。

「ゾンビの身内になりたいって？　質の悪い冗談だわ」

「別にゾンビの身内になりたい訳じゃない。君の身内になりたいんだ」

「わたしはゾンビよ」

「部分的にな」

「わたしの身内になるってことはゾンビの身内になるってことよ」

「『ゾンビの身内になるんじゃない。身内にしたい人がたまたまゾンビだった』って言ったら、かっこいいかな？」

「よくないわ。単に自分に酔っているだけね」

「誤解してるかもしれないけど、別にプロポーズしてる訳じゃないからな」

「そう。少し安心したわ。それで、身内になるって、どういう意味？　身内って家族のことよね」

「狭義には家族のことだけど、広義には家族や親類に準ずるようなごく親しい間柄という意味もあるんだ」

「それで？」

「仕事上の密接なパートナーも広い意味では身内だろ」

「苦しい説明だけどね」

「苦しくてもいい。君が許容できるなら、それで手を打たないか？」

「いいえ」瑠璃は即答した。

「どうして？」

「双方にとって何らメリットがないわ」

「あるよ」

「どんなメリット？」

「君にとっては身内ができるというメリットがある」

「あんたにとっては？」

「そうだな……身内ができるというメリットがある」

「教えて、身内がいることのどこがメリットなの？」

「こういうときだ。怪我をしたときにお見舞いにきて貰える」

「お見舞いなんて鬱陶しいだけなんだけど」

「じゃあ、あれだ。疲れて家に帰ったときに労いの言葉を掛けて食事を用意してくれる」

「それ、広義の身内じゃなくて、家族じゃないの。そもそもわたしは労(ねぎら)いの言葉も食事もいらない。家に帰ったら、倒れ込むように眠りたいの」

「誕生日やクリスマスにプレゼントの交換が……」

「プレゼントなんか欲しくないし、あげたくもない」

「……友達がいれば、もしものときにこの世に何かが残せるぜ」

「わたしには財産なんかない」

「財産の話をしてるんじゃない。君は死ぬまでに何一つやり残さないつもりなのか？」

「わたしは何もかもやりきるわ」

「もしやりきれなかったら？　あとのことを誰かに託さなくていいのか？」

「わたしはやり残したりしない」

「その割には結構へまをしているじゃないか」

「わたしは死ななかった。わたしは滅多なことじゃ死なないのよ」

「それは破片が当たったところが胸だったからだろう。もし、頭に当たっていたら、さすがに命はなかった」

「でも、当たったのは胸だったのよ」

「それは運がよかっただけだ」

「そう。わたしは運がいい。ゾンビになったことで、悪運は全て使い果たしたのよ」

「運なんて非科学的だ」

「わたしたちが子供の頃は、ゾンビだって非科学的だと言われていたわ」

「ゾンビと運じゃ次元が違うだろ」

「ねえ。あんた、いつまでここにいるつもり？」

「えっ？　今日は暇だから、夕方ぐらいまでは……」

「出ていって」

「えっ?」

「そもそもなんで勝手に病室に入ってるの?」

「だから身内だからだよ」

「あんたは身内じゃない」

「でも、身内ってことで入れて貰ったんだ」

「じゃあ、わたしは今から悲鳴を上げるわ。『こんな人、知らない』って」

「いや。そんなことしたら、大騒ぎになっちまうだろ」

「わたしは別に騒ぎになってもいいのよ」

優斗は頭をぼりぼりと掻いて考えたが、諦めたようだった。「わかったよ。今日のところはいったん帰るよ」優斗はドアへと向かった。

「ちょっと待って」瑠璃が言った。

「まだ、文句があるのか?」

「もしもの話よ」

「もしも?」

「もしも、わたしが何かをしくじって、そして運も尽きてしまって、何かをやり残して死ぬようなことがあったら……」

「やり残したりしないんじゃなかったのか？」

「ええ。もちろんよ。万が一の話よ。万が一、やり残すようなことがあったら、そのときはあんたに後始末を頼むかもしれない」

「わかった。何をやればいいんだ？」

「それはそのときにならないとわからないわ。何をやれて何をやれなかったのかは、そのときまでわかりようがないもの」

「わかった。君がやり残したことをやればいいんだな」

「そうよ。じゃあね。頼みを聞いてくれてありがとう」瑠璃はベッドの上で背中を向けた。

「それってつまり、俺は君の身内になったってことかな？」

「さあ、勝手にそう思うんなら構わないんじゃない？」

19

「敵」は本気らしい。

瑠璃は確信した。

あの爆弾は単なる脅しではなかった。もし、あの破片を受けたのが瑠璃でなかったら、確実に死亡していただろう。いや。瑠璃であったとしても、脳を直撃していたら、助からなかったかもしれない。

三膳が破片を抜いたのは幸運だった。ゾンビ化した臓器は裂傷を受けても活動を停止することはない。だが、大きな異物が刺さった状態では、脈動することはできなかったと推定できる。心臓が脈打てない状態では、わたしの脳は数分後には死んでいただろう。たとえゆっくりでも、心肺が動き出せば、脳に酸素を送ることができる。

「敵」は有狩を殺す気だったようだ。それはつまり、アルティメットメディカル研究所の研究テーマは「敵」にとって、厄介だということを示している。ゾンビ化の逆転プロセスはパーシャルゾンビ技術のライバルになるのか、あるいは、組み合わせることで、より強力になるのか、その辺りのことはよくわからない。だが、その関係者を殺さなければならないと考えているのは明らかだった。

パーシャルゾンビについての調査が手詰まりな以上、まずは逆ゾンビ化プロセスについて、調べるしかないだろう。

だが、先日、研究所はあまり協力的ではなかった。猪俣は危険を理由に調べさせてくれなかったが、それも怪しくなってきた。単に、わたしに探られたくないのかもしれない。

瑠璃は考えた末、有狩に直談判することにした。

「もう動けるのか?」まだ爆発の跡が痛々しい執行役員室で、有狩は瑠璃の身体の傷があるはずの辺りを服の上からじろじろと眺めた。

「ええ。ゾンビだから」

「どんな手当てをしたんだ？」

「人間部分については、検査と小さな傷の手当てをしたわ。ゾンビ部分については、縫合しただけよ。あと新しいペースメーカーを取り付けたけど」

「そんな処置で大丈夫なのか？」

「ええ。ゾンビだから」

「どこの病院だと言ってたかな？」

「念の為、言っておくけど、病院に聞いても、わたしのデータは手に入らないわよ」

「ふむ。双方にとって、悪い話ではないと思うんだがね」

「そんなことより、もう一度研究所の調査をさせて貰えないかしら？」

「なぜだ？」

「状況が変わったからよ。犯人は積極的に攻撃を行ってきた」

「犯人は相当焦ってるな。華土君のときと違って、偽装工作もなしに直接、命を狙ってきた」

瑠璃は頷いた。「状況は切迫しているわ。一刻も早く犯人を見付ける必要がある。わたしに研究所の再調査の許可を与えて頂戴」

有狩は首を振った。「駄目だ」

「それこそ状況が変わったからだ。一介の探偵の手に負える案件じゃないだろう。捜査は警察に一任することにした」

「どうして、わたしの手に負えないと言い切れるの？」

「言い切れるも何も、現に君は事件を未然に防ぐことはできなかったじゃないか」

「でも、それは警察も同じよ」

「まあ、それはそうだが……」

「少なくともわたしはあなた方の命を守った。三膳刑事しかいなかったら、全員が犠牲になっていたかもしれない」

「わたしは自分の身を守ったぞ」

「スチールの机で破片が防げたと？」

「こいつは結構頑丈なんだ」有狩は拳でごんごんと机を叩いた。「銃撃でも防げるという触れ込みだったんで買ったんだ」

「防げたかもしれないけど、わたしはそれを爆弾対策に使うのはお勧めしないわ」

「君は爆弾の専門家ではないだろう？」

「ええ。でも、わたしは常識の話をしているの」

「首から下がゾンビなのは常識的なのか？」有狩は物欲しそうな表情で言った。

「話を元に戻しましょう。わたしが研究所を調査するのは理に適っていると思わない？」

「どういう理屈だ？」

「警察の人間は単なる仕事として、この事件を捜査しているだけよ。坦々と与えられた仕事をこなし、ひょっとしたら定時には帰ってしまうかもしれない」

「まあ、最近は公務員とはいえ、酷使はできないだろうからな」

「ところがわたしは必死になって調査をするのよ」

「君だって、与えられた仕事をこなしているに過ぎないだろう」

「いいえ。わたしは単なる仕事以上の熱意を持って取り組むわ」

「わたしがその言葉を信じる理由は？」

「少し考えればわかるわ。わたしは無報酬だって調査を続けることでしょう。なぜなら、あなたと同じように自分の命が掛かっているから」

「なるほど。しかし」有狩は簡単には納得しないようだった。「君の命を狙った者とわたしの命を狙った者が同じだという証拠はないだろう。もし違うなら、君が必死にわたしの命を狙った犯人を突き止めようとする理由はない」

「まあ、二つの殺人未遂事件の犯人が別人という可能性もなくはないわね。でも、そんなことは関係ないの。わたしが二つの事件の犯人が同一かもしれないと考えている間は、あなたの命を狙う連中を必死で突き止めようとするわ」

「なるほど。確かに、君の言うことは一理ある」

「じゃあ、ゾンビ研究所の再調査をさせてくれるわね？」

「ああ。しかし、一つ条件がある」

「悪い予感しかしないけど、言ってみて」

「君の身体の検査をさせてくれ」

瑠璃は溜め息を吐いた。

「駄目か？　駄目なら、調査の話も……」

「待って」

「条件を飲むのか？」

「ええ。ただし、こちらも条件があるわ」

「どんな条件だ？」

「検査はしてもいい。だけど、それは全てが終わった後にして」

「全てとは？」

「犯人が捕まった後、もしくは事件の全貌が解明された後という意味よ」

「それだと、犯人が見付からなければ、いつまでも検査できないということになるぞ」

「そうなるわね」

「だとしたら、わたしが圧倒的に不利だ。君は事件の解決を先延ばしにすればいつまでも検査を受けなくても済む」

「そんなことをして、わたしにどういう得があるの?」

「さあ。何かわたしの知らない事情があるのかもしれない」有狩は瑠璃の顔を睨み付けた。

あまりの眼力に瑠璃はぎくりとした。「わたしが事件を解決しなくても、警察が解決しても、検査を受けることにするわ」

「なるほど」有狩は考え込んだ。「調査を許すことによって、こちらが損をすることはなさそうだ。だが、くれぐれも企業秘密を漏らさないでくれよ」

「それについては契約書を取り交わしたでしょ」

「契約を破っても、君にはあまり失うものがない。そこに引っ掛かってるんだ。現に以前、刑事に企業秘密を喋ってしまった」有狩は渋っている様子だった。

「実害はなかったでしょ」

「だが、まあいいだろう。研究所の調査を許可しよう。ただし、明日一日だけだ。そして、事件が解決の暁には君の身体の検査をさせて貰う。これでどうだ？」

「それで結構よ」瑠璃は強い決意を持って答えた。

20

「先日、性急な調査は危険だとご説明したはずです」予想通り、猪俣は調査を拒絶した。

「有狩さんの許可は得ているのよ。さっさと研究室に案内して」

「ちょっと待ってください。確認してみます」猪俣は電話を掛けた。「ええ。今、ここに見えています。……でも、……サンプルの提示は不可能です。見てもどうせ中身はわかりません。……適当な説明をしろって言われても、彼女もずぶの素人じゃないみたいなんです。……はい。わたしのわかる範囲でしたら……申し訳ありません。わたし、嘘は吐けない性格なので、わかる範囲で本当のことを教えますよ。……はい。秘密保持契約を結んでいるので、問題ないんですね。……わかりました」猪俣は電話を切った。

「ねっ。許可を得たって言ったでしょ」

「わかる限り説明しますが、わからないことはどうしようもないです。それから危険なことはいっさいしませんから、そのつもりで」

「了解したわ。さっさと葦土さんの研究室に連れていって」

二人は以前、訪れた研究室に入った。

「サンプルは危険だから触れたくないってことだったわね」瑠璃は考えた。「パソコンを立ち上げて頂戴」

「パスワードがないと起動できません」

「企業のパソコンは勝手に私用に使えないように対策がしてあるはずよ。この部屋のセキュリティ担当は？」

「有狩執行役員です」

「だったら話は早いわ。すぐに連絡して、パソコンのパスワードを解除させて」

猪俣が有狩に連絡すると、即座にパソコンのパスワードは解除された。

「これらのデータファイルは何？」

「社内の専用プログラム用のフォーマットです」

「立ち上げて」

画面にいくつかの図面やグラフが現れた。

「これがなんだかわかる？」

「いいえ。全然」

瑠璃はポケットから携帯カメラを取り出し、画面の写真を撮り始めた。

「ちょっと困ります」

「大丈夫。他社に漏らしたりはしないから」

「しかし、写真を撮ることは許可されていません」

猪俣はカメラを取り上げようとした。

瑠璃は何のためらいもなく、猪俣の鼻頭を殴り付けた。

猪俣は鼻を押さえて、その場に蹲（うずくま）った。「ちょっと、誰か来て！」

猪俣がこっちを見ていない間に、瑠璃は素早くカメラからメディアを引き抜くと、口の中に含んだ。

「どうかしましたか？」数人の警備員がドアから飛び込んできた。

「ごめんなさい。この人が急に摑みかかってきたから、振り払おうとしたら、肘が当たっちゃって」瑠璃は手を上げた。

「そのカメラを取り上げてください」猪俣は警備員に言った。

瑠璃は素直に渡した。

「中身を消去したら、返してくれる？」瑠璃は数人の警備員に周囲を取り囲まれながら言った。

「いいえ。データを復元されたら、困るから、このまま没収させていただきます。その代わり、同じ型の新品のカメラをお渡しします」

「このカメラ、結構古いモデルだから、もう市場にないんじゃないかと思うわ」

「なかったら、上位互換性のある後継機をお渡しします」

「最高級品を頼むわ」

21

「アルティメットメディカル社で、暴力沙汰を起こしたんだって!? どうして、君はそんなにめちゃくちゃなんだ？」優斗は呆れ顔で言った。

　ここは瑠璃の住んでいる部屋だ。初めて入った優斗は壁一面に貼り付けられた雑誌や新聞の記事や、床に並べられた専門書籍、そしてそれらを結び付けるように張り巡らされたテープやメモを興味深く眺めている。

「その暴力沙汰のおかげでこれが手に入ったわ」瑠璃はメディアを見せた。

「何だ、それは？」

「葦土が行っていた実験データよ」

「生データを見ても解析できないだろ？」

「ちゃんと、専用ソフトで解析済みよ」瑠璃はパソコンにメディアを挿し込んだ。

画面にグラフや図面が現れた。

「これは写真だな」

「ええ。画面を直接撮ったのよ」

「しかし、これを見ても何もわからないだろう」

「いいえ。このグラフには見覚えがあるの」

「どうして、君にわかるんだ？」

「わたしの両親はあの研究所に勤めていたって言ったでしょ。ソフトの基本仕様は昔からそれほど変わってないので、このグラフの意味するところはだいたいわかるわ」

「でも、グラフだけで、実験内容を推測することは不可能なんじゃないか？　初めて行われた実験データなんだから、比較するものがない」

「いいえ。わたしはこれによく似たデータを見た事があるわ」

「どうして、初めて行われた実験データを見た事があるなんて言うんだ？」

「この線はゾンビ化した細胞の活性化状態を示し、こっちの線はゾンビ化していない細胞の生体活動量を示しているわ。この二つの間には、明らかな負の相関がある」

「ちょっと待ってくれ、その『ゾンビ化した細胞』と『ゾンビ化していない細胞』というのは、同一の個体の中の話なのか？」

瑠璃は頷いた。

「だったら、それは……」優斗は言葉を続けることができなかった。

「そう。パーシャルゾンビよ」

「だって、葦土はゾンビ化プロセスの逆転を研究していたんじゃなかったのか？」

「していたのか、どうかはわからないわ。ただ、彼はパーシャルゾンビの研究をしていた。それは間違いなさそうよ」

「でも、どうして、そんな重要なことを隠していたんだ？」

「企業秘密だから。この技術を他社に売ろうとしていたのかもしれないわ」

「なるほど。あるいは、他社に持っていけば、高い地位か高額の報酬を受け取れる訳か」

「これはとてつもなく重要なピースよ。わたしの両親の失踪で、研究は途絶していたと思われていたけど、そのまま何者かの手によって継続していた」

「『何者か』って、誰かはもうわかってるだろ？」

「誰？」

「葦土だろ」

「葦土は研究メンバーの一人だった。だけど、他にもいるわ」

「どうして、他にもいるってわかるんだ？」

「葦土は、誰に、何のために、殺されたと思う？」

「なるほど。彼に何かまずいことがあって、共同研究者が殺したってことか？」

「そう考えるのが自然だわ。藤倉（ふじくら）のようなパーシャルゾンビを作り出すことができるのも、その人物もしくは組織が共同研究者である証拠よ」

「で、その人物もしくは組織が君を殺そうとした理由は？」

「最初は単にわたしに嗅ぎまわられるのが嫌だっただけなのかもしれない。だけど、わたしがパーシャルゾンビの元開発者の娘だとわかって、口封じの意味も加わったのかもしれない」

「これからは、もう一つ意味が加わるかもしれないよ」

「どんな意味が？」

「君は単にパーシャルゾンビ研究者の娘だったというだけじゃない。君自身がパーシャルゾンビな訳だ」

「それが？」

「もし今回の犯人がパーシャルゾンビの技術を独占しようとしているのなら、君は邪魔者だということになる」

「わたしにはパーシャルゾンビの技術はないわ」

「だが、君を調べれば、パーシャルゾンビを作り出すことができるかもしれない」

「できるの？」

「そんなことわからないよ。だけど、犯人はそう考えるかもしれない」

「犯人はわたしを誘拐して、研究所に監禁して実験材料にするかもしれないってこと？」

「そうするかもしれないけど、もっと単純な方法をとろうとするかもしれない」優斗は不安げな表情を見せた。

「どんな方法？」

「君を全体的なゾンビにしてしまうことだ。つまり、殺害する」

「それはリスクが高過ぎない？」

「それは犯人が何をリスクと考えるかによる。犯人はすでに引き返せない所まで来ているし、相当焦ってるはずだ。最初に葦土氏を殺害したときに較べてどんどん殺害方法が雑になってきている」

「ちょっと待って」瑠璃は腕組みをした。「わたしがパーシャルゾンビだってことは知れ渡ってるのかしら?」

「さあ。どうかな? 別段、言いふらしている訳じゃないけど、特に秘密にしてもいないんじゃないかな?」

「わたしがパーシャルゾンビだって知っている人間は誰かしら?」

「三膳刑事、有狩氏、滝川麗美、それと病院のスタッフは確実に知っている。それと、俺だな」

「三膳刑事は捜査上の秘密は口にしないと思うわ。ただ、あなたに教えたのは迂闊だったけど」

「まあ、身内だからね」

「病院のスタッフは絶対に喋らないはずよ。有狩氏と滝川女史はどうかしら?」

「どうだろうな。口止めされているなら別だけど」

「あなたは口止めされた?」

「たぶんされてないんじゃないかな?」

「曖昧な言い方ね」

「いや。あまりのことに気が動転してしまって、よく覚えてないんだよな」

「じゃあ、あの二人だって、同じ状況ね。口止めされていないか、されていてもよく覚えてない可能性が高い」

「だったら、君のことが犯人に知られてる可能性は高いと考えていいだろうね」

「そもそも、あなたはわたしのこと誰かに喋った？」

「えっ？　う〜ん。どうかな？　喋ってない気がするけど、絶対かと言われると自信がない」

「結構、口軽いんじゃないの？」

「いや。秘密なら秘密と最初に言って貰わないと……」

「もはやわたしがパーシャルゾンビであることは誰が知っていてもおかしくないってことね」

「そういうことになるだろうね」

「だとしたら、あまりゆっくりと推理している時間はないわ」

「こんなことなら、君に死んだふりをして貰うんだった。破片が胸を突き抜けたら、誰もが死んだと思っただろうに」

瑠璃の瞳が輝いた。「それだわ！」

「いや。今更、死んだふりは無理だろう」

「別に今から死んだふりをする訳じゃないわ」

「だって今『それだわ』って……」

「あなたの言葉で謎が解けたのよ」

「どの謎だよ?」

「最初の謎、葦土氏殺害事件の真犯人よ」

優斗はぼうっと瑠璃の顔を見ていたが、突然声を上げた。「……ええっ!?」

「何、ワンテンポ遅れてるの?」

「しかし、どうしてこのタイミングで?」

「推理の材料はずっと前から揃っていた。ただ、そのことに気付いてなかっただけだったのよ」瑠璃の目は輝いた。「すぐに三膳刑事に連絡して、関係者を集めて貰って、謎解きは事件発生現場――有狩の邸宅で行うわ」

22

「ここが君の部屋か」菟仲はきょろきょろと室内を見渡しながら、沙羅に言った。

本当はわたしたち二人の部屋なんだけどね、と瑠璃は思った。

沙羅はどこかのタイミングで瑠璃のことを菟仲に打ち明けると言った。だが、結局、今日までその機会はなかったらしい。

「だから、彼には絶対に見付からないで」沙羅は言った。

そんなの無理だ、と瑠璃は思った。あまりに酷すぎる。

「じっと隠れたままわたしたちの様子を見ていてね」

瑠璃は耳を疑った。

常識的にはあり得ない。男性を自分の部屋に誘う意味はほぼ一つだ。いくら瑠璃だって、理解している。

それなのに、沙羅は瑠璃にじっと隠れていろと言うのか。

「ちょっと待って。絶対に無理よ」瑠璃は言った。「そんなこと我慢できない」

「やっぱり、菟仲君のことが好きなのね」

「そんなこと関係ない。それ以前の常識の問題よ」

「常識？」

「妹の前で、恋人とそんなこと……」

「そんなことにはならないかもしれない」

「わたしだって子供じゃないのよ。若い男女が二人っきりでいれば何が起こるかわかっているわ」

「子供じゃない……。でも、胸を張って大人だと言えるかしら？」

「何を言いたいの？」

「さっき、あんたは『常識』って言ったわね。でも、あんたはそんなに『常識的』かしら？」

「それは……確かに、『常識的』じゃないかもしれないけど、それはわたしのせいじゃない」

「あんた……いえ。わたしたちはそんなに『常識的』じゃない。だけど、それはわたしたちがなりたくて、なった訳じゃない」

「そうよ」

「だったら、わたしにだって幸せになる権利はあるんじゃない？」

「それは……」

「わたしに幸せになる権利があるなら、自分にだって幸せになる権利がある。そう言いたいのよね」

「……」

「でも、わかってるわよね。理屈じゃないの」

涙がこみ上げてきた。

「わたしが幸せになるしかないのよ。あんたにはわたしの幸せを自分の幸せと感じて貰うしかないの。全く不公平よね。でも、世界は不公平なの。わたしたちは不公平な世界の犠牲者なの。しかも、あんたはわたしよりもっと犠牲を強いられる。だけど、わたしはあんたと代わってあげることはできない。わたしができるのは、自分が精一杯幸せになって、あんたにそれを自分の幸せと感じて貰うことだけ」

「そんな自分勝手な……」

「じゃあ、あんたはわたしに自分と同じぐらい不幸になって欲しいの？　そうしたら、あんたは少しは幸せになれるの？」

「そんなことは言ってない」

「じゃあ、あんたはわたしにどうなって欲しいの？　自分は何をしたいの？」

わたしは姉にどうなって欲しいのか？　自分がどうなりたいのか？

そう考えたことはなかった。

物心ついてしばらくすると、自分たちが人と違うことに気付いた。

だが、それをどうこうすることは思い付かなかった。

自分と姉は随分違った。そして、二人とも、それ以外の人とはもっと違っていた。

最初は単なる違いだと思っていた。それが不幸だとは気付いていなかったのだ。

両親は言った。

おまえたちは人と違う。だけど、それには、それ以上の意味はない。ただ、違うのだと。

そして、その言葉が優しい嘘だということに気付くのに、それほど時間は掛からなかった。

両親は悩み抜いた挙句、瑠璃を人目に曝(さら)さないことに決めた。人前に出るのは姉の沙羅だけだった。

どうして、わたしはいつも隠れていなければならないの？

瑠璃は両親に尋ねた。

いつか隠れなくてもよくなればいいね。だけど、今は隠れているんだ。

いつになったら、隠れなくてもよくなるの？

そうだね。もうすぐかもしれないね。

明日なの？　明日になったら、もう隠れなくてもいいの？

ごめんね、瑠璃。お父さんたちにもわからないんだ。

そうして、年月は流れた。

瑠璃はずっと隠れていた。そして、もう隠れなくてもよくなることは永遠に来ないだろうことにも気付いた。

いや。そんなはずはない。わたしが隠れるのを止めようと決心さえすれば、人生はきっと好転する。

時々、瑠璃はそんなふうに感じるときがあった。その一方、一度表に出れば、もう二度と取り返しがつかなくなることもわかっていた。

自分だけならいい。もしわたしが表に出たら、沙羅の人生までも変えてしまう。

沙羅にはまだチャンスがある。いや。それも確実ではない。ただ、瑠璃よりは望みがあるだろうことは予想がついた。だったら、少しでも望みのある沙羅のために、自分は隠れ続けていた方がいいのだろうかとも思う。

瑠璃の気持ちは日々移ろい、一つところには決して留まらなかった。

そして、ついにその時がきた。

今日、沙羅は菟仲が沙羅の部屋にやってくると言った。両親が留守の今日が絶好のチャンスだと言った。

「でも、わたしがいるわ」

「そうあんたはいるわ。でも、いつでもいるんだから、仕方がない」

「仕方がないの?」

「そう仕方がない」

「本当はいて欲しくないということ?」

「もちろんよ。あんただって、いたくないでしょ」

そうわたしはいたくなんかなかった。だけど、いるしかないのだ。

「あんたはここにいる。だけど、絶対にばれずに隠れていてね」

チャイムが鳴った。

「あの人が来たわ。うまく頼むわよ。絶対にばれないでね」

「この部屋、散らかっているから驚いた？」沙羅が尋ねた。

「いいや。綺麗だよ。全然、そんなことないよ。あっ。そんなことないっていうのは、散らかってないってことだよ」菟仲は慌てて付け加えた。

沙羅はうふふと笑った。

「ところで、ご両親は留守なのかい？」

「ええ。そうよ。言わなかった」

「言わなかったよ。いや。言ったのかもしれないけど、僕は聞いてなかった」

「両親がいないとまずいかしら？」

「いや。全然まずくはない。まずくはないけど、なんとなく落ち着かないというか」

「ずっと立ちっぱなしのつもり？」沙羅はベッドに腰掛けた。

どこで、こんなかけひきを覚えたのかしら、と瑠璃は思った。

でも、考えてみれば、瑠璃だってこのぐらいの作戦は思い付きそうだ。沙羅が思い付いても不思議じゃないのかもしれない。

「いや。僕は机の前に座ろうかな」菟仲は机の方に行こうとした。

「そこじゃ遠いわ」沙羅は菟仲の手を引いた。

菟仲はよろけるようにして、沙羅の隣に座った。

瑠璃には、よろけたのか、よろけるふりをしたのか判断できなかった。隠れ場所からはよく見えなかったということもある。

沙羅は菟仲の手からゆっくりと撫でるように滑らせながら手を離した。

菟仲は黙ってじっと沙羅の手の動きを見ていた。

沈黙が流れる。

今なのかしら？　今から始まるの？　瑠璃は思った。

「ええと。ご両親は何時頃帰ってくるのかな？」沈黙に耐えきれず、菟仲が言った。

これでいったんリセットね。

瑠璃の口元が綻んだ。

「えっ？」菟仲が言った。

「何？」沙羅が言った。

「君、今笑った？」

瑠璃ははっとした。

そんなはずはない。わたしの声は届かないはずなのに。

「わからない。ひょっとしたら、無意識のうちに笑ったかもしれないけど、何？」沙羅は気付かないようにわたしの顔を押さえた。

お仕置きのつもり？　わたしは声なんか出してないのに。

「いや。別にどうでもいいんだけど、なんだか誰かが笑った様な気がしたんだ」

「声が聞こえた？」

「いや。声とかじゃなくて、気配というか、雰囲気というか……」

「気配？」

「いや。ごめん。何だか気味の悪い事言っちゃったかな？」

「そうね。なんだか怖くなっちゃったわ」沙羅は菟仲の腕を掴んだ。

沙羅の顔と菟仲の顔がぐっと近付く。

嫌。

瑠璃は嫌悪感を覚えた。

自分が見ている前で、沙羅にでれでれとする菟仲に少し幻滅した。そして、すぐに彼は瑠璃の存在を知る由もないのだと思い直す。

さっき、沈黙を破ったのが失敗だと学習したのか、今度はじっと黙ったままだった。

二人は見つめ合い、徐々に顔が近付いていく。

瑠璃は歯を食いしばった。

さっきのように気配で悟られてはいけない。

「ん？」菟仲はまた何かを感じたようだった。

沙羅は菟仲の頭を掴んで引き寄せた。

どさりと、二人は倒れ込む。

そして、二人の姿は瑠璃から見えなくなった。

縺れ合う音だけが聞こえる。

菟仲の肘らしきものが瑠璃の顔に触れた。

瑠璃は身動きがとれなかった。

大丈夫。変な動きさえしなければ、気付かれないはず。肘は鈍感で物の形なんかわからないから。

沙羅と菟仲はもぞもぞと動いていた。

瑠璃からは見えないが、きっと接吻しているんだろうと思った。

瑠璃はできるだけ何も考えないようにした。目を閉じ、頭の中で好きな音楽を奏でる。伝わってくる音や動きは無視する。

「駄目」沙羅が言った。

「ごめん」

「いや。そうじゃないの服は脱がさないでっていうこと」

「でも、服を脱がないと」

「手術の跡があるの」

「ごめん。悪いことを訊いちゃったかな？」

「いいのよ。わたしこそごめんなさい」

二人の動きが早急になったときも、沙羅の身体がびくりとして動きが止まったときも、また単調な動きを始めたときも、静かになったときも、はあはあと呼吸をしているときも、瑠璃は何も気付かなかったと自分を騙し続けていた。

だが、気付くと、瑠璃の目からは止めどもなく涙が流れ続けていた。

瑠璃は唇から血が出るほど強く噛み続けた。

「綺麗だったよ」菟仲は囁くように言った。

「本当に素敵だった」沙羅はうっとりとして言った。

幸せなの？　お姉ちゃんは幸せなの。大好きな彼との最初の営みを妹に見られていて幸せなの？　そして、わたしはそれを自分の幸せだと思わないといけないの？

「何か食べていく？」沙羅は服を直しながら立ち上がった。

「うん。軽いものでもいただこうかな？」

部屋を出ようとしたとき、菟仲は立ち止まった。

「どうしたの？」沙羅は尋ねた。

「なんでもない。ただ……」

「ただ？」

「誰かが泣いているような気がして……」

23

「今日はいったい何ですか？」燦——葦土健介の未亡人——は三膳に言った。「できれば、この場所には来たくないんです」

「申し訳ありません」三膳は言った。「今日はですね。八つ頭さんから報告があるとのことで、集まっていただきました」

「報告って何ですか？　ひょっとして、主人を殺害した犯人がわかったんですか？」

「いや。それについては、わたしの方ではちょっとわかり兼ねるのですが」

「はあっ⁉」燦は露骨に不快そうな顔をした。「どういうことですの？」

「いや。だからですね。ここに集まるようにと言ったのは、八つ頭さんでして……」

「しかし、我々はあなたから呼ばれたんですよ」猪俣が言った。「仕事が忙しいというのに、警察から呼ばれたから来たんです。それなのに、あなたが我々を集めた理由がわからないというのはどういうことですか？」

「いや。わたしの意志で皆様に集まっていただいた訳ではなく、あくまで八つ頭さんの呼び掛けを皆さんにお伝えしただけということでして……」

「ちょっと待ってください」山中が言った。「あなたは刑事でしょ？」

「はい」

「刑事に呼び出されることはつまり警察に呼び出されるということだ」

「いや。今回は捜査の一環という事ではなくてですね……」

「警察に呼ばれたのだから、出頭しなくてはならない。誰だってそう思います。世間の常識です」

「今日は警察官として、皆さんをお呼びした訳ではないのです」

「それはめちゃくちゃだな。あなたは刑事なんだから、警察の仕事以外で召集をかけるのなら、ちゃんとこれは警察の案件ではないと明言して貰わないと、区別が付かないじゃないですか」

「いや。それほど、厳密な話ではなくてですね」

「そもそも刑事が一介の探偵のために便宜を図るというのはどういうことですか？」

「その……彼女はですね。事件の被害者でもありまして。犯人についての重要な手掛かりが見付かったと、そういう事を言ってきたということもありまして……」

「じゃあ、やっぱり警察の案件じゃないですか」

「いや。そこは杓子定規にどちらかに決め付けなくても……」

「まあいいじゃないか」有狩が言った。「警察だろうと探偵だろうと関係ない。わたしは事件が解決すれば、それでいいんだ。それよりも今は彼女と別件で話がしたいんだが」

有狩が容認発言をしたためか、山中は引き下がった。

「わたしはなんで呼ばれたんですか？」衣笠良子が発言した。「わたしは事件にはいっさい関係がないんですが」

「専門家の一人として、呼んでおいてくれとのことでした」

「その女は誰？」滝川麗美が指差したのは、石崎笑里だった。

「わたしはゾンビイーターの笑里さ」

一同はざわざわとした。

「なぜ呼ばれたの？」麗美が尋ねた。

「さあね。こっちが訊きたいぐらいだよ」

「そもそも、どうして八つ頭さんはここにいないの？」燦が尋ねた。

「わたしはここにいるわ」八つ頭が入り口から入ってきた。

すぐ後に優斗も付いてきた。

「そいつは？」有狩が尋ねた。

「俺は彼女のアシス……」優斗が口を開いた。

「身内よ」瑠璃は断言した。

「身内ねぇ」麗美が笑った。

「それで事件に進展はあったのか？」

瑠璃は頷いた。

「何がわかったんだ」

「誰が犯人かということよ」

「でかした！」有狩が叫んだ。「まさか、これほど早く解決するとは。報酬を弾まなきゃならないな」

「それはありがとう」

「それで、犯人は誰なんだ？」

「それについては今から説明するわ」

「説明はいいから、名前を挙げろ」

「先に名前を挙げると、煩わしいことが起きる可能性があるの」

「どういうことだ？」

「その人物が犯人であることはゆっくりと説明しなければわからない。でも、先に名前を出したら、その人物はわたしが説明することを妨害するかもしれない。まあ、邪魔されても説明自体の正しさには変わりがないのだけれど、それって時間が掛かって面倒じゃない？」

「つまり、この中に犯人がいるって言ってるのか？」

「そういうことになるわね」

その場の全員が互いに顔を見合わせた。

「誰？　誰が主人を殺したの？」燦がヒステリックに言った。

「それを今からゆっくりと説明するって言ってるのよ」瑠璃がいなした。

「犯人が誰だかわかってるなら、そいつを今すぐ捕まえればいいじゃないか」有狩が言った。

「だから、わたしが根拠を挙げて説明しないと、誰も捕まえることはできないということよ」

「そんな込み入った説明なのか？」

「説明自体は単純よ。だけど、順を追って説明する必要があるの。みんなの知識レベルもばらばらだし」

「この中で、自分が一番頭がいいと思ってるんですか？」猪俣が言った。

「知能レベルじゃなくて、知識レベルと言ったのよ。それとあなたの質問に対する答えは『わからない』よ。ここの全員の知能レベルを調べる訳にもいかないし」

「とにかく、説明を始めてくれないか？」三膳が咳払いをした。「目の前に殺人犯人が野放しになっている状態というのは、どうも落ち着かない」

「わかったわ。ええと、まず重要な概念として、『パーシャルゾンビ』があるわ。パーシャルゾンビは過去に研究されたことがある。そうでしょ、衣笠さん？」

「ええ。十年程前に、この八つ頭さんのご両親が研究していたみたいね。論文がいくつか出ているけど、それほど成功しているとは思えなかった」

良子はパーシャルゾンビがどんなものかを一通り説明した。

研究者とゾンビイーター以外の人間は顔を顰めながら聞いていた。

「そんな不気味なものを研究して、何の得があるの？」燦が尋ねた。

「医療分野で、大きな使い道があるわ。ゾンビ臓器は生体臓器や人工臓器に代わる臓器移植のスタンダードになりえるのよ」

「でも、死んだままの臓器を身体に残しておくなんて……」

「あんたは毎日、死んだ動物や植物を食べてない？」

「食事は誰でもすることだから不安はないわ」

「じゃあ、安心して。十年後には誰でも、ゾンビ臓器を使うようになるから」

「そろそろ本題に戻ったら？」麗美が言った。

「わたしの両親はパーシャルゾンビの研究をしていた。猪俣さん、どこでしていたか、ご存知？」

「うちの研究所です」

誰もそれほど驚かなかった。

「実験の進展状況はどうだった？」

「まあ、たいしたことはなかったですね。物凄い数の動物実験を繰り返していましたが、パーシャルゾンビ——部分的遺体活性化現象は滅多に起きなかったし、起きてもすぐに全体的活性化遺体になってました。その状態で安定化させることはできなかったようです」

「人間での成功例はどう？」

「都市伝説の話ですか？」

「いいえ。事実だけを教えて」

「わたしの知る限りの範囲ではありませんね。そもそも動物で成功していない技術をいきなり人間に使うことはあり得ないでしょう」

有狩と麗美はちらりと瑠璃の方を見た。

「もし、人間に応用されたとしたら、どういう状況が想定できる？」

「まずあり得ないですが、突発的な事故で、致命傷を受けた人がいたような場合だとしたら、緊急措置として、施術するかもしれません。ただ、そんな緊急時に処置できる設備を手配できるかは疑問ですが」

「十二年前、そのような事故が起きたのよ」瑠璃は言った。

「そのような記録は残っていません」

「その事故と処置のことを知っていたのは、極一部の人間だった。そして、その処置が行われた直後、わたしの両親は殺害された」

「わたしはお二人が失踪したと聞いています」

『もしわたしたちからの連絡が途絶えたら殺されたと思え』という伝言を受け取っているのよ」

「だからと言って、実際に殺害されたとは限らないでしょう。狂言かもしれませんし」

「あなたがそう思いたいなら、そう思って頂戴。でも、わたしは両親が殺されたと確信しているわ」

「根拠はないんでしょ？」山中が言った。

「ええ。でも、それが問題かしら？」

「証拠がなければ殺人事件は立証できない」

「ああ。それなら、気にしないで。わたしは両親の殺害を直接立証するつもりはないから。あくまで直接的には、今回の犯人を指摘するだけなので」

「それで、あなたはわたしたちに都市伝説を語るために呼んだの？」燦が尋ねた。

「都市伝説？」

「ええ。パーシャルゾンビがいたといっても、何の証拠もない。だとしたら、ただの都市伝説よ」

「石崎さん、あなたから説明してあげて。パーシャルゾンビは実在すると」

笑里はしばらく沈黙した後、ぽつりぽつりと語り出した。「わたしたちは特別な嗅覚で、ゾンビを探り当てるんだ」

「そりゃ、やつらは臭いからな」有狩が言った。

「ゾンビの臭いは老廃物によるものが殆どさ。だから、街の浮浪者や風呂嫌いの一般人も似たような臭いを出しているし、逆に収容施設で定期的に消臭ケアを受けているゾンビは殆ど臭わない」

「そんなことは知ってる。しかし、おまえたちが食うのは野良ゾンビだろ。わざわざ消臭ケアをする酔狂なやつはいないだろう」

「どういう理由かわからないけど、そんな消臭ゾンビは時々いるんだよ」笑里は続けた。

「だけど、わたしたちはそんな消臭ゾンビでもちゃんと嗅ぎ分けられる」

「微妙な臭いがするのか？」

「『嗅ぎ分ける』という言葉を使ったけど、実際には嗅いでいる訳じゃない。何か言葉では説明できないものを感じ取るんだ」

「これまた、証明のできないざっくりとした話だな。だいたい、動きを見れば、ゾンビかどうかなんて一目瞭然だろ」

「わたしも以前はそう思っていた。だけど、見掛けはまるで人間だけど、ゾンビの『臭い』を持つ人間に出会ってから考えを変えたんだ」

「それって、おまえたちの仲間なんじゃないか？」

「こうしてる今だって、おまえは相当ゾンビ臭いぞ」

「それはゾンビの体液を浴びているからさ」

「浴びているだけじゃなくて、食ってるだろ」

「ああ。わたしたちは自分たちが臭いのは知ってる。だけど、そういう本当の臭いのことじゃないと、さっき言っただろ」

「はいはい。そいつら——ゾンビ臭い一般人がパーシャルゾンビだと言いたいんだな」

「やっと通じたね」

「ちょっと待ってくれ。おまえたちはどうして、そいつらがパーシャルゾンビだと思うんだ？　特異体質の一般人かもしれないだろう」

「彼らはパーシャルゾンビだった」笑里は無表情のまま言った。「彼らは自我を持っていた。わたしが彼らを食べている間もずっと」

「この人、殺人を犯したって自己申告してるわ」麗美が三膳に言った。

「えっ？　そうなのか？」

「わたしは彼女に罪はないと思う」瑠璃は言った。「パーシャルゾンビなんて存在誰も想定していなかったんだもの。絶対に、想定する事のできない出来事に対して、罪を問うなんてことはできないわ」

「そうかしら？　仮に千年に一度しか起こらない災害であっても、それへの対策をとっておかないことは罪になると思うわ」麗美は言った。

「それとこれとは次元が違う話よ。千年に一度の災害だとわかっている時点で、想定はできているのよ。ただ、確率的に考慮するに当たらないと判断したってこと。その判断が正しいかどうかは知らないけど、パーシャルゾンビの存在はそれとは全然違う。そんなものが存在すると考える根拠が全くなかったのだから、彼女の中では確率はゼロだったはず」

「それはあくまであなたの判断でしょ」

「そうね。実際は裁判をしてみるまではなんとも言えないわ。でも、そもそも誰が裁判を起こすの？」瑠璃は続けた。「だいたいここにいる人たちの中でも、まだパーシャルゾンビの存在を信じていない人もいるんじゃないかしら？」

「当たり前よ」燦が言った。「そんなこと簡単に信じられる訳ないじゃない。どうせ、いつまでも調査が進展しないから、その女を金で雇って、適当な話をでっち上げてるんじゃないの？」

「パーシャルゾンビの存在は単なる前提条件に過ぎないのよ、奥さん」瑠璃は言った。「パーシャルゾンビが実在することについては、あとでゆっくり証拠を見せてあげるから、今は一応納得したという体裁で話を進めていいかしら？」

「あくまで仮に納得したということよ」

「それで結構。さて、次に葦土さんが殺害された理由について説明するわ。彼はパーシャルゾンビについての研究をしていた」

「嘘よ。そんな話、聞いたことがない」

「これは葦士さんの実験データよ」瑠璃はプリントアウトを取り出した。「見る人が見れば、これがパーシャルゾンビの実験データだということはすぐにわかるわ」

「何でこのデータを持ち出したんですか⁉」猪俣が叫んだ。「執行役員、わたしは関与していません。この女が勝手に持ち出したんです！」

「ちょっと見せて」良子はプリントアウトを取り上げると、まじまじと眺めた。

「困ります」猪俣が慌てた。

「本物だとしたら、面白いわ。もちろん、データだけでは証拠にならないけどね」良子が言った。「データは簡単に捏造できるから」

「その通り。だから、とりあえずこれも本物だと仮定して話を聞いて」

「仮定に仮定を積み上げていっても、真実には到達しないわよ」

「それもわかってる。とにかく話を聞いて」

「どうぞ、続けて」

「葦士さんが殺害されたあの晩、彼はパーシャルゾンビの研究について発表しようとしていた」

「それも仮定か？」山中が言った。

「いいえ。でも、それについても、いまから説明するわ。まず事実から整理しましょう。パーティーの途中、葦土さんは姿を消した。そして、その直後叫び声がした。みんなは彼の控え室に向かい、ノックをしたが返事はない。その代わり、ばたんばたんというゾンビが無意識に動き回る様な音がした。ここまでは正しいわね？」

三膳がメモを見た。「その通りだ。細かい点はいろいろ抜けているが……」

「細かいことはいいのよ。それから、あなたがたはドアを抉じ開けたのね。叫び声からどのぐらい後？」

「だいたい一、二分かな？」有狩が言った。

「葦土さんの様子は？」

「ゾンビ化していた。つまり、その時点ではすでに殺害されていたということだ」

「そこは重要ね。三膳警部、葦土氏のゾンビに何かおかしいところはあった？」

「君が指摘したように、両手に酷い防御創があったことぐらいだ。死因は喉の切創による失血死。腹に銃創があったが、これは出血の具合からして、死亡後のものだ」

「銃創は有狩執行役員の発砲によるものよ」麗美が言った。「わたしの他に何人も目撃していたわ」

「その時点ではすでにゾンビだったのは明白だったから発砲した」有狩は言った。

「腹の銃創に関しては、議論の余地はないわ。問題は喉の切創の方よ」瑠璃は続けた。

「可能性としては、自殺、他殺、事故があると思うけど、警察の結論は？」

「それに関しては、問題がある」三膳が答えた。「この部屋は当時密室だったんだ。窓もドアも内側から鍵が掛けてあり、外側からは開かないようになっていた」

「トリックの可能性はない？」

「どの鍵にも不審な点はなかった。そして、床、壁、天井にも仕掛けは存在していない。単純な物理的な密室だ。他殺の線は考えられない」

「じゃあ、自殺か、事故？」

「ところが、自殺だとすると、八つ頭さんの発見した防御創の問題がある。検死によると、手に受けた傷が深過ぎて、自分の喉を掻き切ることは不可能だという結論になった。事故だとしたら、防御創ができるのはおかしいし、そもそも部屋の中に刃物がないのがおかしい」

「葦土さんが犯人に喉を切られてから、自力で鍵を掛けた可能性はない？」

「喉の傷から考えて、ほぼ即死に近い状態だったと考えられる。それにあの手の傷では、鍵はかけられないし、ドアや窓が血で汚れていないとおかしい」

「さて、今の話から思い付くキーワードは何かしら？」

誰も発言しない。

「はい。猪俣さん」

「さあ」猪俣は肩を竦めた。「トリック殺人？」

「惜しい！　他には？」瑠璃は挙手を促す動作をしたが、誰も反応しなかった。

「みんな、わからないの？　じゃあ、竹下君」

「俺かよ！」優斗は本当に驚いたようだった。「聞いてないよ」

「答えが出るのを待ってたら、面倒じゃない」

「俺が答えたら、やらせみたいだろ」

「やらせでOKよ。とにかく話を進めたいの」

「じゃあ……密室殺人」

「正解！　これはつまり密室殺人ということになるわ」

「そんなことは最初からわかってるわ」燦が言った。

「いいえ。わかっていると思い込んでいるだけ。起きたことを時系列で考えてみて、そうすればこの事件の本質が見えてくるから。また、竹下君に答えて貰ってもいいけど、同じ人ばかりじゃつまらないから、三膳刑事、どうぞ」

「ええっ？　俺か？　ええと……。葦土氏が控え室に入る。葦土氏、死亡。葦土氏、ゾンビ化。有狩氏と何人かの人々が密室を破る。ゾンビ逃亡。こんな感じかな？」

「密室の完成はどのタイミング？」

「それは……」

「どうしたの？」

「それはわからない。死亡の前かもしれないし、後かもしれない」

「そうね。密室化のタイミングはわからないわ。だから、ここはいっそ逆転の発想で、密室化した時点を基準に考えてみたらどうかしら？」

「どういう意味だ？」

「①葦土氏が控え室に入る。②控え室が密室になる。③密室が破られる。④葦土氏に発砲。⑤葦土氏、逃亡。⑥葦土氏、発見」

「④とか⑥とか必要か？」

「必要かどうかは後で考えればいいわ。葦土氏死亡をどのタイミングに入れたら合理的な説明ができるかしら？」

「合理的な説明は無理だね。入るとしても、①と②の間か、②と③の間なので、理屈に合わなくなる」

「そう。理屈に合わない。こういう時はどうすればいいかしら？」瑠璃は一同にまた挙手を促した。

部屋の中は静まり返った。

「はい。竹下君」

「また、俺かよ」

「さあ。早く答えて」

「君の考えたシナリオ通りの答えでいいのか？」

「シナリオって何のことかしら？」

「いや。昨日の晩、説明してくれたじゃないか」

瑠璃は咳払いをした。「とにかく答えを言って」

「消去法だよ。可能性の中からあり得ないものを排除していけば、残ったものの中に正解があることになる。それがどんなに信じ難い結論であっても」

「その通り。この場合、『①と②の間』『②と③の間』は密室での殺人となるので、辻褄が合わなくなる」

「しかし、それ以外の可能性はもっとないんじゃないの？」燦が言った。

「そうかしら？　順番に考えてみて。まず、『①葦土氏が控え室に入る』の前に殺されていたという可能性は？」

「それはあり得ない」有狩が言った。「部屋に向かう姿は大勢に目撃されているが、ゾンビだと思った人間は一人もいない。それに、部屋に入る時点でゾンビだったら、鍵を掛けることは不可能だ」

「そう。①以前はあり得ない。では、『③密室が破られる』と『④葦土氏に発砲』の間はどう？」

「扉を開けたときにはすでにゾンビだった。そもそもその時点で殺害されたなら、大勢目撃者がいるはずだ」

瑠璃は頷いた。「同じ理由で、『④葦土氏に発砲』と『⑤葦土氏、逃亡』の間に殺害された可能性もないわね」

「こんな茶番劇に意味があるの？」燦が言った。「どのタイミングでも不可能なものは不可能よ」

「現に、殺人が行われているんだから、決して不可能ではないわ」瑠璃は坦々と話を続けた。「『⑥葦土氏、発見』の後で死亡した可能性はあるかしら？」

「どういうつもりで言ってるのかわからないが、複数の警官によって発見された後はそのまま検死に至るまで、ずっと誰かに見られている状態だった。だから、あり得ない。……あれ？　⑤と⑥の間についての検証はしなくて……」

「という訳で、消去法により、葦土氏が殺害されたのは、『⑤葦土氏、逃亡』と『⑥葦土氏、発見』の間と確定したわ」

「何を言ってるんだ？　めちゃくちゃだ！」山中が怒鳴った。「単に、⑤と⑥の間の可能性を検証しなかっただけじゃないか！　そんなのは消去法でもなんでもない。恣意的にどの可能性でも当て嵌(は)めることができる！」

「そんなに言うのなら、⑤と⑥の間の可能性を検証してみるわ。この間、葦土氏は密室にもいなかったし、誰の監視下にもなかった。だからこの間に殺されたと考えても矛盾は……」

「ちょっと待ってください。⑤の段階で、葦土さんはすでに死亡していたんですから、さらに殺すことなんてできませんよ」猪俣が言った。

「本当に?」瑠璃は猪俣の目を睨んだ。

「ちょ、ちょ、ちょっと何ですか? わたしが何かしましたか?」

「あなた、あのとき、現場にいたかしら?」

「いましたよ。目立たなかったかもしれないけど、ちゃんといました」

「あなた、葦土さんの死亡を確認したの?」

「確認は、警察の検視の方がちゃんと……」

「それは⑥の後でしょ。葦土氏が逃亡する前に、死亡を確認したのかと聞いているの」

「それはわたしだけじゃなくて、目撃者全員が確認しています」

「どんな方法で確認したの?」

「見ればわかります。あれはゾンビの動きでした」

猪俣はもう「活性化遺体」と主張することを諦めたようで、「ゾンビ」と言い切っていた。

「それって、酔っ払いの動きと変わりないわよね?」

「何がおっしゃりたいんですか?」

「見た目じゃ、ゾンビかそうじゃないかなんて、わからないということよ」

「だって、……そうだ。目だ」

「目がどうかしたの？」

「あのとき、葦土主幹研究員の目は白濁していました。これはゾンビの特徴です」

瑠璃と優斗を除くその場にいた全員が頷いた。

「だから何？」

「何って、目が白濁していたら、ゾンビに決まってるじゃないですか」

瑠璃は両目を押さえた。「じゃあ、これを見てどう思う？」

瑠璃は顔から手を離した。

彼女の目は白濁していた。

「わっ！」猪俣は仰け反った。

「悪趣味ね。ゾンビ変装用のコンタクトでしょ」麗美が言った。

「そんなことどうでもいいわ。あなたはわたしをゾンビだと思う？」

「思わないわ」

「葦土さんがゾンビ変装用コンタクトをしていなかったという証拠はあるのかしら？」

「それは検死で確かめているんじゃないかしら？」

「検死のときには本物のゾンビになっていたんだから、コンタクトの必要はないわ」

「つまり、犯人が葦土主幹研究員の目からコンタクトをとりはずしたってこと？」

「そうなるわね」

「つまり、犯人は葦土研究員がゾンビの真似事という悪ふざけをすると知っていたということ？」

「葦土さんが悪ふざけのつもりだったかどうかはわからないけどね」

「悪ふざけよ。もし、ゾンビの真似をしていたとしたら。だって、ゾンビの格好をする合理的な理由なんてないもの」

「ゾンビの格好をしていたという可能性は認めるのね？」

「馬鹿じゃない？　そんな可能性は微塵もないわ」

「どうしてそう言い切れるの？」

「山中君、言ってやって。わたしはあまりに馬鹿馬鹿しくて、これ以上付き合う気力がなくなったわ。もう帰っていい？」

「もちろん、駄目です。これから、犯人についての説明をするのですから」瑠璃は言った。

「八つ頭さん、もういいんじゃないか？」山中が言った。「君の論理は完全に破綻している。何かの時間稼ぎをしているつもりなのか？」

「わたしの論理には一分の隙もないわ。それを納得して貰うために、一段階ずつ懇切丁寧に説明しているのよ」

「残念だが、これほど大きな穴を見逃しているとは君の論理能力を疑わざるを得ないね」

「大きな穴？」

「論理の穴だ。比喩的な意味で。しかし、物理的な穴でもある」

「何のことを言ってるの？」

「有狩執行役員は葦土主幹研究員に発砲したんだ。腹部に穴が開いた。もし、彼がその時点で生きていたなら、彼を殺したのは有狩執行役員だったことになる。だが、幸運にも葦土主幹研究員はその時点で死亡していた。おっと、失礼しました、奥様。『幸運』と言ったのは言葉の綾です。……とにかく、彼は無罪だ」

「どうして、そう言い切れるの？」

「生きている人間が死亡したら、いったん倒れるからだ。ゾンビ化するには最低でも一分かそこらかかる」

「もし、葦土氏が腹部への発砲を受けても、死ななかったとしたら？」

「防弾チョッキを着ていたとか、服の下に鏡を持っていたとかいうあれか？　残念ながら、腹部への発砲は強力だった。完全に穴が開いて、内部の組織が飛び出していた。もし生きていたら、確実に死亡したはずだ」

「それ以外にも、死んでいなかった可能性があるわ」

「どんな可能性だ？　もしそんな可能性があるのなら、今すぐ証明して見せたまえ」

「ええ、いいわ」突然、瑠璃は胸をはだけた。

「わっ！　何をする!?」

その場にいる全員が仰け反った。

「今すぐ証明しろというから……」

「どうして、君の胸を曝すことが証明になるんだ？」

「ここを見て」瑠璃は自分の胸を指差した。

「君がただの変態だということはわかったから、すぐに止めろ」

「わたしはただの変態ではないし、止める気はないわ」

「ただの変態ではなく、特殊な変態ということか？　刑事さん、公然猥褻だ。すぐに逮捕しろ」

「一応、屋内ですし、公然かどうかは簡単に判断できません」

「じゃあ、わたしは帰らせて貰う!!」

「だから、ここを見て」瑠璃はしつこく言った。

「だから、そんな趣味は……」

瑠璃の胸の真ん中あたりにファスナーのようなものが付いていた。

「何だ、それは？　さっきのコンタクトのようなおもちゃか？」

「おもちゃじゃないわ」瑠璃はファスナーを引き下げた。

瑠璃の胸は大きく左右に開き、中身が剝き出しになった。肋骨も左右に開いているため、心臓と肺が観察できた。心臓には何かの装置が取り付けられており、規則正しく脈動している。そして、肺はゆっくりと大きくなったり小さくなったりを繰り返している。

「手品なのか?」山中が言った。

「いいや。本物だ」有狩が言った。「しかし、またなんでファスナーなんだ?」

「縫い付けたり、接着剤で張り付けたりしてもよかったんだけど、ファスナーの方が便利かなって思って、医者に頼んだのよ」

「何に便利だと思ったんだ?」三膳が尋ねた。

「自分がパーシャルゾンビだって証明しなくてはならなくなったときよ」

「そんなときあるのか?」

「今がそれかもね」

「あなたゾンビだったのね!」燦が顔を顰めた。

「その質問には答え辛いわ。まずゾンビの定義をはっきりさせて貰わないと。パーシャルゾンビはゾンビに入るのかどうか」瑠璃が胸の中身を見せたまま、燦に近付いた。

「汚い!!」燦は反射的に避けた。

「汚くはないわ。ちゃんと滅菌処理はしてあるし、表面を樹脂でコートしてあるから、臭いもしないはずよ」

「あんた、パーシャルゾンビだったんだ」笑里が舌なめずりをした。

「あっ。食べないでね」

「知り合いを食べたりしないよ」

「でも、今舌なめずりしたよな？」優斗が言った。

「いいや。そんなこと……」笑里は舌なめずりをした。「……してるか。まあ、これは条件反射みたいなものさ。でも、最初に出会ったとき、あんたをゾンビだと思って襲い掛かってしまった理由がわかったよ」

「こんな化け物に調査を依頼してたなんて……。有狩さん、すぐに依頼を撤回してください」

「なぜ？」有狩が尋ねた。

「だって、この人、まともじゃないわ」

「君、まともじゃないのか？」有狩は瑠璃に尋ねた。

「その場合の『まとも』の定義がわからないので、答えようがないわ」

「別にいいんじゃないですか？」三膳が言った。

「どうして、この人、人間じゃないのよ！」

「今時、身体の一部が機械だったり、豚の臓器だったりする人はごまんといるんですから、身体の一部が死んでるからといって、人間じゃないとは言えませんよ」

「わたし、帰らせて貰います」

「帰るの？　勿体ない。もうすぐ葦土さん殺しの犯人がわかるのに」

燦は立ち止まった。「本当に？」

「さっきからずっとそう言っているつもりだけど」

「そう言っているのは聞いているけど、いっこうに犯人はわからず、そのグロテスクなあんたの身体を見せられただけよ」

「これは仕方ないのよ。いくら口でパーシャルゾンビの存在を説明しても、あんたたちは信じないでしょ。こうやって実物を見せるのが一番説得力があるの」

「パーシャルゾンビが実在したのは納得しました。だからって、それが何だと言うんですか？」猪俣が尋ねた。

「だから、これが『葦土氏が腹部への発砲を受けても、死ななかった理由』よ」

「ほう。面白い」山中が言った。「一応辻褄が合っている」

「葦土主幹研究員がパーシャルゾンビだったたって？　あまりに荒唐無稽だわ」麗美が言った。

「でも、そう仮定するとすべてが矛盾なく説明が付くわ。……奥さん、一つ訊いてもいい？」

「何が訊きたいの？」燦は言った。

「最近、旦那さんに変わったところはあった？」

「まあ、主人にはいろいろと変わったことがありましたわ。食事中も上の空で、お茶の中に醤油(しょうゆ)を入れたり……」

「旦那さんの変人ぶりを訊いているのではなく、ここ最近の変化を訊いているの。習慣が変わったり、異臭がしたりとかなかった？」

「ここ何年か、あまり家に帰らず、研究室で寝泊まりしていたので、気付いたことはないわ。ただ、長年の持病だった肝臓疾患がよくなったような気がするわ」

「どういうこと？」

「以前は、家に帰ったら、必ず肝臓の不調のことを愚痴っていたのに、ここ半年程、そういうことがなくなったわ」

「それだけの根拠で、葦土主幹研究員がパーシャルゾンビだとは言えないわ」麗美が言った。

「ええ。もちろん、奥さんの証言は傍証に過ぎない。証明はすでに済んでいるから」

「済んでいる？　どういうこと？」

「もし葦土さんがパーシャルゾンビでなかったら、密室殺人のトリックが説明できないからよ。証明終わり」

「ちょっと待ってくれ。君の論理展開についていけないんだが」有狩が言った。

「これほど、嚙み砕いて説明したのに、わからないの？　胸まで見せてあげたのに？」

「それで思い出した。そろそろ胸を隠したら、どうだろう？　パーシャルゾンビについては全員が納得しているから」三膳が言った。

「そうね」瑠璃はファスナーを上げた。

「胸の中身を隠すだけじゃなくて、外面も隠してくれないか？」

「ああ。そういうことね」瑠璃は服のボタンを留めた。「それで、説明のどこがわからないの？」

「いや。葦土氏がパーシャルゾンビだったと考えれば矛盾はないという理屈は理解できるんだ。だが、葦土氏がパーシャルゾンビだというのはあまりに突飛過ぎて受け入れられないんだよ」有狩が言った。

「わたしは納得したよ」笑里が言った。「どんなに奇妙でも、それでないと説明できないというのなら、それが真実なのさ」

「君はそもそも部外者だ」有狩が言った。「葦土君をよく知る我々からすると、いきなりそんな話をされても信じ難いのだ。そもそも、彼はどうしてパーシャルゾンビになったというんだ？」

「簡単なことじゃない。実験のためよ」

「自らを実験台にしたというのか？」

「マッドサイエンティストなら、不思議じゃないわ。現に両親はわたしをパーシャルゾンビにした」

「好奇心で娘を怪物にしたというの？」麗美が言った。

「そうね」瑠璃は考え込んだ。「少なくとも好奇心が理由じゃないわ。わたしは元々怪物だったし」

「彼にはそこまでの探究心はなかったと思う。むしろ意志は弱い方だった」

「意志が弱いってことは、他人から強制されたら、断りきれないということもあるんじゃない？」

「な、何が言いたいの？」

「この事件の犯人の名前よ。だが、そこに辿り着くにはまだまだ説明が必要なの」瑠璃は続けた。「じゃあ、わたしの仮説にしたがって、いったい何が起こったのか、整理していくわね。まず葦土さんは最初からパーシャルゾンビだったとする。ゾンビ化している部分は少なくとも腹部を含んでいたはずよ。で、何食わぬ顔でパーティーに参加する。よきタイミングを見計らって、自分に用意された控え室に入る。……ここまではいい？」

「ええ。今のところ、その仮説で矛盾点はないわ」

「で、控え室に入った葦土さんはゾンビコンタクトを装着したのよ」

「何のために？」燦が言った。

「それについては、後で考える。今は単にゾンビコンタクトを装着したと仮定して」

「とりあえずね。なぜかは後でちゃんと説明して」

「ゾンビコンタクトは凝ったものだった。薄暗がりで見る限り、本物ではないと疑う要素は全くなかった」

「どうして、そんなことがわかるの？ 単なる推測でしょ？」

「推測ではないわ。現に誰も気付かなかったじゃない」

「気付くとか気付かないとか、あくまで主人がパーシャルゾンビだったという前提で話してるのね」

「ええ、もちろんよ。現にそうだったんだから。……さて、葦土さんはゾンビの扮装になると、ドアの内側から鍵を掛けた」

「どうして、そんなことを？」三膳が尋ねた。

「簡単に部屋の中に入られないようにでしょうね。ああ。理由なら後で説明するから。それから、みんな、いちいち細かいところで、突っ込みを入れていたら、永久に犯人の名前に到達しないわよ」

「わかった。しばらく、彼女の説明を静かに聞くことにしようじゃないか」有狩が言った。「皆が苛立っているのは、部屋の温度が高いからかもしれない。空調を調整するからちょっと待ってくれ」有狩は壁のボタンを操作し始めた。

「そして、ドアの鍵を掛け終わった時点で、葦土氏は悲鳴を上げたの。人々は慌てて、控え室の前に集まる。だけど、ドアは開かない。当然よね。内側から鍵が掛けてあるから。葦土氏は廊下にいる人々に聞こえるように、ばたんばたんとゾンビが立てるような不規則な音を立てた。廊下にいる人たちは当然、葦土氏に何かあった、最悪死亡してゾンビ化したと考えた。だから、ドアを抉じ開ける道具ともしものための武器を用意した。そして、ついにドアは抉じ開けられた。葦土氏はここぞとばかりにゾンビの演技をする。そして、本物のゾンビであると誤認され、腹部に発砲される。葦土氏の腹部はゾンビ化しているため、生命に支障はない。そして、そのまま追い払われるように、屋敷から出ていく」

「物凄い数の突っ込み所があるんだが、訊いてはいかんのだな？」山中が言った。

「もう少し我慢して」瑠璃は冷たく言い放った。「屋敷では、警察を呼ぶ大騒ぎになった。その頃、葦土氏は屋敷の外のどこかで、何者かと落ち合ったのよ。そして、その人物は葦土氏の背広を脱がせ、刃物で喉を掻き切った。両手の防衛創はそのときにできたものだと推定できるわ。喉の部分がゾンビでなかった葦土氏はそのまま絶命し、全身ゾンビ化して街を徘徊しているところを警察に見付かって、保護された。もちろん、この時点では全身がゾンビ化していたため、パーシャルゾンビであったという証拠は残らなかった。以上があの晩、実際に起こったと考えられることよ」

「おかしい」笑里が言った。

「ああ。細かい突っ込み所はたくさんある」山中は苦々しげに言った。

「そうじゃない。今の話には致命的におかしなところがある」

「その通り。あなたは正しいわ」瑠璃は言った。

「なんだ、わたしたちとゲームをしているつもりなんですか？」猪俣が言った。

「ゲーム？」

「矛盾がないなんて言って、結局矛盾のある話をするなんて、単なるゲームではないですか？」

「いいえ。その『致命的におかしいところ』が重要なのよ。おかしいけれど、矛盾はしていない。説明はただ一つしかあり得ないから」

「何のことを言ってるんだ？」三膳が言った。

「わたしの口からではなく、笑里さんから言って貰った方がいいんじゃない？　その方がより客観的だわ」

「石崎笑里さん、いったい何がおかしいんですか？」

「今の話だと、葦土氏はなんらかの目的で密室で殺されたように自作自演したことになる」

「確かに、それは動機の点でおかしい」山中が言った。

「そうじゃない。わたしは葦土氏に会ったことがない。だから、動機のことはわからない」笑里は少し震えていた。

「動機じゃないとしたら、何なんだ？」

「自作自演をした後、葦土氏はここことは別の場所で、犯人に殺された。そうだろ」

「ええ。そうよ」瑠璃は頷いた。

「その犯人は葦土氏の自作自演のことを知っていたということになる。なぜなら、ゾンビをわざわざ殺すような人間はいない」

「おまえたちはどうなんだ？」有狩は言った。

「この街にゾンビイーターはいない。もしいても、ゾンビイーターなら、食べているはずさ。……わたしがやったように」笑里はがたがたとあからさまに震え出した。「ゾンビの喉を掻き切る行為は無意味。そんなことをするはずがない。それに、わざわざ背広を脱がせているのは、背広を着たまま喉を切ったら、背広が血塗れになってしまい、最初に密室で見付かった時に背広に血が付いていなかったという目撃情報と食い違ってしまうことを防ぐため。つまり、犯人は葦土氏の自作自演を含めて、すべてを知っていたことになる」

「それは犯人と葦土氏が知り合いだということだな」三膳が言った。「しかし、それだけの材料で、犯人を絞るのは難しいな」

「違う。そこは『致命的におかしいところ』じゃない」

「じゃあ、何がおかしいんだ？」

「あの晩、ここでおかしなことが起きた。それが起きるためには、ここに犯人がいなくてはならなかった」

「ちょっと待ってくれ。あの晩、ここに犯人がいたということなのか？」

「まあ、矛盾はしないな」有狩は言った。「葦土君がここから逃亡してから、戻ってくるまでの時間は、殆どの人間にアリバイがないんじゃないか？」

「それは盲点でした」三膳が言った。「その観点からもう一度、アリバイを確認するか……」

「それは無駄なんじゃないかしら？」瑠璃が言った。「犯人は周到に計画している。アリバイのない人間が何人も出て、絞りきれなくなる可能性が高いわ」

「じゃあ、結局、犯人には到達できないってことか？」

「いや。犯人が誰かはわかる」笑里が言った。「すぐにここを出たい……」

「おぞましいゾンビイーターが何をめそめそしているの？」燦が不愉快そうに言った。

「犯人が確定できるのか？」三膳が尋ねた。

笑里は頷いた。

「誰なんだ？」

笑里は有狩を指差した。

「完全に濡れ衣だな」有狩は言った。

人々はゆっくりと有狩から離れた。

「何の根拠もない」有狩は繰り返した。

「有狩さん、とにかくその場で動かないでください」三膳は言った。

「なぜ、有狩さんが犯人だと思うんだ？」

「有狩さんは葦土氏を撃ったんだろ？」笑里は言った。

「だから、ゾンビを撃っても殺人にはならないんだ。仮に、その探偵のいう事が正しいとしても、わたしの撃った弾は致命傷になっていないんだから、やはり何の罪もない」有狩は無罪を主張した。

「葦土氏はゾンビの真似をした時点で、誰かに撃たれる可能性があったことは理解していたはずよ」瑠璃は言った。

「そうだろうな」

「そして、あなたは葦土氏を撃った」

「馬鹿馬鹿しい！　君のいう通り、葦土がパーシャルゾンビだったとしても、わたしは葦土の目論見通り、あいつを撃っただけだ」

「葦土氏はそんな賭けはできなかったはずよ」

「何を言ってるんだ？　さっき、君は、葦土は撃たれる可能性を理解していた、と言ったばかりではないか！」

「そう。撃たれる可能性は理解していた。そして、ゾンビ化していない場所を撃たれた場合、致命傷になることも理解していたはずよ。脳は生身のはずだし、喉の殺傷が死因になっていることから、喉も生身だったはず。もし、腹部ではなく、頭部や喉を撃たれたら、そのまま死亡する可能性があった。それなのに、銃を突きつけられても、葦土氏はゾンビの芝居を続けた。なぜだと思う？」

「さあ？」

「腹部を撃たれることを知っていたからよ。つまり、あなたが葦土氏の腹部に発砲することは、打ち合わせ済みだったということになる」

「面白い考えだ。だが、それがどうしたんだ？　君の推測が当たっていたとしても、わたしは葦土の思惑通りの行動をしただけだ。どうして、犯人になるんだ？」

「そのこと自体、あなたの策略だったから。あなたは葦土氏に『ゾンビ化した腹部を撃っから命に別状はない』と納得させ、あなたのアリバイ工作のための演技をさせたのよ」

「仮にわたしが葦土君との打ち合わせ通りに彼の腹部を撃ったとして、どうしてそのことがわたしが犯人だという証拠になるんだ？」

「あなたの行動が不自然だからよ。葦土氏がパーシャルゾンビだと知っていたとしたら、なぜ彼が逃走した後、警察を呼ぶのを黙って見ていたの？　そして、連れてこられた葦土氏がゾンビ化していることを知って、驚いた様子を見せなかったの？」瑠璃は有狩を指差した。「なぜ？」

有狩は無言で瑠璃を睨み付けた。

「理由は一つ」瑠璃は続けた。「自分のアリバイ工作のために、葦土氏の腹部を撃ったからよ。腹部を撃つことによって、動きが止まらない葦土氏をみんながゾンビだと思い込んだ。このことにより、葦土氏は部屋に入ってから死亡したことになり、あなたのアリバイは成立する。ただ、誤算もあった。葦土氏が窓の鍵まで内側から掛けてしまったことは想定外だった。彼のその行為により、単なる殺人事件が密室殺人になってしまった。警察やわたしはその点について、疑念を持ち、それがトリックの解明に結びついたのよ」

沈黙が流れた。

そして、有狩は大声で笑い出した。「全くたいした想像力だよ。葦土君がパーシャルゾンビだったというのはすべて八つ頭探偵の妄想だ。密室殺人にはきっと我々が気付いていないトリックがあるんだろう。葦土はあの部屋で殺された。これだけは間違いない。ええと。三膳刑事、これ以上、茶番に付き合う理由はないので、帰らせて貰うよ。それから、八つ頭君、君との契約は破棄させて貰う」

「帰るのは、少し待ってください」三膳は言った。

「何だ？　君までわたしを疑うと言うのか？」

「彼女の説明が終わるまで待ってください。あなたが無実だというのなら、そのぐらい待ってもばちは当たらないでしょう」

「わたしは暇じゃないんだよ」

「あと一分かそこらで終わるわ」瑠璃は言った。

「何だと？」有狩は瑠璃を睨み付けた。

「問題の焦点は一つ。葦士氏はいつ殺されたか、つまり、いつ喉を切られたかでしょ」

「それは部屋を抉じ開ける前だ。何度蒸し返せば済むんだ？」

「もし、部屋を抉じ開けた時点で葦士氏の喉が切られていたなら、みんなが血を目撃しているはずよ」

「ああ。血はあった。わたしは見た」

「あなた以外の証言はないわ」

「それは背広を着ていたからだ。喉を切られた後に、誰かに背広を着せられたんだろう」

「何のためにそんなことを？」

「さあな。犯人に訊いてくれ。おおかた殺害の証拠の発見を少しでも遅らせるためだろう」

「いいえ。服に流血の跡がないと、喉を切られて死んだという事実と矛盾するため、工作しやすいようによ。密室から出てきたときに背広を着せておき、喉を切るときに背広を脱がせれば、背広に血が付いていない理由をでっち上げられるから」

「残念ながら、それもおまえの妄想だ。それとも、どこかの防犯カメラにその様子が映っていたのか？」

「もちろん、あなたは防犯カメラに映るようなミスを犯さなかった。だけど、大きなミスを起こさないことに気を使い過ぎて、小さなミスを見逃してしまったのよ」

「はったりだ」

「三膳刑事、葦土氏の背広はちゃんと保管してあるわね？」

「もちろんだ」

「外側に血が付いてないのは、不自然でないとして、もし内側に血が付いていなかったら、殺されてから一度も背広を着ていないことになる」

「何を言ってるんだ？　ちゃんと内側にも血は付いていたぞ」

「ええ。わたしの記憶では銃弾で開いた穴の周囲に血痕はあった。だけど、葦土氏のシャツは血で真っ赤だったのよ。血塗れのシャツの上に背広を着たなら、背広の内側も血塗れになるはず。猟銃の血痕がはっきりとわかるはずがないのよ。背広の内側が血塗れでないということは、殺されてから一度も背広を着ていないことになる。つまり、密室から出て逃亡していた時には生きていたということよ」

三膳は携帯を取り出し、電話を掛けようとした。

「動くな」有狩は静かに言った。手には拳銃が握られ、三膳を狙っていた。「あとちょっとだったのに、馬鹿な女だ」

「馬鹿なのはあんただと思うけど」瑠璃は言った。

「それじゃあ、やっぱりあなたが主人を殺したの？」燦が言った。

「ああ。でも、後悔はしていないよ。もちろん、葦土君は気の毒だと思ってる。だが、あの時はああするしかなかったんだ」有狩は言った。

「どうしても、やつはパーシャルゾンビの開発に成功したことを発表するって言い出した。だけど、わたしはあの研究成果を他社に売り付ける段取りを進めていたんだ。今、発表されたら、売るに売れなくなってしまう」

「たった、それだけのことで主人を殺したの？」

「たった、それだけのこと？　とんでもない！　その金が手に入れば、一生遊んで暮らせるんだぞ！　あんたにとっては、どうでもいいことかもしれないが、わたしにとっては極めて重要なんだ!!　どうして、こんな簡単なことがわからないんだ!?」有狩は激高した。

「ああ。背広か。あれは気付かなかった。最後の詰めが甘かった。反省してるよ。今度からはもうこんなミスを犯さないように気を付けなくては」

「これだけの人数の前で、犯行が明るみに出てしまったんだ。もう諦めろ」三膳は有狩を説得しようとした。

「これだけの人数？　一、二、三、四、五、六、七、八、九。九人か。そう。たったこれだけの人数で済んで実に幸運だった」

「何を言ってるんだ？」

「わたしはさっき空調の調節をするって言わなかったか？」

「ああ。そんなことを言ってたな。まだ結構暑いが」

「あれは嘘だ」

「嘘？　なんでまたそんな嘘を？」

「雲行きが怪しくなってきたと思ったんでね。準備しておいたんだ。わたしは抜け目がない上に優秀なんだ。小さなミスはちゃんとリカバーできる」

「落ち着くんだ。もう逃げ場はない」

「逃げ場がないのは君たちだ。わたしはこの家の全ての扉をロックした」

「そんなことができるんだ」瑠璃は目を丸くした。

「あの事件の後で取り付けたんだ。警備会社に勧められてね。事件はわたしが仕組んだから、こんな工事に意味はないと思ったんだが、警備に神経質になったように見せた方が自然かなと思ってね。結果的に大正解だったよ」

「そんなことをしても、無駄だ。いつまでもこうして、睨み合っているつもりか？」三膳が言った。

「そんなつもりは毛頭ない」有狩はポケットから金属の箱を取り出した。「これは爆弾だ。

スイッチを入れれば、ここにいる全員が死亡する」

「嘘だ」

「そんな嘘を言っても何の得もないだろう。あんたに呼ばれた時点で、最悪の事態を予測して準備しておいたんだ」

「爆発したら、おまえも死ぬぞ」

「この机は特別製でね。この陰に隠れたら、爆発にだって耐えられる。同じものがわたしの事務室にあったのを覚えているか？」

「だから、あのとき、机の陰に隠れたのか。卑怯者め」

「それは誉め言葉として受け取っておく」

「だが、現状手詰まりだぞ。おまえが机の陰に隠れて、爆弾を放り出す間にいくらでも死角が生じる。これだけの人数を見張ることは不可能だろう」

「その対策は考えてある。滝川君、山中君、それに猪俣君、君たち三人をわたしの助手に任命する」

「馬鹿じゃないの？　どうして、あんたに従う必要があるの？」麗美が言った。

「君たちが従わなければ、今このスイッチを押すからだ」

「今押したらあんたも死ぬのよ」

「もし、このまま逮捕されたら、わたしの人生はお仕舞いだからね。だから、本気でスイッチを押しても構わないんだ。巻き添えを食いたくなかったら、その机の引き出しから手錠を取り出して、他の全員を後ろ手に拘束しろ」

「命令を聞いたら、俺たちは助けてくれるのか？」山中が尋ねた。

「そうだな。考慮しよう」

「嘘だな。自暴自棄になった人間が俺たちを殺さないはずがない」

「じゃあ、試してみるか？」有狩はスイッチに指を掛けた。「俺の言う事を訊かないと、今すぐ全員死ぬ。言う事を訊けば、ひとまずは生き延びられる。生き延びれば、何か奇跡的な幸運が起きて助かるかもしれないぞ。地震が起きて、俺が天井の下敷きになるとか、壁を突き破ってヒーローが助けに来るとか」

山中は唇を噛んだ。「ひとまず、こいつの言う事を聞こう。全員を拘束している間に何かいい考えが浮かぶかもしれない」

「そうだ。彼はなかなか頭が切れるようだ」有狩は爆弾をよく見えるように掲げながら壁際に近付いた。銃は相変わらず三膳に向けている。「全員、わたしの死角に入るな。もし死角に入ったら、その時点でスイッチを押す。よし、滝川君、ゆっくり動いて、机から手錠を取り出せ」

麗美は言われる通りに手錠を取り出した。

「よし。では、まず刑事を後ろ手に拘束しろ。ゆっくりだ」

彼女は手錠を持って、三膳の後ろに回った。

「刑事さん、携帯を捨てて、手を上げて貰えるか?」

「よく聞け。俺の腰に銃がある。それを使って……」三膳が手を上げながら麗美に囁いた。

「撃つぞ!!」有狩が叫んだ。「もう一言も喋るな。できれば、銃は使いたくないんだ。発砲すれば、弾丸やら、銃創やらいろいろと証拠が残ってしまうからな。犯人がみんなを犠牲に自爆してわたしだけが助かった、というシナリオが難しくなってしまう。だが、辻褄合わせは不可能じゃない。これ以上、おまえが喋ったら、即座に殺す」

三膳は黙った。

麗美は三膳を後ろ手に拘束した。

「後ろを向いて手の部分をわたしに見せろ」

三膳は言われる通りにした。

「よし、その男の腰から拳銃をゆっくり抜き取れ、変なことをしたら、二人とも撃ち殺す」

麗美は多少てこずりながらもなんとか拳銃を抜き取った。

「銃口をこちらに向けないようにして、そこの床に置け」

麗美が言われた通りにすると、有狩は拳銃を拾い上げ、自分の銃をポケットにしまった。

「こっちの銃なら、発砲しても、辻褄は合いやすい。犯人が刑事の隙を狙って、銃を奪ったことにすればいい。まあそれでも撃たなくて済めば、それが一番だけどな。さあ、おまえらそこに集まれ」

九人は部屋の隅に集まった。

「よし。三人で手分けして、手錠を掛けろ。できるだけ素早くだ。意図的にゆっくりやっていると俺が感じたら、すぐにそいつを撃つ」

「わたしに手錠は不要よ」瑠璃は言った。

「駄目だ。全員に手錠をする」

「手錠されたら、お仕舞いだわ。あんたは机の陰に隠れて、爆弾を投げる。そして、警察には、この中の一人が突然自爆したとか、適当な話をでっち上げるつもりでしょ」

「その通りだよ、へぼ探偵」

「だったら、手錠なんか掛けさせる訳ないじゃない」

「でも、手錠を掛けなかったら、今すぐ死ぬことになるぞ」

「どうせ、一、二分の差でしょう？　発砲させた方が説明がややこしくなって、あんたを困らせることになるわ」

「そんなに死にたいのなら、今すぐ殺してやる」有狩は瑠璃に銃口を向けた。

「何を考えてるんだ？　やつを刺激するんじゃない」三膳がぎりぎり瑠璃に聞こえるぐらいの声で囁いた。

「一か八かやってみるわ」瑠璃が答えた。

「刑事さん、聞こえているよ。耳はいいんだ。それから、今度勝手に喋ったら、撃ち殺す。おい。山中、探偵に手錠を掛けろ」

「わたしに手錠を掛けないで」瑠璃は繰り返した。

「だったら、死ねよ」

「やめろ！」優斗が瑠璃の前に飛び出した。

だが、瑠璃は優斗を突き飛ばし、さらに前に出た。

優斗は床に俯せに倒れた。

「胴体を狙うと思ったのか？」有狩はにやりと笑った。「悪いな。頭を撃ち抜かせて貰う」有狩は銃口を上げ、引き金を引いた。

瑠璃の額に不規則な形の大きな穴が開いた。

後頭部から脳の組織が噴き出した。

眉の上辺りから頭蓋骨が左右にぱっくりと開き、赤い花のように見えた。

瑠璃はそのまま背後に倒れ、優斗の上に乗った。

優斗は絶叫した。

24

「職場には連れてくるな、と言ったはずだぞ」八つ頭宏は妻の友恵に文句を言った。コーヒーを持って研究室に戻ったときに、娘たちがいるのに気付いたからだ。

「でも、もうこんな時間だし、この辺りは物騒だから二人で帰れなんて言えなかったのよ」友恵は言い訳をした。「今晩、研究所にはわたしたちしかいないんだから、入れてあげてもいいでしょ」

「それは越権行為だぞ。それに、ここでしている研究は極秘事項だ」

「大丈夫よ。実験内容は沙羅たちには見せないから」

「そうは言ってもだ」

二人が言い争っている間に沙羅は実験室内の様子を見て回っていた。

「言ってる側から……」宏は苛立たしそうに言った。「勝手に見てはいかん」

「どうして？　わたし、見聞きしたことを勝手に言いふらしたりしないわ」

「おまえを疑っている訳じゃない。だが、ここにあるデータはある意味危険なのだ。内容を知ることによって、おまえたちに危害が及ぶ可能性がある」

「お父さんたち、そんなに危険な実験をしているの？」

「実験自体は危険じゃない。だが、この研究は人類全体に関わるものなんだ。使い方によっては、破滅への道を開いてしまうが、うまく使えば大いなる進歩と繁栄を生み出すこともできる」

「あなたこそ、ぺらぺらと喋っているじゃない」

「なに、これぐらいなら構わないさ。しかし」宏は周囲を見回した。「今日はどうも嫌な予感がするんだ」

「何を心配しているの？」

「夜に我々だけになるのはまずかったかもしれない。そもそも、こんな時間に何しに来たんだ？」

「沙羅と瑠璃が喧嘩になったらしいの」

「二人の喧嘩はいつものことじゃないか」

「それが……その……」

「何だよ、はっきり言ってくれ」

「あなたには言いにくいことなのよ」

「君には言えるのに？」

「わたしにも言いにくいことだけど、あなたよりはましってことだと思うわ」

「何だよ。僕たち家族に隠し事はなしだ」宏はコーヒーを啜った。「もちろん、大きな隠し事はあるけどね。それは家族の外に対しての話だ。家族内での隠し事はなしだ」

「彼氏のことで喧嘩になったそうよ」

宏はコーヒーを吹き出した。

「ちょっと汚いじゃない」

「誰の彼氏だ？」

「落ち着いて、わたしの彼氏じゃないから」

「当たり前だ。どっちの彼氏かと訊いてるんだ」

「沙羅に決まってるじゃない」

「……まあ、そうだろうな」宏は言ってから気付いた。「いや。そういう意味じゃないんだ、瑠璃」

「気を使わなくていいわ、お父さん」瑠璃は言った。「わたしが恋をするなんてあり得ないことだから」

「それで何が問題なんだ？」

「わたしがいるのに、お姉ちゃんが彼氏と……その……営みを……」

「何だって！　どういうことだ、沙羅!!」

「あなた、落ち着いて、沙羅に恋ができるなんて、あり得ないと思ってたんだから、むしろ喜ぶべきだわ」

「しかし、この子たちはまだ未成年だ」

「もう大人よ」友恵が言った。

「そうか」宏はがっくりと肩を落とした。「しかしだ。沙羅もデリカシーがない。妹の前でそんなことを……」

「じゃあ、どうすればいいの？」沙羅は尋ねた。「一生、恋をするなってこと？」

「そんなことは言ってない。ただ、瑠璃のことも考えてやってくれということだ」

「瑠璃に恋は無理だわ」

「いや。だからこそ……」

「お父さんは綺麗ごとを言っているんだわ」沙羅は涙ぐんだ。「このままだとわたしも一生恋なんてできない。まして結婚なんて夢のまた夢だわ」

「じゃあ、どうすればいいんだ？」

「なぜわたしたちを生かしたの？」

「何を言ってるんだ？」

「お父さんたちはわたしたちを生かすことを選択したんでしょ」

「選択などしていない」

「でも、何もしなかったら、わたしたちは……」

「お父さんとお母さんにはおまえたちを生き延びさせる技術があった。だから、命を助けたのだ。選択など何一つしていない。命は選択できないし、するべきでもない」

「それが不幸を呼んだとしても？」

「不幸？」

「お父さんはわたしたちが幸福だと思っているの!?」

宏は何も言えなくなって、俯いた。

ぱちりと平手打ちの音が鳴り響いた。友恵が沙羅の頬を叩いたのだ。

「沙羅、お父さんにお謝りなさい！」

「どうして、わたしが謝らなければならないの？　被害者なのに」

「じゃあ、どうすればよかったというの？　瑠璃を摘出すればよかったの？」

「友恵！　それは……」宏は友恵を制した。

「それが本音？」沙羅が言った。

「……違う。そういう意味じゃない」友恵は狼狽えた。

「いいの。わたしは気にしていないから」瑠璃は言った。

沙羅は瑠璃の額に手を当てた。「わたしたちは一つなの。そう思うの。そう思えば、わたしの幸せは瑠璃の幸せになる」

「沙羅、もう止めなさい」友恵は言った。「お父さんを苦しめたいの？」

「どうして？　わたしたちはずっと苦しみ続けてきた。二十年近くも。お父さんやお母さんも少しは苦しめばいいんだわ」

「わたしたちが苦しんでいないとでも思っているの？」

「もう。放っておいて」沙羅は二人から離れた。

後を追おうとする友恵を宏は制した。「今はそっとしておくんだ」

「でも、あの子は誤解しているわ」

「僕たちにあの子たちは救えない。自分たちで乗り越えるしかないんだ」

友恵は宏の話を聞いていなかった。警報機盤の表示に気付いたのだ。

「侵入者がいるわ。警告ランプが七つも灯っている」

「待ってくれ。じゃあ、どうして警報がならないんだ？」

「誰かが回路を切ったのよ」

「外部への通報は？」

「確認しないとわからないけど、たぶん切られているわ」

「わかった。すぐ警察に連絡しよう。みんなこの部屋から絶対に出ないように……」

何かが擦れる音がした。

二人は音の方を見た。

携帯電話ぐらいの大きさの物体が床を滑っていた。おそらくドアの下の隙間から滑り込んできたのだろう。

「危ない！　逃げろ!!」宏は沙羅に叫んだ。

沙羅は硬直している。

宏と友恵は沙羅に駆け寄ろうとした。

沙羅は両手で腹部を守る体制を取り、そのまま蹲ろうとした。

閃光が走った。

だが、煙も炎も出ず、音も小さかった。

「不発だ」宏の口から安堵の言葉が漏れた。

だが、沙羅はそのまま倒れ込んだ。胸と背中から大量の出血をしていた。

沙羅は目を見開いて、二人を見た。

「大丈夫だ。掠り傷だ」宏は倒れ込むようにして、沙羅の手を握った。

「瑠璃は大丈夫？」沙羅は尋ねた。

瑠璃は目を瞑っていたが、外傷はなかった。

「意識はないようだが、おそらく大丈夫だ」

「瑠璃を助けて」

「ああ。もちろんだ」

「どちらか一人なら、瑠璃を助けて」

「何を言ってるんだ？」

どちらか一人だけを助けることなどあり得ない。宏は沙羅の意識が混濁しているのだと判断した。

「この子はずっとわたしの陰で生きてきたのだから、命はこの子にあげて。わたしは瑠璃が苦しまなくていいように、この子の心を凍らせようと思った。でも、それは無理だった。

瑠璃の心は温かいままだった。わたしはこの子が幸せならいいの。ねえ約束して」

「ああ。わかった。約束する。すぐ救急車が来る。頑張るんだ」

とにかく今は安心させることだ。

「ありがと……」目を見開いたまま沙羅の動きが止まった。

「沙羅！」宏は沙羅の頰を叩いた。

反応はない。

宏が心音を確認すると同時に、友恵は呼吸と首の脈を確認した。

「心肺停止しているわ。瑠璃の状態はどう？」

「瑠璃も反応はない」

「ＡＥＤを持ってくるわ」友恵は走り出した。

まだ、爆弾犯が近くにいるかもしれないが、そんなことを心配している暇はなかった。

宏は沙羅に心臓マッサージを施した。

反応はない。

友恵がＡＥＤを持ってきた。

服を脱がすと、何かが沙羅の心臓の付近を貫いたらしき傷があった。

「これは……」

「心臓に穴が開いている可能性があるわ。まず穴を防がないと、心臓を動かしても大量出血するだけかもしれないわ」

「心臓を手術している余裕はない。すでに心肺停止から二分経過している」宏はＡＥＤをセットした。「離れて」

沙羅の身体がぽんと跳ね上がった。

「駄目だわ。動かない」

「もう一度だ」

沙羅の身体は跳ね上がったが、心臓が動き始める気配はなかった。

「心臓の状況を確認したいわ」

「いいだろう。切開だ」

友恵は実験道具置き場からメスを持ってくると、沙羅の胸をいっきに切り開いた。

「心臓に大きな損傷があるわ」友恵は医療用ステープラーで傷を閉じた。「ＡＥＤのパッドを直接心臓に当てて」

沙羅の身体がぽんと跳ね上がった。

「駄目だ。まだ動かない。もう三分経つ」

「こうなったら、部分的に活性化させるしかないわ」

「この子たちをゾンビにしようというのか？」

「逆よ。ゾンビにしないために処置をするのよ」

「しかし、人間ではまだ一例も成功していない」

「考えている時間はないわ。何もしなければ、あと何分かでこの子たちは死ぬのよ」

「わかった。まず手術室に運ぼう」

「そんな時間はないわ。今ここで処置をするのよ」

「床の上で？」

「ええ。床の上で処置をするわ。滅菌処理をしている暇はないから、器具は水洗いで……いえ。もうそのまま使うわ」

「まず、血管の処置を行う。大動脈と大静脈は直接心筋と結合していないので、後回しでいい。問題は冠状動脈と冠状静脈だ。ゾンビ化が進行しないように大動脈・大静脈との間にフィルタを挿入する必要がある」

「フィルタを挿入している時間はないわ。単純に切り離して、大動脈側と大静脈側をステープルで止血するわ。接合手術は部分的活性化が成功してからでも遅くない」

「大雑把過ぎないか？」

「今は早さを優先すべきだわ」

宏は消毒も洗いもせずに素手で処置を開始した。胸腔内に溜まった血は手で掬って、床にぶちまける。額から垂れた汗がぼたぼたと剝き出しの心臓に掛かるが、気にしている余裕はなかった。

「血管の応急処置は終わった」

「次は患部のゾンビウイルス濃度を上げる必要があるけど、このプロセスは省略するわ。もう時間がない」

「プロセスを端折って大丈夫だろうか？」

「生きている人体内にもある程度ゾンビウイルスが存在するわ。成功確率は下がるけど、今はこれでいくしかないわ」

「了解だ。あとは組織の壊死化だ」

「では、まず免疫停止剤を筋組織に打ち込んで」

「どの辺りがいいだろう？」

「検討している時間はないわ。均等になるように適当に五、六本打ち込んでちょうだい」

「よし。完了した」

「では、電極を取り付けて」

宏は心臓に直接電極を取り付ける。「心肺停止から何分経った？」

「五分は過ぎているわ」

「まずいな」

「すぐに取りかかりましょう」

「電流値は百ミリアンペアでいいだろうか？」

「わからない。任せるわ」

宏は躊躇した。もし電流値が低すぎると、壊死が起こらず、ゾンビ化も起こらない。心肺停止は解消せず、不可逆的な脳死に至ってしまう。逆に高過ぎると、細胞自体が崩壊し、その場合もゾンビ化は起こらない。

しかし、悩んでいる間に、どんどん時間が過ぎ去っていく。

「百ミリアンペアで問題はないはずだ」宏は自分に言い聞かせるように言うと、スイッチを入れた。

低いノイズのような音が聞こえ、微かに蒸気が立ち昇った。

電流値が大き過ぎたか？

「バイタルの状態は？」宏は尋ねた。

「変化なし」

失敗か？

いや。落ち着くんだ。何かミスをしたんだ。もう一度作業を繰り返すしかない。

くそっ！　今から作業をやり直して、心臓が動き出したとしても、もう脳死は免れられないだろう。

宏は血塗れの手で、頭を掻きむしった。

「あなた、落ち着いて」友恵が言った。

「ああ。一か八かだったんだ。うまくいかなくて元々なのは理解している。でも、そう簡単に割り切れるもんじゃない」

「そうじゃないの」友恵は宏の肩を揺すった。「動いているの」

「えっ？」

「心臓がとてもゆっくりだけど、動いている。血流も復活している。身体中の組織に血液を運んでいるわ」

「肺はどうだ？　呼吸はしているのか？」

「呼吸はしていない。人工呼吸を開始するわ」友恵は人工呼吸を開始した。

胸を切り開いているので、空気を送り込むたびに肺が規則正しく膨らむのが肉眼で確認できた。

友恵は人工呼吸を中断し、様子を見た。

「自発呼吸の兆候はない」宏は言った。「しかし、心臓が動いているんだから、人工呼吸器に繋げば、生きられるはずだ」

「待って」友恵が沙羅の肺の下辺りを指差した。「横隔膜が微かに痙攣しているように見えない？」

「冷静になるんだ。バイタルなら、測定器で確認できる」宏は数値を読み取ろうとした。

沙羅が咳をした。それは微かで、弱々しかったが、確かに咳だった。

沙羅は続けて、こんこんと咳をした。少し血が混じっている。

「肺は動いている。とても浅いけど、自発呼吸をしているわ」

「沙羅？　大丈夫か？」宏は呼び掛けた。

呼吸を再開したということは脳幹部は生きているということだ。大脳皮質も生きている可能性がある。

「呼吸はしているけど、反応はないわ」

「沙羅は生きている。このまま呼び掛け続けるんだ」

「沙羅！　沙羅！」二人は呼び続けた。

宏はいつの間にか沙羅が目を瞑っているのに気付いた。反射的に目を閉じたとしたら、いい兆候だ。

友恵は瞳孔の様子を確認するために、瞼（まぶた）を上げた。

友恵は悲鳴を上げた。

沙羅の目は白濁していた。

「そんな……。血流が復活したのに……」宏はバイタルを確認した。

「ゾンビ化してしまったの？」

「いや。違う」宏はバイタルの数値を見ながら言った。「部分的にゾンビにはなっているが、全身じゃない」

「わたしたちどうしたの？」瑠璃が言った。

「瑠璃！　気付いたのか？」

「まあ、なんてこと！」友恵が叫んだ。「こんなことがあるなんて！」

「爆弾の破片がお前たちの胸に刺さったんだ」宏は言った。

「助かったの？」瑠璃は尋ねた。

「なんと言っていいのか……」

「お姉ちゃんは？　お姉ちゃんはどうなったの？」

「沙羅は……まだ、意識がない」

「お姉ちゃん、大丈夫よね？」

「はっきりしたことは言えないが……」

「沙羅はたぶん無理よ」友恵が言った。「もう目が白濁している」

「じゃあ、もうゾンビになったの？」瑠璃の顔は恐怖に歪(ゆが)んだ。

「どう言っていいのか、不思議な状態よ。心肺停止してから、十分近く経っていたから、脳死になっていてもおかしくはない。ただ、自発呼吸しているけど、まだ脳幹部が生きているからなのか、すでにその部分がゾンビ化したからなのかはわからない」

「脳が完全にゾンビ化したのなら、ゾンビとして行動するはずだ。脳死にはなったが、免疫系が生きているので、ゾンビ化が抑えられている状態だと考えられる」

「つまり、パーシャルゾンビになったってこと？」友恵が尋ねた。

「その通りだ」

「パーシャルゾンビは不安定だと言ってたわね？」

「いままでの実験結果では、そうだ」

「だったら、もうわたしたちは助からないのね」瑠璃は目を瞑った。

「いや。おまえは助かる。わたしは沙羅と約束したんだ」

「お姉ちゃんと？」

命はこの子にあげて、わたしはこの子が幸せならいいの。

「沙羅は自分よりおまえの命を優先しろと言った」

「嘘だわ」

「嘘ではない」

「わたしも聞いたわ」友恵が言った。

「でも、お姉ちゃんは自分の幸せだけを考えて、わたしをないがしろにした」

「それはそれ以外に道がなかったからよ」友恵が言った。「自分が幸せなふりをするしかなかった。自分が形だけでも幸せになればあなたを守ることができる」

「信じられないわ」

「沙羅とあなたは一つなのよ。だから、沙羅だけが幸せになることはできない。恋人や夫にあなたのことを隠し続けることはできない。そのとき、沙羅が傷付かずに済むことは奇跡に近いでしょう。でも、沙羅はそんなリスクを敢えてとったのよ。自分が傷付いても、あなたがたとえ錯覚でも幸せと感じくれるならそれでいいと思ったから。もしそうしなかったら、姉妹で傷を嘗め合う一生になってしまう」

「嘘だわ」瑠璃の目から涙が溢れ出した。

「わたしが幸せになるしかないのよ。あんたにはわたしの幸せを自分の幸せと感じて貰うしかないの」

「わたしたちは不公平な世界の犠牲者なの」

「だけど、わたしはあんたと代わってあげることはできない。わたしができるのは、自分が精一杯幸せになって、あんたにそれを自分の幸せと感じて貰うことだけ」

姉は悪役に徹していたのだ。自分の幸福だけを目指す悪役になることによって、わたしを最悪の場所から遠ざけたのだ。もしそうしなければ、わたしは自分のせいで姉まで不幸に巻き込んだと思い、自分自身を責め続けただろう。わたしが腫瘍として摘出されていたら、姉は全うな人生を送れたかもしれないのだから。

だが、姉はそれを望まなかった。妹であるわたしと一つの体を共有することによって、二人で一人分の幸せを得ようとしたのだ。自分は一人前の人間なのだから、わたしの存在など重荷でも何でもないと示してくれたのだ。姉はわたしを切り捨てる可能性など考えもしなかったのだ。

「お姉ちゃん……」瑠璃は沙羅に呼び掛けた。

「今から、沙羅を……瑠璃を病院に運ぶわ。大丈夫。あそこの院長は古くからの友人で秘密は守ってくれる。あなたたちを取り上げたのも、あの病院だったの……」

25

「畜生！　殺してやる‼」優斗は絶叫した。

有狩の銃は優斗を狙った。

次の瞬間、三膳が優斗に体当たりし、頭突きを食らわせた。

優斗は転倒し、脳震盪を起こしたのか、床の上でもがいていた。

「こいつはもう動けない。撃たないでくれ」

「ふむ」有狩は考え込んだ。「撃つか撃たないか、どっちの方が説明しやすいかだな」

「全員が拘束されていたら、辻褄が合わないだろう。女探偵が犯人だということにして、この男が撃った途端に、彼女が爆弾のスイッチを入れたということにしろ」

「確かに、その方が辻褄が合う。その案を採用させて貰うことにする」

「三膳、余計なことを……」優斗は呟いた。

「死に急ぐな。最後の瞬間まで諦めるな。あいつが隙を見せるのを待つんだ」三膳は優斗の耳元で囁いた。

有狩が助手に選んだ三人と優斗以外は全員拘束された。

「猪俣、山中と滝川を拘束しろ」

二人の拘束が終わると、有狩は猪俣を呼び寄せ、拘束した。

「ちょっと待ってくれ。机の位置を微調整するから。たまたま俺が机の陰に逃げ込んだということで、不自然にならない位置にいないといけないんでね」

有狩は人質たちとの距離が遠すぎず、近過ぎずの場所に、机を運んだ。

「ええと。後は爆発させるだけだな。だが、急いてはことを仕損ずる。「そうそう。何か見落としはないか、もう一度考えてみよう」有狩はわざとらしく腕組みをした。「そうそう。探偵の死体がわたしの背後にあるのは不自然だ。机の前に運び出そう」彼は振り向いた。

そこには、頭部がぐちゃぐちゃになり、大量の血を噴き出した瑠璃が立ち上がっていた。

「わっ！」有狩は驚きのあまり、その場に尻餅を付いた。

瑠璃は近付くと、有狩の顎に蹴りを入れた。

有狩の手から爆弾が離れ、床の上を滑った。

次の瞬間、優斗は跳ね起きると、有狩の手から銃を取り上げ、そのまま腕に体重を掛け、圧し折った。

有狩は絶叫した。

「なんだ。動けるんじゃない」瑠璃が言った。

全員が瑠璃の姿に目が釘付けになっていた。

「三膳刑事の頭突きに威力がなかったんだ」優斗が呆然と答えた。

「違う。違う」三膳が我に返って否定した。「わざと弱くぶつかったんだよ。ちゃんとわかって、ダメージを受けたふりをしていたと思ってたよ」

「動けないふりをして、隙を窺ってたんだ。だけど、君の方が遥かに意外性があった」優斗が言った。「危険を冒してまで、小芝居なんかするんじゃなかったよ」

「どういうことだ？」有狩は優斗に拘束されながら尋ねた。「脳を破壊すれば、ゾンビ化しても動けないはずなのに」

「わたしはゾンビ化していない。それから、この脳は元々死んでいるの」瑠璃は自分の頭を指差した。

「脳が死んでいる？ つまり、おまえは完全ゾンビなのか？ いや。今、ゾンビ化していないと言ったな。だとしたら、いったいどういうことなのだ？ おまえはただのパーシャルゾンビではないのか？　おまえは何者なのだ？」

「わたしは八つ頭瑠璃。でも、戸籍上わたしは存在しないの。戸籍があるのは、わたしの死んだ姉——八つ頭沙羅の方よ」

「何を言っているのか、全くわからない。おまえの死んだ姉貴が何の関係があるんだ？」

「大ありよ。この身体は元々、姉の沙羅のものだったんだから」

互いに拘束を解く作業に入っていたその場の全員が瑠璃の方を見た。

「それはつまり、一人の身体を二人で共有しているとかそういうこと？」麗美が言った。

「まあ。そういうことかな」

「何？　多重人格とかそういうの？」燦が言った。「多重人格の人は脳を撃たれても大丈夫なの？」

「多重人格？　まあ、一つの身体に人格が複数あるという意味では、多重人格かもね」

「しかし、脳を撃たれても大丈夫なのはどういうことだ？」山中が言った。

「大丈夫じゃないわ。そろそろ出血多量で危ないかも」瑠璃は座り込んだ。

「そういうことではなく、脳がないのにどうして喋ったり、動いたりできるんだ、ということだ」

「ああ。わたしが喋ったり、動いたりできる訳が知りたいのね。答えは簡単よ。わたしには、もう一つ脳があるから」

その場の全員が瑠璃の言葉の意味がわからず、沈黙が流れた。

「百聞は一見に如かず、ね」瑠璃は服を脱ぎ出した。

「胸のファスナーはさっき見たぞ」三膳が言った。

「そうじゃないの。今、わたしが見せたいものはもっと下よ」

「ズボンも脱ぐのか？」

「さすがにそれはないわ。安心して」瑠璃は服を脱ぎ捨てた。「なぜ、わたしが年中露出度の高い服を着ているのか。その理由はこれよ。ぴっちり着込んでいたら、外の様子がよくわからないから」

それは瑠璃の腹部にあった。

大きなケロイドのようではあったが、よく見ると引き攣った赤黒い人間の顔のようにも見えた。もし、それが人間の顔ならば、左右非対称で、右目は殆ど潰れ、斜めになった唇はただれて、鼻は潰れて、一つしかない穴から鼻腔内が丸見えになっていることになる。

「人面瘡？」猪俣が呟くように言った。

「いいえ。そんな妖怪じみたものじゃないわ」瑠璃が喋ると同時に彼女の腹部の人間の顔のようなものの唇も動いた。

「これは何なんだ？」山中は目を見開いた。

「結合双生児って知ってる？」瑠璃が言った。同時に人間の顔のようなものも動く。

「身体の一部が繋(つな)がった双子のことか？」

「そう。わたしたちはとてもアンバランスな結合双生児なの。片方がもう一方に殆ど吸収されている。厳密には結合双生児ではなく、寄生双生児あるいは奇形腫と呼ばれるものに近いわ」

「現代では、簡単に切除できるはずだ」

「そうよ。でも、わたしたちの両親はわたしを切除しなかった。なぜなら、わたしに脳があったから」瑠璃は腹の人面を押さえた。「そうよ。八つ頭瑠璃はこの寄生体の方なのよ」

26

「いったい何が起こったんだ」八つ頭夫妻の友人である医師、一条隆(いちじょうたかし)は運び込まれた沙羅／瑠璃を見て目を見張った。

「爆弾が爆発したんだ。心臓に損傷を受けた」宏は答えた。

「それは見ればわかる。だが、どうして、心臓が動いてるんだ？　ゾンビ化してしまっているのか？」

「心臓はな」

「心臓はな？　まるで、心臓だけがゾンビ化したみたいな言い方だな。……まさか……」

「そう。そのまさかだ」

「自分の娘に人体実験を施したのか?」

「ええ。そうよ」友恵が言った。「そうしなかったら、この子たちは確実に死んでいた」

「しかし、許されることと許されないことがある」

「じゃあ、自分の娘が死んでいくのを黙って見てろっていうの? 助けるための技術があるというのに」

「これが助けることになるのか?」

「ああ。そう考えている」宏が言った。

「十数年前にも、君たちは同じことを言った」

「脳を持って、懸命に生きようとしてるものを腫瘍だとは考えられない。彼女もわたしたちの娘だ」

一条は沙羅/瑠璃の容態を機器で確認した。

「心臓は動いているが、生体の動きではない。だが、それ以外の臓器はダメージを受けているとはいえ、正常に機能しているようだ。確かに、パーシャルゾンビ化していると考えられる」

「まだ不安定だが、安定化できると思う。手伝ってくれないか」宏は言った。

「残念だが、期待には添えない」一条は言った。

「どうしてだ?」

「お嬢さんはすでに亡くなっている。脳幹部は辛うじて機能しているようだが、大脳に活動が見られない。おそらく長時間の酸素不足で、脳細胞の多くが死滅してしまったんだろう。肉体が生きているので、ゾンビ化はしていないが、所謂脳死状態だ。もちろん、君たちが望めば、この状態で肉体のみを生き続けさせることは可能だ。だが、それはお勧めできない。医療資源を無駄に消費する上に、君たちの精神的・経済的な負担が長期間続くことを考慮すると残酷なようだが、終わりにすることを提案したい。彼女の命は失われても、その臓器は別の命を救うことができるんだ」

「彼女は生きているわ」

「脳の死は人の死だ。沙羅ちゃんが生き返ることはありえない」

「沙羅ではなく、瑠璃のことを言っているの。この肉体は瑠璃のものでもあるの」

「何だって？」一条は瑠璃に顔を近付けた。「瑠璃ちゃん、わたしがわかるか？」

「ええ。一条先生」瑠璃が答えた。

「今、彼女は何と言った？」一条は尋ねた。

瑠璃が喋っても、実際には声が出ない。声帯の痕跡はあるが、呼吸器に繋がっていないため、発声できないのだ。だが、両親や沙羅は唇の動きを読み取って、声として「聞く」ことができたのだ。

「君の名前を言った」宏が答えた。

「ちょっと待ってくれ」一条は深呼吸した。「冷静な判断をしなければいけない」

「それは我々も望むところだ」

「沙羅ちゃんは亡くなった。この事実は受け入れられるか？」

「もちろんだ。それは仕方がない」

「わたしたちは手を尽くしたわ。だから、後悔はない」友恵が言った。

「この身体は沙羅ちゃんのものだ」一条が言った。

「それには同意できない」宏が言った。

「この肉体は沙羅のものであると同時に瑠璃のものでもあるわ」

「沙羅ちゃんと瑠璃ちゃんの関係はあまりにアンバランスだ。結合双生児とはとても言えない」

「バランスなど関係ない。瑠璃には脳もあるし、心もある」

「戸籍を持っているのは、沙羅ちゃんだけだ」

「戸籍なんか関係ない。瑠璃には脳もあるし、心もあるわ」

一条は再び深呼吸をした。

「確かに彼女が人間ではないと言い切るだけの根拠はないと思う」

「瑠璃は人間よ」

「しかし、現状、沙羅ちゃんに寄生している状態だ」

「何度言えばわかるの？　瑠璃は沙羅の肉体に寄生しているんじゃないわ。これは瑠璃の肉体でもあるの」

「現時点で、この肉体の中に機能している脳は一つしかない。誰の肉体であるかは明白だ」宏は言った。

「わかった。その主張を認めるとしよう」一条は折れた。「それで、これからどうするつもりなんだ？　法的には、この肉体はゾンビ化していない死体だ。その死体に瑠璃ちゃんを永久に寄生させ続けるつもりなのか？」

「これから話すことをよく聞いて欲しい」宏が言った。「再生医療の第一人者である君の協力が是非とも必要なんだ」

「君たちは、自分たちの娘をさらに実験に使うつもりなのか？」

「わたしたちは娘たちのことを公表するつもりはない。これは功名心や科学的好奇心で行っているのでない。瑠璃を救うためだ」

「何を行えと？」

「僕たちは、彼女の心臓の処置を行う。冠状動脈と大動脈をフィルタを使って接続する。これで、心臓にエネルギーを継続して与えられる。また、ペースメーカーも取り付け、心臓の動きを速くする。これで、彼女は通常の運動ができるようになるだろう」

「通常の運動？　彼女はもう動くことはないんだ」

「その間に、君は彼女の体細胞からiPS細胞を作り、神経線維を作製して欲しい」宏は一条の言葉を無視するかのように話を続けた。

「神経系の損傷は見受けられないようだが？」

「神経の修復に使うのではない、新たな神経回路を形成するんだ。瑠璃の脳は脊椎のすぐ裏側にあるので、頸椎(けいつい)あたりまでは脊椎に沿わせた樹脂チューブのようなもので誘導すればいいと思う」

一条は最初宏の言葉が理解できなかったようで、ぼんやりとしていたが、やがてはっと気付いたように大声を出した。「そんなことができるはずがない！」

「いや。可能だよ。瑠璃と沙羅の細胞は全く同一なので、拒絶反応は起こらない」

「君たちは瑠璃ちゃんに沙羅ちゃんの肉体を乗っ取らせるつもりなのか？」

「君は沙羅はすでに死んでいると言った」

「ああ」

「そして、その肉体は別の命を救うことができるとも言った」

「ああ」

「瑠璃はその別の命なんだ」

「そのような手術は行われたことがない」

「もちろんだ。そして、今後も行われることはないだろう。このような症例は彼女たち以外に知らない」

「君はわたしをフランケンシュタイン博士にしようとしているのか？」

「瑠璃は怪物ではない。瑠璃は姉の死によって肉体を得ることができるのだ。これは沙羅からの最後のプレゼントなのだ」

一条は目を瞑り、三度目の深呼吸をした。

そして、目を開けたときには決心が付いていた。

27

「そうやって、わたしは身体を手に入れることができた」病室で、瑠璃は言った。「それまで、わたしには顔しかなかったから、全身を操れるようになるまでは一年以上の時間が必要だった」

「正直、生まれて二十年近く、肉体を持たなかった彼女に肉体を操ることは不可能じゃないかと思っていたんだ」一条は言った。「だが、彼女はやり遂げた。十五か月後には走れるまでになっていたんだ」

「そして、その頃、わたしの両親は失踪したの。大量のデータと共に」瑠璃は言った。

「わたしには戸籍はなかったけど、全く困ることはなかった。沙羅の戸籍をそのまま使い続けたから。それに、沙羅の知り合いに会っても、困ることは何一つなかったの。わたしはずっと沙羅と一緒に生活していたから、沙羅のことを何もかも知っていた」

「偽装コンタクトレンズを作ったのはわたしだ。普通とは反対にゾンビの目を生きている人間のそれに見せかけるものだがね」一条が言った。

「あのときはコンタクトを付けたんじゃなくて、外した訳か」優斗は感心したように言った。「ところで、君は最初から有狩氏を怪しいと思ってたのかい？」

「そこまでの確信はなかったわ。ただ、誰かが両親の研究を盗んだ。そして、おそらく命も奪われたと直感したの。パーシャルゾンビの研究は莫大(ばくだい)な富を生み出す。それは、良心の力が弱い人間なら、二人の人間の命を奪うことを厭(いと)わないぐらいの額だと思われた。わたしはアルティメットメディカル社の社員を疑ったの。二人が何を研究しているかは、社員が一番よく知っているはずだし、同じ設備なら実験の再現も簡単だわ。ただ、二人の失踪後、すぐに研究を発表しては怪しまれるから、ある程度ほとぼりが冷めるのを待つだろうと予想したの。わたしは両親の失踪の理由を知る機会を何年も待ち続けたのよ」

「有狩の邸宅を見張らせたのは？」

「有狩を特に疑っていたのではなく、あそこが新技術の発表会場になっていたからよ。パーシャルゾンビの発表があるなら、あそこだと思ったのよ」

「殺人事件が起こった時点で、パーシャルゾンビ絡みだと気付いてたのか？」

「まさか。この事件の調査を請け負えば、大手を振ってアルティメットメディカル社を調べられると考えたのよ」

「じゃあ、パーシャルゾンビ絡みだと気付いたのはいつだ？」

「車に仕掛けられたときから少しずつ疑い出していたわ。犯人はなぜわたしを殺そうとするのか？　素人探偵をただ優秀だという理由だけで消そうとするのは理屈に合わない。そもそもわたしを優秀だと判断させるような実績は全くなかった。となると、犯人にとって、わたしという存在自体が厄介だったということになる。わたしは苗字を隠さなかったから、犯人には、パーシャルゾンビ研究者の娘だとぴんと来たはずだと考えたの。そして、パーシャルゾンビが刺客として、送り込まれてきたときに、疑念は確信に変わったわ。犯人はパーシャルゾンビの技術——わたしの両親から奪い取った技術を持っている。そして、わたしを邪魔者だと考えていると」

「その時点で、葦土氏が発表しようとしていたのがパーシャルゾンビ技術だと気付いていたのか」

「ええ。ただ、証拠が全くなかったから、敢えて声高に主張しなかったけどね」

「葦土氏の発表内容がわかれば、彼が殺された理由も推測がついた」

「そう。彼がパーシャルゾンビ技術を発表すると都合が悪い人物が犯人だということね。でも、発表することで何がまずいのか？　この技術は将来会社に利益を齎すことはほぼ間違いないし、発表した段階で株は暴騰するだろうから、株主にとってもメリットがあるわ。

この技術を発表して都合が悪いのは、アルティメットメディカル社のライバル会社だということになる。でも、それだといろいろと辻褄が合わなくなってくるの。犯人はすでにパーシャルゾンビの技術を持っている。だったら、葦土氏より先に発表すればいい話でしょ。葦土氏を殺さなければならない理由はないの」

「そんなとき、死んだふりトリックに気付いたんだな」

「葦土氏が死んでゾンビになったふりをしていたとしたら、全ての辻褄が合う。だけど、その場合、彼を猟銃で撃った有狩は全てを知っていたということになる。その瞬間、全てが一つに繋がったの」

ドアが開いて、三膳が病室に入ってきた。

「ちょっと、ノックぐらいしてよ」瑠璃が文句を言った。

「有狩のやつ、漸く全てを吐いたぞ。やはり、君の姉さんや、両親を殺したのも有狩だった。ただ、証拠が殆ど残っていないので、現時点で、立件できるかどうかはわからないが」

「でも、葦土氏殺しについては、有罪になるんでしょ？」

「おそらくは。ただ、実際に判決が出ないと、確実なことは言えないがな」

「証拠がこれだけ揃っていて、殺人未遂の現行犯なのに？」

「だから、おそらく有罪になると言ってるんだ。ただ、裁判には常に不確定な要素があるから」

「なぜ、両親の命を狙ったと言ってた？」優斗が尋ねた。

「瑠璃君の両親が開発したパーシャルゾンビの技術が欲しかったんだと。彼は執行役員の地位を手には入れていたが、もはやこれ以上の出世は見込めないと考えたらしい。彼の上には無数のライバルたちが犇いていて、とても彼が潜り込む余裕はなかったんだ。そこで、彼はパーシャルゾンビの技術を持って他社に移ろうと考えていたんだ。パーシャルゾンビという手土産があれば、受け入れてくれる会社は多いだろう。だが、実際にパーシャルゾンビの研究を行っていたのは八つ頭夫妻だった。有狩は共同研究者ですらなく、単に時またまディスカッションに参加する程度の関与だった。もし勝手にパーシャルゾンビ技術を持ち出したりしたら、彼は犯罪者となってしまう。だが、パーシャルゾンビ技術が喉から手が出る程欲しかった有狩はついに一線を越えてしまったんだ。つまり、八つ頭夫妻を殺害し、パーシャルゾンビ技術を奪おうと決心したんだ。

データさえ手に入れれば、少し時間が経ってから、奪ったデータを元に開発を再開し、すべて自分の手柄にすればいいと考えたんだ。

やつは昔学生運動をしていて、爆発物に関しては、潤沢な知識があったんだ。八つ頭夫妻が二人っきりで実験をしていたときを狙って爆弾を投げ込んだんだろう。やつは形式上夫妻の上司に当たるため、実験データには自由にアクセスできたし、複製も削除も自由だった。有狩は、二人が死んだ後、ゆっくりとデータを盗むつもりだった。

だが、想定外のことが起きた。八つ頭夫妻の娘がたまたま研究所を訪れており、二人の身代わりになってしまった。

もちろん、有狩は君たち姉妹の深い事情は知らなかった。もし知っていたら、まず君たちが狙われたことだろう。

考えあぐねた有狩は匿名で、八つ頭夫妻にこんなメールを送った。

『おまえの秘密を知っている』

有狩は、パーシャルゾンビの研究で、多くの動物を殺していることを糾弾しているつもりだった。本来八つ頭夫妻はこの程度の脅迫に屈する人間ではなかった。だが、この文面を見たとき、手紙の差出人は君たち姉妹のことをネタにして脅しに掛かっていると単純に思い込んでしまったのだ。

二人は有狩の指定した場所であるゾンビスラムまでのこのこ出向いてしまったんだ。有狩は有無を言わさず、銃で二人を殺害し、野良ゾンビの餌にした」

瑠璃は歯を食いしばった。握りしめた拳が震えていた。

「数年後、有狩は何食わぬ顔で、パーシャルゾンビの開発を再開した。だが、技術を持ち出したと判断されればすべてを失う可能性もある。アルティメットメディカル社の内部にパーシャルゾンビの研究を行っている研究者がいることが知られることすらまずかった。

だから、有狩は自分の権限で、パーシャルゾンビについての実験計画はすべて極秘とした。しかし、彼自身の医療技術者としての能力は極低いものだった。だから、データがあったとしても、彼一人で開発を進めることは不可能だった。彼は研究者の中から、そこそこの能力を持ち、かつ精神的に弱く操りやすい葦土を選んだ。こうして、有狩と葦土しか中身を知らないプロジェクトが始まったんだ」

「つまり、瑠璃の両親の研究データを秘匿していて、ほとぼりが冷めた今になって、それを葦土に提示して、パーシャルゾンビの開発を進めさせたということか」優斗が言った。

「その通りだ。その過程で多少強引な方法で被験者を集めたらしい。新薬の試験だとかいって、有名な大学の名前で被験者を集めると、そのままパーシャルゾンビの実験台にした。たいていは腕とか足の一部を使ったので、本人もパーシャルゾンビ化したという意識はなかったみたいだが、時々、隠せないほど広範囲にゾンビ化するものもいて、そういう被験者はゾンビスラムなどに捨てにいったらしい。もちろん、被験者を集めるときには、アルティメットメディカル社の名前も有狩の名前も出していないので、行方不明になっても足が付くことはない」

「笑里（えみり）の出会ったパーシャルゾンビというのはきっとそれね」瑠璃が言った。

「そして、ついに最終段階に入って、有狩は葦土に対して、大胆な提案をすることになった」

「わたし自身が被験者になるんだって？　どういうことだ？」葦士は驚きの色を隠さなかった。

「いいか。こうするのが、最もいいんだ。君の肝臓だが」有狩は葦士の胸を指差した。

「もうもたないと言われてるんだろ？」

「それは……」

「いつ肝不全で死んでもおかしくない。違うか？」

「……その通りだ」

「既存の医療では君を救うことができない。だが、我々の技術を使えば、君は助かる。単純なことじゃないか。それだけじゃない。パーシャルゾンビの有効性を人間を使って証明することになる。人体実験は非難される可能性が高いが、開発者自身が自らの命を救うためにやったということなら、大義名分が立つ。誰も非難できない上に、技術の有効性も示せる。まさに一石二鳥だ」

「しかし……」

「まだ、決心が付かないのか？」

葦士は俯いた。

「じゃあ、おまえが違法に人体実験したことをばらしてもいいのかな？」

「えっ？　だって、あれはあなたの指示で……」

「おまえが勝手にやったことだ」

「いや。違う。確かにあなたの指示を受けた」

「俺が告発すれば、みんな俺を信じるさ」

「だったら、わたしも告発します」

「おまえは誰を告発するんだ？　人体実験は俺とおまえの二人でやったんだ。おまえに嘘が吐けるのか？　どっちにしたって、おまえは捕まるんだよ。そして、すぐ肝不全で死んでしまう。自分をパーシャルゾンビにすれば、捕まらずに済むし、死なずに済むし、学界での名声も手に入る。何だ。一石三鳥じゃないか」

「結局、葦土は、有狩に逆らうことができず、自分自身にパーシャルゾンビの処置を施したんだ。有狩に命じられるまま、心臓以外の内臓の殆どをだ。そして、そのことをパーティーの席で発表する段取りだと、有狩に説明された」

「だけど、それは有狩の巧妙な罠だったのね」

三膳は頷いた。「有狩はパーシャルゾンビの技術を他社に売り込みたかった。それには、葦土が邪魔だった。葦土はいろいろと知り過ぎていたからな」

「葦土をパーシャルゾンビにしたのは、密室トリックのためだったのか」優斗が言った。

「厳密に言うなら、密室トリックではなく、単なるアリバイトリックのはずだったんだ。葦土が窓の鍵まで掛けていたのは、有狩にとっては大きな誤算だった。おかげで密室殺人になってしまい、俺や瑠璃君の注意を引いてしまった訳だ」

「どうして、わたしがゾンビの真似をしなくてはならないんだ？」葦土は不審そうに言った。「ゾンビでは印象が悪いだろ」

「その方がインパクトがあるからだ。俺は研究者であると共に経営者でもあるんだ。どうすれば、宣伝効果が高くなるかはちゃんとわかっている」

「そういうものなのか？」

「パーティーが始まったら、まず控え室に入るんだ。そして、ゾンビ扮装用のコンタクトレンズを付けて、中から鍵を掛けろ。そして、思いっきり大声で悲鳴を上げるんだ。しばらくしたら、俺が外から声を掛けるから、ゾンビみたいにどたばた暴れてくれ」

「わかった」

「それから、俺はドアをバールで抉じ開ける」

「ドアを壊すのか？」

「演出だ。そして、ショットガンでおまえの土手っ腹に風穴を開ける」

「何でそんなことをするんだよ？」

「ここが重要なんだ。パーシャルゾンビの効果を知らしめるには大げさな演出が必要だ。まずおまえがゾンビに扮し、俺が銃で撃つ。その後で、おまえの腹部が部分的にゾンビ化していると明かせば、人々に大きなインパクトを与えることができる」

「わかった。あなたがわたしの腹部を撃った直後に種明かしをするんだな？」

「そんなんじゃ、インパクトは小さい」有狩は葦土の顔の前で、舌打ちしながら人差し指を振った。「驚かせるためには、止めの演出が重要なんだ。俺はおまえを家の外におびき出す演技をするから、おまえはそのままゾンビのふりをして、家の外に逃げ出すんだ。そして、この路地裏で待機してくれ」有狩は地図を指差した。「三十分以内に俺が迎えにいく」

「三十分も？　演出にしては、長過ぎないか？」

「いいや。これでも短すぎるぐらいだ。さあ、ゾンビの演技の練習を始めるぞ」

「しかし、どうして葦土のときだけ、念入りにトリックを考えたんだろう？　八つ頭夫妻のときは雑な殺し方だったのに」優斗が疑問を口にした。

「さすがに同じ研究所で立て続けに事件が起こるのはまずいと思ったようだ。誰かが疑念を持ったとしても、葦土殺害時にアリバイがあれば疑われる可能性は小さいと考えたということだ」

「おい、葦土」暗い路地で、有狩は葦土に呼び掛けた。

「ああ。やっと来たか」葦土は嬉しそうな様子だった。「何だ？　レインコートなんか着て」

「ああ。にわか雨が降るって言ってたんだが、はずれたようだ」有狩は忌々しげに言った。

「まだコンタクトを付けているのか？　さっさとはずせ」

「いや。ゾンビの真似って案外面白いと思って」葦土はコンタクトレンズを取り外した。

「ここに入れろ」有狩はポケットからビニール袋を出した。

「これ、使い捨てじゃないぞ」

「構わない。とりあえず捨てろ」

「また何かの機会で使うかもしれない」

「もしそういう機会があったら、また買ってやる。いますぐ捨てろ」

葦土はしぶしぶな様子でコンタクトレンズを袋の中に入れた。「しかし、ここは寂れたところだな。防犯カメラ一つありゃしない」

「だから選んだんだよ」

「はっ？」

「背広を脱げ」

「何だよ、いきなり」

「おまえが背広を着ていては、辻褄が合わなくなるんだ」

「言っていることの意味がよくわからないんだが」

「わかる必要はない。俺はショービジネスに詳しいんだ。俺の言う通りにしていれば間違いはないんだ」

「本当だな？」

「ああ。本当だ」

　葦土は背広を脱ぎ、自分の腕に掛けた。

「そこらに置いておけ」

「結構高かったんだが」

「汚れて穴まで開いてるんだから気にするな。新しいのが要るなら買ってやる」

「あんた持っててくれないか？」

「嫌だ。訳あって、その背広に触れることはできないんだ」

「じゃあ、適当なとこに投げさせて貰うよ」葦土は背広をぶんぶんと振り回すと、放り投げた。

　背広は風に吹かれて、建物の屋根に引っ掛かった。

「これからまた別荘に戻って、みんなの前に登場するんだろ？　いったいどんな登場の仕方をすればいいんだ？」

「なに、たいしたことはない。ただ、重要なポイントがいくつかある。耳打ちするから、ちょっとこっちへ来い」

葦土はのこのこと有狩に近付いた。「重要なポイントって何だ？」

「ちょっと待ってくれ。まず空を見てくれるか？」

葦土は言われるがままに上を向いた。

有狩は徐に懐からナイフを取り出し、葦土の胸を突き刺そうとした。

「何をするんだ？」葦土は一瞬早く有狩の動きに気付いた。

「これが重要なポイントなんだ。おまえには死んで貰わないとならない」有狩は素早くナイフを突き出した。

だが、葦土は右手でナイフを受け止めた。

「ちっ！」有狩は舌打ちをし、力任せに、ナイフを引き抜いた。

ぶちりとにぶい音がして、右手から大量の血が流れ出す。

「何でもいうことを聞く。だから、こんなことは止めてくれ」葦土は懇願した。

「ここまで来たら、もう止まれないんだよ」

葦土は有狩に背を見せて逃げ出そうとした。

だが、その行動を予測していた有狩は背後から飛び掛かり、葦土を引き摺り倒し、ナイフで喉を切り裂こうとした。

葦土は自分の左手を喉に当てて、防御した。

有狩は力任せに左手ごと喉を切り裂こうとした。

掌を突き抜けた切っ先が葦土の喉に刺さった。

葦土は必死になって、有狩を突き飛ばした。

重傷ではあったが、致命傷には至っていない。

葦土は這ったまま逃げようとした。

ひゅうひゅうと息の漏れる音がした。

もう助けを呼ぶことができないと、高を括った有狩はゆっくりと背後から葦土に跨るように近付くと、喉を深く切り裂いた。

葦土はきょとんとした顔で有狩を見た。

有狩はさっと後ろに飛び退いた。

葦土は何で？　と言いたそうな顔をしたが、口を開けた瞬間に血が流れ出した。

葦土は無表情なまま、俯せに倒れた。

有狩はしばらく葦土を見つめていた。

二分足らずで、葦土はのろのろと立ち上がった。

その目は白濁していた。

有狩は満足そうに頷くと、邸宅の方へと向かった。

「最初、密室で見付かったとき、葦土の背広は血で汚れていなかった。だから、辻褄を合わせるために、有狩は背広を脱がせてから、喉を切り裂いた。ただ、有狩は葦土を殺害するのに焦っていたため、背広の内側に血が付いていないことに気付かなかったのだ。そして、このことは葦土が無意識に行っていた窓の鍵掛けと共に、決定的な殺人の証拠になってしまった。だが、その時点では、有狩はまだそんなことに気付かず、血の付いたレインコートとコンタクトレンズを始末し、何食わぬ顔をして、邸宅に戻ってきた」三膳は言った。

「そして、有狩はあなたとわたしに出会った」瑠璃が言った。

「有狩は完全犯罪のつもりだった。だが、俺に指摘されて、意図せずに密室殺人になってしまっていることに気付いた。だが、当初は、自殺か事故の線で、落ち着くと考えていたらしい。なにしろ、葦土がゾンビ化していたことの証人は大勢いる。自分が疑われることはあり得ないと」

「そして、次にわたしが防御創から他殺であると指摘した」

「葦土殺害を決行してから、数十分でこれほどぼろが出るとは正直有狩も驚いたそうだ。そして、なんとか挽回(ばんかい)しなくてはならないと頭を絞った」

「わたしを殺すことが挽回策だったの？」

「有狩は抜け目のない男だ。君は大胆にも本名を名乗っていた」

「本当の苗字を名乗っていたのは、相手の反応を見るためよ」

「とにかく、君の苗字を聞いて、有狩はぴんと来た。かつて自分が殺した夫婦の娘だということに気付いたんだ。有狩にとって君は最大の不安要素となった訳だ。有狩の計画はパーシャルゾンビが一般的に知られていないという事実に依存していた。もちろん、一部の研究者はその概念は知っていたが、実際に人間に応用できるとは思っていないので、気にする必要はない。しかし、君は別だ。八つ頭夫妻の研究がもう少しで人間に応用できるところまで来ていたのを知っているかもしれない。そうだとすると、今回のアリバイがパーシャルゾンビによるトリックだと気付くかもしれない。そこで、有狩は君に死んで貰うことにしたんだ」

「自動車に細工したのはやっぱりあいつだったのね」

「さっきも言ったが、あいつは爆弾の回路設計ができるんだ。その応用として、自動車の電子回路や携帯電話の基地局をダウンさせることも、それほど難しい事ではなかった」

「見事失敗したけどね」

「失敗の原因が彼にはわからなかったようだ。だが、失敗したと知るや、さらに確実に殺害する方法を考え出した」

「藤倉儀太郎ね。彼は何者だったの？」

「実験の被験者を探しているときに見付けた男だ。多額の借金があったため、すぐにでも金が必要だったんだ。有狩は自分の正体には一切言及せずに、彼にパーシャルゾンビ処理を実行した。有狩は彼をゾンビスラムのはずれに呼び出したんだ」

「君にいい知らせがある」有狩は切り出した。

「金が貰えるのか？　それ以外はいい知らせとは言えないぞ」藤倉は疑り深い様子で言った。

「ああ。借金をすべて返せる上に、これから一生の間、遊んで暮らせるだけの金をやろう」

「それはいい話なのか？」藤倉は言った。「俺に何をさせようとしているんだ？」

「たいしたことじゃない。この女を殺すだけでいいんだ」有狩は写真を見せた。

「待ってくれ。人殺しをやれというのか？」

「そうだ」

「そいつは無理だ」

「なぜ？」

「なぜって、決まってるだろ。犯罪は割に合わない」

「どうして、そんなことが言い切れるんだ？」

「人殺しはリスクが高い。警察に捕まったら、一生終わりだ。そうだ。あんただって、俺が捕まったら、まずいだろ？」

「だから、絶対に捕まらないで欲しい」

「俺だって、捕まりたくはない。だが、警察から逃れるのは大変だ」

「ところが、そうじゃないんだ。君は絶対に警察に捕まることはない。秘策があるんだ」

「どんな秘策だ」

「自殺すればいい」

「冗談じゃない！」

「なぜだ？」

「自殺するぐらいなら、警察に捕まった方が一万倍ましだからだ」

「もちろん、そうだ。だが、自殺しても生き返ることができるとしたら？」

「夢みたいな話はよせ」

有狩はいつの間にか猟銃を手にしていた。そして、銃口を藤倉に向けていた。

「そんなもので脅しても無駄だ。そもそも論理的におかしいだろ。『自殺しないと、殺すぞ』と脅すのは」

「脅しなんかじゃない」

有狩は引き金を引いた。

銃声が鳴り響き、藤倉は衝撃で、床に倒れた。

「ああああああ!!」藤倉は絶叫し、手で顔を押さえた。

「おい。気を確かに持てよ。痛みは感じないはずだ」

だが、藤倉はその場にへたり込み、泣きじゃくっている。

「おい。しっかり見ろ」有狩は藤倉の手を顔から引き剝がした。

「わあああああ!!」自分の腹を見て、藤倉は再び絶叫した。

「今、見ただろ。おまえは不死身なんだよ」

「おれが不死身?」藤倉は自分の腹を見た。

「俺がしてやった処置で、おまえは不死身になったんだよ」

「俺は……ゾンビになったのか?」

「ゾンビが喋ったり考えたりするか?」

「いいや」藤倉は首を振った。

「おまえは超人になったんだよ」

「超人？　俺が？」

「土手っ腹に銃弾を撃ち込まれて平然としているんだから、超人に決まってるだろ」

「いったい、どういうことなんだ?」

「まあ、簡単に言うと、ゾンビの力を生きた人間に注入したと言えばいいのかな？」

「そんなことが可能なのか？」

「現にできているだろ」

「凄(すご)い。まさかこんなことがあるなんて」

「おまえは死なない。わかったか？」

「それはわかった。だけど、不死身だったら、自殺はできないぜ。ひょっとして、自殺のふりをすればいいってことか？」

「そうだ。物わかりがいいじゃないか」

「でも、自殺のふりをしても、警察が調べたら、生きているってばれないか？」

「そのための方法はあるんだ。ふりをするときに自分の脳を撃ち抜くんだ」

「脳を？」

「脳は複雑な組織だから、仮死状態から復活するのに、しばらく時間が掛かるんだ。それで時間が稼げる。つまり、しばらくは本物の死体と見分けがつかない状態になるんだ。死体は逮捕されることはない。つまり、おまえは無罪だ。頃合いを見て、俺たちの組織が助け出してやる」

「組織？」

「ああ。これだけのこと、俺一人でできると思うのか？　俺たちには組織がついてるんだ。

だから、何の心配もない。もし逮捕されそうになったら、自分の頭を撃ち抜くんだ。それで、何もかも解決する。金は手に入るし、人を殺しても無罪放免だ。こんないいことはないだろ？」

「わかった。引き受けるよ」

「いいか。任務を完了するまでは、できるだけ脳を傷付けられないようにしろ。もし撃たれそうになったら、右手で頭を守れ」

「右手？　左手じゃ駄目なのか？」

「左手の処置はまだ終わってないんだ。まあ痛いってだけで、左手を撃たれても命に別状はないけどな」

「もちろん、脳を撃たれても復活するというのは全部有狩のでまかせだ。胴体に弾を喰らっても死なないパーシャルゾンビは殺し屋として最適だ。だが、問題もある。死なないからこそ、警察に生きたまま捕まってしまう公算が大きい。だから、有狩は捕まりそうになった場合は、自殺するように嘘を吹きこんだんだ」

「頭を撃てば、パーシャルゾンビは死亡して、普通のゾンビになってしまうので、証拠は残らない。葦土殺害と似たトリックね。これは自殺教唆になるのかしら？　それとも、殺人？」

「どっちにしたって、兇悪な犯罪には違いない」

「この辺りから、有狩はなりふり構わず、瑠璃を狙い始めたんだな」優斗が言った。

「そうだ。葦土を殺害した時のような慎重さが明らかになくなっている。多少のリスクには目を瞑り、確実に殺せる作戦を取り始めている。これはつまり、瑠璃君が相当の脅威だったという事だ」

「そして、例の爆弾を用意した訳ね」

「君の行動を見れば、事件にパーシャルゾンビが絡んでいることに気付いたのはあきらかだった。有狩は何としてでも君を殺すことに決めたんだ」

「有狩は細かいミスをいくつもしているが、最大のものは瑠璃の存在を摑んでいなかったことだな」優斗が言った。「君の存在で、有狩の企みのすべてが台無しになった」

「普通に調べても出てくるのは沙羅の名前だけだしね。わたしはずっと瑠璃の名前で行動してきた。ちょっとしたことだけど、目くらましになったみたいね」

「有狩は、君がやってくるのを見計らって、自らのスタッフに爆弾を持ってこさせた。これで、自分自身が狙われているように見せ掛けながら、君を始末しようとしたんだ」三膳が言った。

「わたし一人を殺すために、あなたと滝川麗美も巻き添えにしようとしたのね」

「その通りだ。何人死のうが全く意に介さないタイプの人間だ。有狩は一瞬成功したと思ったんだ。そして、君がパーシャルゾンビだとわかって、絶望した事だろう」

「わたしがパーシャルゾンビだということが明るみに出たことによって、人々の頭に『パーシャルゾンビ』という概念が植え付けられてしまったわけね。そうなれば、遅かれ早かれ誰かが密室殺人のトリックに気付いてしまう」

「有狩は自分の罪を隠す方法を必死で考えていたはずだ」三膳が言った。「そんなときに君からの呼び出しがあった。有狩は千載一遇のチャンスだと思った」

「わざわざ有狩の邸宅を説明の場所に選んだのは、どういう意図があったんだ？　あいつがぼろを出すのを期待してたのか？」優斗が言った。

「まず、殺人現場なので、いろいろ説明が楽だと思ったの。もちろん、あいつが狼狽して墓穴を掘るんじゃないかという期待もあった。でも、まさか全員殺してしまう計画を立てているとは思わなかったわ」

「全員の殺害に成功したとしても、罪を免れることができる可能性はとても低いと思うけどな」優斗は言った。

「だが、有狩はそれに賭けるしかなかったんだ。そして、殆ど成功しかけていた。一度死んだふりをしたのは計画のうちだったのかい？」

「まさか。もし、お腹を撃たれたら、一巻の終わりだったわ。ただ、幸運なことに、有狩はわたしをパーシャルゾンビだと知っていたから、ゾンビ化している可能性のある腹部ではなく、確実に殺せると信じていた頭部を狙ったんだわ」

「総合して考えると、有狩はついていなかったということになるな」

「本当についていなかったのは、そんな有狩に騙されて死んでいった葦士や藤倉よ。悪事に加担していたとはいえ、哀れだと思うわ」

「裁判のときに発言を覆す可能性はあるが、すべてが矛盾なく説明できるので、有罪になる可能性は高いと思う」

「君の方は気が済んだのかい？」優斗が尋ねた。

「わたしの気が済んだ？」

「君は家族を奪った人物に復讐したかったんだろ？」

「……うん。そうね。復讐したかったのかもしれないわね。自分自身は単に家族を殺した犯人は誰で、本当は何があったのかを突き止めたいからだと信じてたけど」

「君は目的を達成した。さあ、これからどうする？」

「これから？　そうね。この身体は姉からの借り物に過ぎない。そろそろ返してあげた方がいいのかもしれない」

「どういうことだ？」

「もう休ませてあげようということよ。分離手術を受けようと思うわ」

「その身体がないと君は生きていけないじゃないか。心臓も肺もないんだから」

「そもそもわたしは奇形腫に過ぎないんだから、死んだとしても重要なことが起きた訳じゃないわ。そもそもわたしはいなかったんだから、何の影響もない。わたしは誰にも関わらずに生きてきた。だから、誰にも関わらずに消えていくわ」

「誰にも関わっていない？　それは君の勘違いだ」

「いいえ。わたしはこの年齢まで慎重に誰の人生にも関わらないように生きてきたの」

「だとしたら、君はこの年齢になって大きなミスを犯してしまったんだ」優斗が言った。

「君は俺の人生に関わった。だから、もう簡単には死ねないんだ。俺の人生に大きな影響を与えるからね」優斗はじっと瑠璃を見つめた。

「あなたこそ勘違いしている。あなたが見ていたのは姉の沙羅よ」

「沙羅はもう何年も前に死んでいる」

「あなたが好きなのは、このルックスだということよ」

「そのルックスもまた君の一部だ」

「いえ。これは沙羅の……」

「だが、そんなことは重要じゃないんだ」優斗はそっと瑠璃の腹部に手を当てた。

「君が隠したいのなら、これからも本当の顔を隠し続けていても構わない。だけど、俺の前ではもう隠さなくていいんだ」優斗は瑠璃の服をたくし上げ、瑠璃の真の顔を露出させた。

三膳は慌てて背を向けた。「じゃ、俺はこれで」

優斗の唇が顔に触れたとき、四つの目から涙が溢（あふ）れ出た。

（了）

特殊設定ミステリ作家・小林泰三

我孫子武丸

小林泰三は多分、「ホラー作家」であると認識している人が多いかもしれない。デビューが「角川ホラー小説大賞」であり、短編「玩具修理者」というまあホラーといって差し支えない作品なのだからそう思われるのも無理はない。

一方で、その「玩具修理者」書籍化の際に書き下ろされた、「酔歩する男」は、「玩具修理者」よりもずっと長い中編で、また今でも小林泰三のベスト作に挙げる人も多い傑作SFである。その後も「SFマガジン」等で精力的にSFを書き続けていたので、近年は「SF作家」と認識している人の方がやや上回っているのではないかという印象。両方を、そしてまたジャンルミックスと言えるような作品を書いていると知っている人の感じる「小林泰三におけるホラー：SF比」もまたSF寄りに傾いていたのではないか。いずれにしても、それらに比べ「ミステリ作家・小林泰三」は余りに過小評価されすぎ、無視されすぎではないか、と長年筆者は感じていた。

もちろん、『アリス殺し』（東京創元社）に始まる〈メルヘン殺し〉シリーズは、大ヒットを続けているわけなのだが、それでもなおなぜか「ミステリ読み」の間での認知度向上には今ひとつ繋（つな）がっていないように筆者には見える。もしかするとそれは単に筆者が実情を正しく認識していないだけの話かもしれないが、少なくとも本書のゲラを読んだときに「今度はさすがにミステリ界隈（かいわい）でも話題になるだろうし、推理作家協会賞とか本格ミステリ大賞の候補にはなるのではないか」との予想したことが大外れだったのは事実として書いておきたい。まったくもって不思議だ。そして、一体どういう巡り合わせか、本書が刊行された二〇一七年六月に遅れること数ヶ月、ゾンビが溢（あふ）れる世界の中で起きる殺人事件を扱ったミステリ作品が刊行され、たちまちベストセラーとなって、各誌のベストテンなどを総なめ、本格ミステリ大賞もかっさらうという「事態」となった。そして一方「わざゾン」（と略すらしい）はというと候補にもならず、ジャンル関係なくほぼ話題にならなかった印象（涙）。

文芸に初めて手を出した版元だったということもあるとしても、やはりこれは小林泰三が「ミステリ作家」と思われていないこと、あるいはもしかすると彼の書く「特殊設定ミステリ」が「ミステリ」と思われていないこと、それら両方があるような気がしてならない。

二〇二〇年十一月二十三日、小林泰三は五十八歳の若さで逝去した。サラリーマンとの兼業時代にもコンスタントに作品を発表していた小林泰三は、二〇一五年に専業作家となっていた。専業になったからと言って執筆スピードはそうそう増えないのが一般的である気がするが、彼の場合は例外だったようだ。会社勤務していた時間を丸々執筆に当て、朝昼晩きっちり五枚ずつ、毎日十五枚を書いていたという（身近ではあまり見ないタイプ）。生前最後の出版となった『未来からの脱出』（KADOKAWA）までの五年間で十六冊。数字だけ聞けばそれほど驚くようなものではないかもしれないが、ほとんどが単発の、どれもこれも奇抜なアイデアを使った質の高い作品であることを考えると驚異的な数ではないかと思う。まだまだこれからもこのペースで傑作を生み出してくれるものと、身近にいた作家仲間、ファンは期待していたはずだ。

彼の逝去に際し、つきあいの深かった早川書房が「SFマガジン」二〇二一年四月号において百ページに及ぶ「小林泰三特集」を組んだ。「大特集」と言っていいだろう。そしてその中で評論家の千街晶之（せんがいあきゆき）が「ミステリ作家・小林泰三」について詳しく紹介してくれている。そこで千街は、小林のミステリ作品について「山口雅也（やまぐちまさや）・麻耶雄嵩（まやゆたか）といった現代本格の最も先鋭的な部分に連なる存在でありつつ、ロジックの暴走や残酷趣味などのアクの強い個性で彩られており、彼でなければ絶対書けない唯一無二の世界を現出していた」

と評価しており、心強い仲間を得た気分だった。

しかしやはり、この「唯一無二」というところが一部の読者にはとっつきの悪さ、あるいは「ミステリとは違う何か」と思われがちなのではないかという気もしている。

「特殊設定ミステリ」――とは最近とみによく使われるようになった用語だが、そのように呼びたくなる作品群は実は昔からたくさんあり、かつては単に「ＳＦミステリ」と呼ばれていたように思う。昔よりも「ＳＦ」の指す範囲が狭まったことに加え「特殊設定」の種類が多様になりすぎたがゆえのネーミングだと思われるが、何をもって「特殊設定」と言うかはまだ人によるところが多そうだ。

なので一応筆者のとりあえずの定義を書いておくと「『現在の科学では実現し得ない、起こりえないと思われる超常的設定・現象』があり、なおかつその設定が物語だけでなく謎解きの重要な部分を構成しているミステリ」という感じだろうか。「特殊設定」そのものの「特殊」さに加え、解決部分にいたってその設定だからこそのサプライズに出会ったときにこそ、特殊設定ミステリ好きは唸(うな)ってしまうのだし、単に異世界や未来を舞台にしたミステリであるからといってわざわざ「特殊設定ミステリ」と呼びはしない。

しかし実のところ、こう定義してしまうと小林泰三の書く作品群のほとんどが当てはまってしまいそうなのだ。小林作品で「特殊設定」でないものを探す方が逆に難しい。むしろ何をもって「ミステリ」とするか、小林作品のうち「ミステリ」と言えるのはどれなのかということが問題になってくる気がする。

たとえばいまや代表作の一つとなった『アリス殺し』（東京創元社）。これは現実とメルヘンの二つの世界を行き来するようになってしまった主人公が、その両方で起きる事件（両方に対となるよく似た人物が登場し、片方が死ぬともう片方も死んでしまう）という設定だ。……うーん、改めてこう書いていて思ったが「特殊設定」が強いね？　千鳥ノブ風に言うなら「クセがすごい」。これはやはり「ファンタジー」と受け止めてしまう人がいるのもある意味仕方がないのかもしれない。プロット的には完全に本格ミステリなのだが。

あるいは『殺人鬼にまつわる備忘録』（幻冬舎『記憶破断者』を改題）。こちらは記憶が数十分しか持たない「前向性健忘」という状態になった主人公が、ある能力を持った殺人鬼と戦う話である。「前向性健忘」については、クリストファー・ノーランの映画『メメント』でも有名になったが、国内ミステリでも北川歩実『透明な一日』や黒田研二『今日を忘れた明日の僕へ』といった作品で取り扱われたりしているので分かる通り、多くの作家がミステリで扱いたくなる興味深い題材である。……しかし、小林泰三はここでも他のミステリ作家が考えそうな発想をさらに一つ飛び越えてしまっているため、全体の印象として「特殊設定ミステリ」というよりは「ＳＦサスペンス」と呼びたくなる作品に仕上がっている。もしかすると強烈な「特殊設定」が加わった場合、「ミステリ成分」がより強めでないと「ミステリ」とは受け止めにくくなってしまうのかもしれない。

最近作の『パラレルワールド』（ハルキ文庫）でもそうだった。地震と大雨により大きな災害に見舞われた一家が、奇妙な状態に陥ってしまう。夫は妻の死んでいる世界に、妻は夫の死んでいる世界に、そして彼らの息子だけは両方の世界に同時に存在している――今までありそうでなかった、「特殊設定」である。そして彼らはその異常な運命だけでなく、さらに危険な殺人鬼とも戦わなければならなくなる。しかも当然のごとくラストには「特殊設定」ならではのアイデアを利用したサプライズが用意されている。……しかしこれは実のところいわゆる「謎解き」ではない。だとしても「本格ミステリ大賞」ならずとも、より広義の作品を（時にはバリバリのSFさえ）対象としている「日本推理作家協会賞」などでは候補にくらいあがってもよかった良作ではないだろうかと思う。

そして短編、短編連作となると、さらに多くの「ミステリ」作品を（どれもこれも「特殊設定」ではあるが）執筆している。「ホラー」や「SF」にも十分匹敵する量と質を備えたものばかりだ。筆者がやはり元が「ミステリ業界」の人間だからだろうか、できればSF界やホラー界だけでなく、ミステリ界の人々にももう少し小林泰三を認知し、読んでもらいたいと思ってしまうのだが、それはないものねだりなのか、それとも実はもう十分叶（かな）っているのだろうか？

さてしかし、本書『わざわざゾンビを殺す人間なんていない。』は、冒頭から密室での殺人（？）事件が起き、その事件の謎を「探偵」が解き明かすという、紛う方なき本格ミステリのプロット。そしてもちろん、特殊設定を活かした論理的かつアクロバティックな解決、複数のサプライズも備えている。今度こそ、ミステリ界でも話題になるだろう、帯のコピーを考えている時にはそう思っていたのだった。当時考えた「本格密室ゾンビミステリーの金字塔！」というのはもちろん「そんなもの他にあるんかい！」というツッコミ待ちのギャグではあるのだが、よくまあこんなものを書いてくれた、という感嘆と羨望の籠もった素直な気持ちの発露でもあった。

もちろん、本書の遙か以前に書かれた山口雅也『生ける屍の死』（東京創元社）という、人が蘇ってゾンビとなる世界を舞台とした本格ミステリの傑作は筆者も当時読んでいるし、恐らく小林泰三も知っていただろう。『生ける屍の死』は、まさに本格ミステリマニアの山口雅也だからこそ書けた、ホラーでもSFでもない、ミステリファンのためのミステリであった。「殺された人間がゾンビになる世界での殺人」という設定は同じでも、「わざゾン」のその利用法はやはり似て非なるオリジナルなものとなっている。

思えば、小林泰三という人はホラーであれSFであれミステリであれ、常に「理屈」をこねくり回す「理」の人であった（本人が普段からそうなのだけど）。何か一つ「特殊設定」を考え、その「特殊設定」の中に登場人物を放り込み、その挙動をシミュレートする。

それが小林泰三の創作法だったのではないか。通常の作家は「キャラクター」を描き分けしようと腐心するものだが、小林作品のキャラクターは外見はともかく内面上の差別化はあまり図られない。そして例外なく論理的で、いかなる時にも（完全にパニックに陥っているはずの時でも）冷静に思考を働かせ、最善と思われる行動をしようと努力する。その結果どんどん悲惨なことになっていく場合もあるが、とにかく彼らは考えることを決してやめない。

パズルのような推理小説に対し「人間をコマのように扱っている」とか「人間が描けていない」という批判がなされることがよくあった。それで言うなら、小林作品の登場人物たちはほぼ全員、コマというよりプログラムされたＡＩのようなものかもしれない。彼らには「情」はほぼないが、「理」だけは十分に与えられている。「ただのバカ」は存在しない（モブは別として）。

推理小説の登場人物たちは――特に犯人は――理屈に則った行動を取るものである。たとえ狂っていても、そこに一貫した論理がなければ、奇抜なトリックや意外な犯人を提示されても読者は納得しづらいものだ。しかし小林作品の登場人物達はほぼ全員が、論理に適った行動を選択する。

小林作品はどれも、ＳＦやホラーやミステリといった既存の分類に関係なく、「特殊な設定」の中に放り込まれた、若干異なる初期値を与えられたＡＩ達が論理的な行動をしていく様を、蟻の巣箱を覗き見るように楽しむものであるかもしれない。筆者などはその「理」がゆえに、小林作品のどこを読んでもある種のミステリ的な興奮を覚えるのだが、逆にの

ミステリ読者には

とっつきの悪いものと映るかもしれない。「特殊設定」自体も、世界全体の理屈が歪んで

しまっているものが多いため、SF好きでなければ受け入れにくいものも多い可能性もあ

る。

その点、本書「わざゾン」は皆様おなじみの「ゾンビ」(ただ、「理屈」にこだわりのある小林はゾンビがいかなる存在か、細かく設定しないと気が済まないのだが)。誰でもすっと設定に入っていけるはずだ。ものがゾンビなだけに、これまた小林泰三お得意の残酷描写、「アクの強さ」はなくはないけれど、先ほど書いたように彼のキャラクターには「情」がないので、あらゆる残酷描写はドライで、ユーモラスでさえある。ホラーはちょっと……という方もきっと笑いながら読めるだろう。

関西在住の作家同士、何度も一緒に酒を飲んだり馬鹿な話をしたりしていたけれど、お互いの作品について語る機会というのは案外少ないものだ。今回解説を書く機会を与えてもらったことは嬉しいけれど、これを本人には読んでもらえないのだなあと思うと、改めて寂しい気持ちになってしまう。

……あんまり褒めてるように聞こえませんかね？　本当に、この本は面白いですよ。そしてあなたは本当に「唯一無二の作家」だったと思います。

二〇二一年六月

作品に関するご意見、ご感想等は
東京都千代田区神田三崎町 2-18-11
fHM文庫編集部まで

本作品は 2017 年 6 月に単行本（一迅社）として刊行された。

わざわざゾンビを殺す人間なんていない。

2021年8月20日　初版発行

著者……………………小林泰三（こばやしやすみ）

発行所…………………二見書房
東京都千代田区神田三崎町 2-18-11
電話　03-3515-2311（営業）
03-3515-2313（編集）
振替　00170-4-2639

印刷……………………株式会社堀内印刷所

製本……………………株式会社村上製本所

乱丁・落丁本はお取り替えいたします。
定価はカバーに表示してあります。

© Yasumi Kobayashi 2017,2021,

Printed in Japan.　無断転載禁止

ISBN978-4-576-21113-8

https://www.futami.co.jp

二見ホラー×ミステリ文庫

ボギー ——怪異考察士の憶測
黒史郎［著］ mieze［画］

ホラー作家である私は、頭の中に爆弾を抱えていた。祟りともいえるそれを、怪異サイト『ボギールーム』に投稿。やがて怪異考察士として自身の謎を追う。

ふたりかくれんぼ
最東対地［著］ もの久保［画］

息を止めると現れる少女に誘われ、「島」で目覚めるボク。彼女を救うため奔走するが、異形の者に惨殺され元の世界に戻される。彼女を救うことはできるのか。

アンハッピーフライデー ——闇に蠢く恋物語
山口綾子［著］

恋に悩む友人四人で参加している月一回のコンパ。今日の会場は「真実の愛」という意味の名のバーだった。美しすぎる怪談師、脚本家・山口綾子のホラー作品。

パラサイトグリーン ——ある樹木医の記録
有間カオル［著］ 丹地陽子［画］ 朝宮運河［解説］

「植物は嘘をつかない」。樹木医の芙蓉は心療内科医の朝比奈の依頼で植物に寄生される病にかかった患者を診察していくが——隠れた名作を増補改訂、文庫化。

わざわざゾンビを殺す人間なんていない。
小林泰三［著］ 遠田志帆［画］ 我孫子武丸［解説］

世界中の全ての動物がウイルスに感染し、死後、誰もがゾンビと化す世界。あるパーティーで密室殺人が起こる。探偵八つ頭瑠璃が推理を始める。ファン待望の文庫化!!